Mira Bates lebt am Rheinknie in der Schweiz und kann sich ein Leben ohne das Schreiben nicht mehr vorstellen. Ihre Vorliebe gilt den düsteren Helden und den dunklen Leidenschaften, verbunden mit atmosphärischen Settings. Besonders Hafenstädte mit ihrem unverwechselbaren Salzwasser-Flair haben es ihr angetan.

MIRA BATES

CRUEL Sin

SEIN BESITZ,
SEINE REGELN

Erstausgabe April 2025

Copyright © 2024 dp Verlag, ein Imprint der
dp DIGITAL PUBLISHERS GmbH
Made in Stuttgart with ♥
Alle Rechte vorbehalten

Cruel Sin

ISBN 978-3-69090-028-7
E-Book-ISBN 978-3-98998-779-1

Covergestaltung: Jasmin Kreilmann
Umschlaggestaltung: ARTC.ore Design
Unter Verwendung von Abbildungen von
depositphotos.com: © Shiva3D, © NewAfrica, © Dekkymek,
© curaga shutterstock.com: © Jade ThaiCatwalk, © Pix Sell,
© grey_and, © Alesikka
Lektorat: Katja Wetzel
Satz: dp DIGITAL PUBLISHERS GmbH
Druck und Bindung: Books on Demand GmbH, Norderstedt

2024/Trapani

Der gefährlichste Schmerz ist der, der uns wieder fühlen lehrt, wenn wir vergessen haben, wie es ist, lebendig zu sein.

1.Trapani

Georgia

Die Pistole liegt kühl und vertraut in meiner Hand, als ich sie hebe und auf die Scheibe ausrichte. Das Gewicht des Metalls ist wie ein Anker. In Momenten wie diesen, wenn ich den Atem anhalte und mich auf den schwarzen Punkt in der Mitte konzentriere, verspüre ich etwas, das ich an keinem anderen Ort finden kann: Ruhe. Kontrolle. Sicherheit.

Alles andere – die Sorgen, die ständige Ungewissheit über die Zukunft, die Schatten der Vergangenheit – verblasst in diesen wenigen Sekunden. Mein Puls verlangsamt sich, meine Hände werden ruhig und nur der Moment zählt.

Mit der jahrelangen Übung ist das Schießen für mich zu einer Art Meditation geworden, die mich zwingt, alles andere auszublenden. Die Angst, die Schuld und die Fragen, auf die es keine Antworten gibt.

Als ich abdrücke, zuckt die Waffe kaum in meiner Hand. Die Kugel durchschneidet die Luft, trifft punktgenau die Zehnermitte. Das Echo des Schusses hallt noch nach, als ich das winzige Einschussloch begutachte. Ein Volltreffer. Ein flüchtiger Moment, in dem ich nicht nur die Meisterin meines Könnens bin, sondern auch meines Lebens. Hier, auf dem Schießstand, verschwindet meine Angst. Ich lasse den Geruch von Schießpulver und verbranntem Metall in meine Lungen dringen. Die Beretta 92 liegt in meiner Hand – kalt, präzise, verlässlich. Anders als Menschen. Das Schießen ist meine Konstante, der einzige Anker in einer Welt aus Angst und Unsicherheit. Mit jeder Kugel, die ihr Ziel findet, weichen die Erinnerungen zurück. Zumindest für einen Moment.

Mein Atem geht schwer, aber meine Hände sind ruhig, als ich die Waffe ins Holster zurückgleiten lasse. Ein Ritual, das mir Halt gibt. Doch kaum ist der letzte Schuss verhallt, spüre ich, wie die Angst zurückkehrt. Wie ein dunkler Schleier legt sie sich über meine Gedanken, zieht mich hinab in jene Tiefen, vor denen ich so verzweifelt fliehe.

„Verdammt, Georgia! Du schaffst es immer wieder, uns alle zu deklassieren", ruft Enrico, während er die Ergebnisse auf der Anzeigetafel studiert. Seine Bewunderung ist aufrichtig, macht es jedoch nur noch schwerer.

Ich zwinge mich zu einem Lächeln, doch innerlich gehe ich auf Abstand. „Danke!", sage ich leise. Die Worte fühlen sich fremd an auf meiner Zunge.

Gewinnen sollte sich gut anfühlen. Aber für mich ist es nur eine weitere Bestätigung dessen, was ich tun muss, um zu überleben. Das Schießen ist keine Leidenschaft – es ist meine Verteidigung. Eine Sicherheit, die ich mir selbst geschaffen habe in einer Welt, in der Vertrauen tödlich sein kann.

„Hey, Georgia, kommst du mit zum Feiern?" Enrico grinst breit, seine Augen leuchten vor Freude und etwas anderem, das ich nicht zulassen darf.

„Ich muss ins Restaurant", sage ich und hasse mich dafür, wie leicht mir diese Lüge über die Lippen kommt. Seine Enttäuschung trifft mich. Aber die Wahrheit ist, dass ich ihm keine Hoffnung machen darf. Die Gefühle, die er sich wünscht, sind ein Luxus, den ich mir nicht leisten kann.

Enrico nickt verständnisvoll, seine Augen werden weich. „Wenn du irgendetwas brauchst, lass es mich wissen."

Ich nicke zurück, den Blick bewusst abgewandt. Worte wie diese sind gefährlich. Sie verlocken mit einer Nähe, die für mich zu riskant ist. „Danke, Enrico!"

Langsam wendet er sich ab, um sich den anderen anzuschließen. Seine Schritte hallen auf dem Schießstand wider, vermischen sich mit dem Echo der Schüsse, die noch immer in meinem Kopf nachhallen. Sein Weggang ist eine Erleichterung und ein Stich zugleich.

Ich schaue ihnen nach. Sie lachen und plaudern, als wäre diese kleine Feier das Wichtigste auf der Welt. Als gäbe es keine Schatten, keine verborgenen Abgründe. Francesca steht dort wie eine lebende Mauer, ihr Rücken eine einzige Ablehnung. Ich kenne diesen Anblick zu gut – die Art, wie sie ihre Schultern strafft, sobald ich den Raum betrete, als müsste sie sich gegen meine bloße Existenz wappnen.

Mein Lächeln verblasst. Francesca und die anderen werden nie verstehen, warum jeder Schuss, jede Übungsstunde über Leben und Tod entscheiden könnte. Wie soll ich ihnen erklären, dass das simple Geräusch einer zuschlagenden Tür ausreicht, um mich zurück zu jenem Tag zu katapultieren, als meine Welt in Scherben zerbrach? Nein, das Schießen ist kein Sport für mich – es ist meine Versicherung gegen die Hilflosigkeit, die ich nie wieder spüren will.

Mit mechanischen Bewegungen packe ich meine Sachen zusammen. Die Stimmen und das Lachen verblassen zu einem fernen Summen. Die kühle Brise vom Mittelmeer streicht über meine Haut, trägt den salzigen Geschmack der Freiheit, die mir nie gehören wird. Mein Blick wandert über die blühende Landschaft Siziliens – die verwitterten Trockensteinmauern, die sich windenden Olivenhaine, die sich wie ein graugrüner Teppich bis zum Horizont erstrecken. Es sieht, trotz der aufziehenden Wolken, so friedlich aus, wie ein Ort aus einer Welt, die nicht die meine sein kann.

Ich seufze und schüttle den Gedanken ab.

Mit schnellen Schritten eile ich zum Wagen meines Onkels und lasse mich hinter das Lenkrad sinken. Der vertraute Geruch von Leder umhüllt mich wie eine schützende Hülle.

Eine halbe Stunde später erreiche ich die schmalen Gassen der Altstadt. Die Straßen sind in der Abenddämmerung nur noch spärlich beleuchtet und der Wind hat merklich aufgefrischt. Ich ziehe die Jacke enger, doch die kühle Brise dringt durch meine schwarzen Hosen und durch die dünne graue Jacke. Der Himmel über mir ist dunkel und schwer, mit Wolken, die so dicht und drückend sind, dass es fast körperlich spürbar ist. Ein Spiegel meiner Seele, denke ich bitter und ziehe die Schultern hoch, als könnte die bloße Bewegung den

Druck von meiner Brust nehmen. Onkel Tito ist tot, und alle glauben, dass ich das Restaurant erbe – als wäre es ein Geschenk und nicht der Ort, an dem ich jahrelang ohne Lohn geschuftet habe. Die Worte meines Onkels hallen noch immer in meinen Ohren nach: „Sei froh, dass du ein Dach über dem Kopf hast und ich bereit bin, die Gefahr deiner Anwesenheit mitzutragen." Doch jetzt ist er fort, hat mich zurückgelassen mit nichts als Fragen und der lähmenden Angst, dass mir der einzige Zufluchtsort, den ich kenne, jederzeit genommen werden kann.

Der Kloß in meinem Inneren schwillt an. Die Markisen des Restaurants peitschen im auffrischenden Wind, als ich den Vorplatz erreiche.

Atmen, Georgia, atmen!

Ich husche durch den Eingang, und der vertraute Duft von Basilikum und Knoblauch empfängt mich. Für einen Moment schließe ich die Augen. Die schweren Holztische, die karierten Tischdecken, die Schwarz-Weiß-Fotos von Trapani an den terrakottafarbenen Wänden – all das gibt mir das Gefühl von Sicherheit. Genau wie die Buchhaltung, die Bestellungen, die endlosen Rechnungen – ich klammere mich an diese Aufgaben wie an einen Rettungsring. Denn zwischen diesen vertrauten Wänden scheint die Welt noch in Ordnung. Nachts sitze ich allein im Restaurant, umgeben von einer Stille, die es sonst nie gibt, und stelle mir vor, wie es wäre, wenn dieser Ort mir gehörte. Doch mit dem Gedanken kommt die Angst. Was, wenn jemand herausfindet, dass ich nicht die bin, für die sie mich halten? „Die Monster schlafen nur", höre ich die Stimme meines Onkels. „Ein falscher Schritt und sie wittern deine Spur." Seine Worte verfolgen mich, weil ich weiß, dass er recht hatte. Wer auch immer meine Familie getötet hat, ist wie ein Schatten – unsichtbar, aber immer da.

Das Klirren von Besteck, das leise Gemurmel der Gäste vermischt sich mit meinen kreisenden Gedanken. Am Tresen hackt Giancarlo Kräuter. Er lächelt mir warm zu.

„Alles in Ordnung, Georgia?"

Wenn er wüsste. Das Geld im Safe wird weniger, Tag für Tag. Onkel Titos Reserven – dicke Bündel, die er nur „Betriebskapital" nannte – verschwinden. Sie rinnen mir durch die Finger wie Sand, während ich verzweifelt versuche, das Restaurant am Laufen zu halten. Es muss einfach weitergehen.

Die Stammgäste sitzen an ihren üblichen Plätzen, lachen, reden, als wäre die Welt noch in Ordnung.

„Ah, Bella Georgia! Komm, setz dich zu uns!" Rico winkt mir zu, sein breites Grinsen ist so vertraut wie die Wände dieses Restaurants. Seine Herzlichkeit ist echt und das macht es nur noch schwerer.

Ich schüttele lächelnd den Kopf, spüre wie sich meine Gesichtsmuskeln dabei verkrampfen. „Ich habe noch einiges zu erledigen, bevor ich mich zu den Gästen gesellen kann."

Das Lächeln hält, bis Giancarlo sich zu mir herüber lehnt, sein Gesicht wird plötzlich ernst. „Georgia, vorhin war ein Mann hier und hat nach dir gefragt."

Der graue Nebel kriecht in meinen Kopf. Ich will darin verschwinden – weil er wenigstens vertraut ist. „Ein Mann?" Die Worte kommen klar, während die Angst mich lähmt, meine Glieder bleischwer macht. Bitte lass es niemanden sein, der weiß, wer ich wirklich bin.

Giancarlo nickt langsam. „Er sah aus, als könnte er Ärger bedeuten. Er wollte keinen Namen nennen, aber er hatte diese … Aura an sich."

Die Beschreibung ist vage, aber in Trapani ist das genug. Jeder hier weiß, wie die Mafia sich gibt und dass man besser keine Fragen stellt.

„Danke, Giancarlo!" Meine Stimme klingt kontrolliert, eine dünne Fassade über dem Chaos in meinem Inneren. Der Nebel umhüllt mich wie ein schützender Kokon, während ich mir ausmale, wer dieser Mann sein könnte – und was er wollte.

„Ich hoffe, es ist nichts Ernstes." Giancarlos Blick ist mitfühlend, und für einen Moment wünsche ich mir, ich könnte ihm sagen, dass alles in Ordnung ist. Aber ich möchte ihn nicht anlügen. Auch wenn die Vorstellung, dass die Mafia Interesse an unserem Restaurant haben könnte, absurd erscheint. Aber irgendetwas an Giancarlos Tonfall lässt die Unsicherheit in mir auflodern.

Es gibt nur eine Möglichkeit, meiner Angst zu entkommen: Ablenkung. „Giancarlo? Lass mich dir helfen. Buchhaltung ist gerade das Letzte, was ich brauche."

Er mustert mich kurz und reicht mir dann nickend eine Schüssel. „Hier, du kannst den Salat anrichten."

Erleichtert stelle ich mich an die Anrichte. Die mechanische Arbeit vertreibt den Nebel für einen Moment. Mein Blick wandert über die Zutaten: frische Kräuter, knackiges Gemüse, aromatische Gewürze. Die Farben und Texturen sind wie Anker in der Realität. Doch selbst jetzt, während meine Hände mechanisch die Arbeit verrichten, bleibt die Frage in meinem Kopf: Wer war dieser Mann? Und hat er nach Georgia Carbone gefragt, dem Namen, unter dem Giancarlo mich kennt? Ich versuche die Gedanken wegzuschieben, doch sie sind wie Schatten – immer da, egal wie hell das Licht im Ristorante auch scheint.

Als ich eine Handvoll Basilikumblätter zwischen den Fingern zerreibe, strömt mir der herbe, leicht pfeffrige Duft entgegen. Ich schließe die Augen, atme tief ein. Das Aroma lenkt mich ab und durchdringt die Sorgen in meinem Kopf wie ein Lichtstrahl. Manchmal frage ich mich, ob es mehr geben könnte als das hier. Mehr als Kontrolle, mehr als Sicherheit. Aber solche Gedanken sind gefährlich. Ich habe gelernt, sie wegzusperren – genau wie alles andere, das nach Leben schmeckt. Doch dann zerspringt der Moment. Die Eingangstür fliegt mit einem lauten Knall auf. Die Basilikumblätter gleiten aus meinen zitternden Fingern und ich erstarre.

Ein Mann betritt den Raum – und mit ihm eine Präsenz, die die Luft schwer werden lässt. Seine Gesichtszüge sind wie aus Marmor gemeißelt, hart und makellos. Die dunklen Locken, die ihm in die Augen fallen, werden von einer einzelnen silbernen Strähne durchbrochen – wie ein Riss in seiner sonst perfekten Fassade. Mit seiner düsteren Ausstrahlung und dem Silberstreifen erinnert er mich an einen Todesengel. Der schwarze Maßanzug unterstreicht seine dominante Präsenz, die gleichzeitig anziehend und abstoßend wirkt.

Alles in mir schreit, dass ich wegsehen, weglaufen sollte. Aber ich kann nicht.

Sein Blick trifft mich – hart, direkt, unerträglich klar. Und doch ... da ist etwas in mir, das still wird. Wie der Moment vor einem Schuss. Ich kenne diese Ruhe. Sie kommt kurz vor dem Beben. Für den Bruchteil einer Sekunde zieht sich seine linke Augenbraue nach oben – eine minimale Bewegung, die seinen sonst undurchdringlichen Ausdruck durchbricht. Als hätte er in mir etwas erkannt, das er nicht erwartet hatte.

Die Gespräche verstummen und die Stille, die zurückbleibt, ist drückend. Alle scheinen die Gefahr zu spüren, die von ihm ausgeht, wie eine unsichtbare Kraft, die alle in ihren Bann zieht.

Ich merke, dass ich ihn anstarre, während er auf mich zukommt, und zwinge mich, die Fassade zu wahren. Meine Stimme zittert. „Tut mir leid, Signore", sage ich und hoffe, dass meine Stimme fester klingt, als sie sich anfühlt. „Wir haben heute keinen Tisch mehr frei."

Er lässt meine Worte im Nichts verpuffen, wie der letzte Windhauch vor dem Sturm. Sein Blick bleibt auf mir haften und ich starre wie hypnotisiert in seine Augen. Um seine dunklen Pupillen zieht sich ein schmaler Ring aus Gold, ein Sonnenstrahl in der absoluten Finsternis – fehl am Platz, wie er selbst. Etwas in mir spannt sich an. Ich sollte mich abwenden. Warum tue ich es nicht?

„Georgia Carbone?" Er wechselt in ein bedrohliches Flüstern, dass nur meine Ohren erreicht. „Ich bin hier wegen des Schutzzolls." Sein Wissen um meinen Namen lässt den Nebel dichter werden, aber ich klammere mich an die Gegenwart. Draußen erklingt die Kirchenglocke von Santa Maria della Catena, während von der Küche das rhythmische Hacken von Marias

Messer auf dem Schneidebrett verstummt – als spürte selbst sie die Gefahr, die den Raum erfüllt. „Mein Onkel ist gestorben", presse ich schließlich hervor.

Er tritt näher. Sein Duft – Pinien mit einer Spur von dunklem Moschus – sticht mir in die Nase. Mein Körper zuckt zurück, will fliehen – und zugleich friert er ein, als würde er ihn festhalten wollen. Ich verstehe es nicht. Ich will es nicht verstehen.

„Tito Carbone hat die Zahlungen bereits letzten Monat eingestellt. Ungehorsam wird nicht geduldet!"

Seine Drohung schneidet durch meine Erstarrung wie eine Klinge. Meine Hand wandert instinktiv zur Hüfte, sucht die vertraute Kälte des Metalls. Doch die Kälte der Waffe ist nichts gegen die Eiseskälte in seinen Augen. Die Schatten scheinen sich in ihnen zu sammeln. Und ich … verliere mich darin. Ich will handeln, will reagieren – doch in seinem Bann verpufft jeder Gedanke, als hätte er mich ausgelöscht, bevor ich mich überhaupt wehren kann. Und bevor die Starre mich völlig verschlingen kann, zerreißt ein Knall die Stille. Die Tür fliegt auf, ein zweiter Mann stürmt herein, Mordlust in den Augen, eine Waffe in seiner geballten Faust.

„Stirb, Bastardo!" Seine Worte peitschen durch die Luft wie Schüsse, während er die Pistole auf den Mann vor mir richtet.

Die Zeit scheint stillzustehen. Der Lauf der Waffe, das fatale Zucken seines Fingers – und plötzlich schmilzt jede Barriere in mir weg. Mein Körper handelt in kristallklarer Präzision, völlig losgelöst von meinem Verstand. Die Pistole liegt in meiner Hand, als wäre sie dort geboren worden. Der Schuss bricht aus ihr hervor wie ein Donnerschlag. Der Angreifer schreit auf, seine getroffene Hand öffnet sich reflexartig, die Waffe klirrt auf die Fliesen. Der graue Nebel droht mich zu verschlingen, aber ich kämpfe mich zurück in die Realität. Der Mann vor mir bewegt sich mit einer Geschwindigkeit, die nur jahrelange Übung erklären kann. Seine Waffe erscheint in seiner Hand. Eine Umdrehung, zwei Schüsse zerreißen die Luft.

Als der Angreifer leblos zu Boden sinkt, flackert für einen Sekundenbruchteil ein anderes Bild vor meinen Augen auf – winzige Kinderfinger, die nach mir tasten. „Georgia?" Eine Kinderstimme, kaum mehr als ein Flüstern in meinem Kopf. Dann ist sie wieder weg.

Der Todesengel betrachtet mich mit einem seltsamen Ausdruck. Seine linke Augenbraue hebt sich langsam, als würde er ein Rätsel betrachten, das er nicht ganz entschlüsseln kann. Hat er etwas gesehen? Ein Zucken, einen Moment der Schwäche?

Ich schlucke hart und zwinge mich, seinen Blick zu erwidern, während ich die Geister der Vergangenheit zurück in ihre dunklen Ecken dränge.

„Du hast eine erstaunlich ruhige Hand", sagt er, seine Stimme samtweich und bedrohlich zugleich. „Für jemanden, der vorgibt, nur eine Restaurantbesitzerin zu sein."

Mein Atem ist flach, mein Herz rast – doch mein Körper ist wie eingefroren.

„Der Schutzzoll", fährt er fort, sein Blick bohrt sich in mich wie eine Klinge, „wird ab morgen verdoppelt. Und du, Georgia, wirst pünktlich zahlen!"

„Verdoppelt?" Mein Flüstern ist kaum hörbar. Der Schleier in meinem Kopf verdichtet sich.

„Das ist unmöglich! Das Restaurant … wir können nicht einmal die jetzigen Zahlungen stemmen."

Er macht einen Schritt auf mich zu und ich spüre, wie mein Rücken gegen die Anrichte stößt. Seine Hand hebt sich und für einen Moment denke ich, er will nach mir greifen. Stattdessen streicht sein Zeigefinger wie in Trance über die silberne Strähne in seinem dunklen Haar. Für den Bruchteil einer Sekunde verändert sich sein Blick, wird abwesend, als wäre er plötzlich an einem anderen Ort. Dann kehrt die Kälte in seine Augen zurück.

„Unmöglich?" Seine Stimme ist samtweich. „Du hast gerade bewiesen, dass du Talent hast, Georgia. Jemand mit solch einer ruhigen Hand findet sicher auch … kreative Lösungen für finanzielle Probleme."

Die Implikation seiner Worte trifft mich wie ein Schlag. „Ich bin keine …"

„Keine was?", unterbricht er mich, sein Blick bohrt sich in meinen. „Kriminelle? Mörderin? Du hast soeben auf einen Mann geschossen."

„Ich habe Ihnen gerade das Leben gerettet, nur um dann zu sehen, wie Sie jemanden kaltblütig erschießen! Und jetzt soll ich einfach weitermachen wie zuvor?" Die Worte kommen fast lautlos über die Lippen, während die Angst sich wie eine Schlinge um meinen Hals legt.

Der Mann zögert einen Moment, tritt dann einen Schritt auf mich zu. Seine Hand hebt sich und er streicht mit seinem rauen Daumen über meine Wange. Es ist eine seltsame, fast zärtliche Geste, die mich augenblicklich verstummen lässt. Nicht aus Vertrauen, sondern weil ich nicht weiß, wie ich das ertragen soll.

„Du hast geschossen." Seine Stimme ist sanft, beinahe beruhigend, doch die Worte tragen eine tödliche Wahrheit in sich.

„Ich bin Restaurantbesitzerin", presse ich hervor, „nichts weiter."

Er betrachtet mich mit einem Blick, der unter meine Haut zu dringen scheint. „Und doch hast du geschossen wie jemand, der weiß, was er tut." Seine Stimme senkt sich zu einem Flüstern. „Talent verschwendet man nicht, Georgia. Nicht in Sizilien."

„Wer … wer sind Sie?", flüstere ich, meine Stimme bricht fast.

Sein Blick bleibt unverändert, ungerührt, während er mich mustert. „Ich bin Luca Ombriani." Er spricht seinen Namen aus, als wäre er eine unausweichliche Wahrheit, eine dunkle Prophezeiung, die sich in diesem Moment erfüllt.

Ohne ein weiteres Wort wendet er sich dem leblosen Körper zu, packt ihn unter den Armen und schleift ihn mit erschreckender Gelassenheit zur Hintertür. Seine Bewegungen sind präzise, mechanisch, als hätte er dies schon unzählige Male getan. Er bleibt stehen, dreht sich langsam zu mir um, die Leiche immer noch unter den Armen geklemmt. „Es gibt Instinkte, die man nicht lernt", sagt er unvermittelt, während er den Körper weiterhin hält. „Sie schlummern in uns, bis der richtige Moment kommt." Seine Augen verengen sich leicht, als versuchte er ein Rätsel zu lösen. „Du bist eine Überraschung, Georgia Carbone. Und ich mag keine Überraschungen." Er betrachtet meine zitternden Hände mit kühler Präzision. „Zumindest keine, die ich nicht vorhersehen kann." Dann ist er verschwunden wie ein Geist, verschluckt von den Schatten der Nacht.

Ich brauche einen Moment, um Luft zu holen. Einen Moment, in dem die Welt stillsteht. Die Ruhe im Restaurant ist voller unausgesprochener Worte und Blicke, die auf mich gerichtet sind. Die Gäste sind verstummt und selbst Giancarlo sagt nichts. Kein Lächeln, keine Gespräche, nur Schweigen, das auf mir lastet wie ein Stein. Sie alle wissen es. Das Blut. Der Schuss. Ich wische mir mit der Hand über die Stirn, spüre die kalte Feuchtigkeit meiner Haut. Ich bin verloren tief in mir – in der vertrauten Betäubung, an einem Ort, an dem ich nicht weiß, ob ich jemals wieder zurückfinde. Mein Blick huscht zur Küchentür. Maria. Sie ist die Einzige, die mir helfen kann. Die ehrlich mit mir spricht, mir vielleicht einen Rat geben kann, wie ich die Kraft finde, um weiterzumachen.

2. Blutsbande

Georgia

Ich drücke die schwere Tür zur Küche auf und sofort schlägt mir Wärme entgegen. Der Duft von geschmortem Knoblauch, Tomaten und frischen Kräutern füllt die Luft, doch selbst diese vertrauten Gerüche werden von dem grauen Nebel verschluckt, der sich wie ein Schleier über meine Sinne legt. Er verdichtet sich mit jedem Schritt, bis die Küche vor meinen Augen zu verschwimmen beginnt. Doch irgendwo dahinter ist Maria und mit ihr vielleicht ein Weg zurück.

Maria steht am Herd. Ihre schmalen Schultern sind wie immer leicht nach vorne gebeugt, ihr dunkles Haar zu einem festen Dutt gebunden. Ihre Hände sind ruhig und sicher, während sie den Holzlöffel durch die dickflüssige Sauce zieht. In ihrer Küche scheint die Welt da draußen nicht zu existieren.

Ich schließe die Tür hinter mir und der Raum scheint enger zu werden. Die Wärme, die ich sonst als tröstlich empfand, ist erdrückend.

„Maria." Meine Stimme bricht, obwohl ich versuche, sie festzuhalten.

Sie dreht sich nicht sofort um, rührt weiter in der Sauce, doch schließlich legt sie den Löffel beiseite und sieht mich an. In ihren dunklen Augen liegt eine Schärfe, die mich trifft. „Du kannst nicht zur Ruhe kommen?" Ihre Stimme ist fast tonlos.

Ich schüttle den Kopf, unfähig, etwas zu sagen. Mein Herz schlägt schneller und meine Hände zittern, als ich sie in die Taschen meiner Jacke stecke. „Es fühlt sich an, als würde es immer noch passieren."

Sie nickt langsam, als würde sie mich verstehen, aber ihre Augen bleiben ernst. „Natürlich fühlt es sich so an. Du hast geschossen, Georgia. Du hast einen Mann fast getötet. Das vergisst niemand so schnell – vor allem du selbst nicht."

„Ich hatte keine Wahl." Die Worte kommen beinahe panisch und sie klingen hohl. Ich will sie glauben, aber ein Teil von mir fragt sich, ob das wirklich stimmt. „Er hätte diesen Luca umgebracht. Ich musste etwas tun."

Maria tritt näher, ihre Hände ruhen jetzt auf der Arbeitsplatte. „Du hast das Richtige getan." Sie hält inne, als müsste sie die nächsten Worte sorgfältig wählen. „Aber das bedeutet nicht, dass es vorbei ist."

Mein Herzschlag dröhnt in meinen Ohren, während Maria spricht. Meine Fingernägel graben sich in die Handflächen und ich schmecke Blut, wo ich mir auf die Innenseite meiner Wange gebissen habe. „Was meinst du damit?"

„Es war Notwehr, ja. Aber du weißt, wie diese Leute sind, Georgia." Sie seufzt leise, als könnte sie die Worte nicht länger zurückhalten. „Sie vergessen nicht. Und sie vergeben nicht."

Ich schlucke schwer und senke den Blick. Die Hitze in der Küche fühlt sich plötzlich stickig an, wie ein Mantel, der zu eng geworden ist. „Ich will einfach nur …"

Meine Stimme bricht und ich presse die Lippen zusammen. Ich weiß nicht einmal, was ich will. Ruhe? Frieden? Ein Leben, das nicht von dieser Dunkelheit überschattet wird?

Maria legt mir eine Hand auf den Arm, ihr Griff ist fest, fast beruhigend. „Hör zu, Georgia! Du kannst nicht einfach hoffen, dass alles wieder normal wird. Du musst wissen, worauf du dich einlässt."

Ich sehe sie an, spüre die Panik, die sich in meinem Brustkorb ausbreitet. „Ich habe keine Wahl, oder?" Die Worte klingen verzweifelt, fast wie eine Bitte um Bestätigung.

„Es gibt immer eine Wahl", sagt Maria leise. Doch dann senkt sie den Blick und ich merke, dass sie sich selbst nicht sicher ist. „Aber manchmal sind alle Optionen schlecht."

Ich schüttle den Kopf, versuche, die drohende Verzweiflung abzuschütteln. „So, wie für dich und Matteo?" Die Worte rutschen mir heraus, bevor ich darüber nachdenken kann. Ich weiß, dass sie schmerzhaft sind, aber ich muss es wissen. „Er arbeitet doch jetzt für sie, oder?"

Marias Gesicht verändert sich, ihre Augen werden dunkler. Sie sieht für einen Moment älter aus, als hätte sie die Last der Jahre in einem einzigen Atemzug eingeholt. „Ja." Ihre Stimme ist kaum mehr als ein Flüstern. „Matteo ist einer von ihnen. Jetzt."

„Könnte er ..." Ich halte inne, unsicher, ob ich den Gedanken zu Ende bringen will. „Könnte er helfen und dafür sorgen, dass sie mich in Ruhe lassen?"

Maria schüttelt heftig den Kopf, als hätte ich eine Grenze überschritten. „Nein, Georgia! Matteo ist nicht mehr derselbe. Wenn du ihn um Hilfe bittest, ziehst du dich nur noch tiefer rein."

„Aber er war immer hier, Maria." Ich versuche, meine Stimme ruhig zu halten, doch sie zittert. „Er hat hier gearbeitet. Wir haben zusammen gelacht. Das Restaurant war wie eine Familie."

„Jetzt gehört er zu ihnen!" Ihre Stimme ist lauter, schneidet durch die warme Luft der Küche. Sie sieht mich an, und in ihren Augen liegt etwas, das ich nicht deuten kann – Trauer, vielleicht Wut. „Und wenn du nicht aufpasst, Georgia, wirst du auch ihnen gehören."

Ihre Worte sind wie ein Schlag in die Magengrube. Ich nehme einen zittrigen Atemzug, spüre, wie die Realität mich einholt. Die Bilder kommen zurück: der Angreifer, die Pistole in meiner Hand, das Gewicht des Abzugs, der Rückstoß. Und Luca, wie er mich angesehen hat. Nicht mit Schock oder Entsetzen, sondern irgendwie anders. Seine linke Braue hob sich, als hätte er gesehen, dass ich zu etwas fähig bin, das er nicht erwartet hat.

„Ich will nicht, dass das mein Leben wird." Meine Stimme ist kaum mehr als ein Flüstern.

„Dann findest du einen Weg, dich zu schützen, ohne noch tiefer in ihre Welt zu geraten." Maria tritt zurück zum Herd, nimmt den Löffel wieder in die Hand und rührt die Sauce um, als wäre das Gespräch vorbei. „Aber sei vorsichtig, Georgia! Ein falscher Schritt und du bist verloren."

Ich bleibe einen Moment lang stehen, spüre, wie die Worte in mir nachhallen. Dann drehe ich mich um und verlasse die Küche. Der Nebel kehrt zurück, dichter als zuvor. Ich spüre, wie er sich um meine Gedanken legt.

Während ich die Küchentür hinter mir schließe, verfolgt mich Marias Blick. Ihre letzten Worte – „Ein falscher Schritt und du bist verloren." – hallen in meinem Kopf wider.

3. Blut und Verantwortung

Luca

Der Motor meines Wagens brummt durch die Nacht. Gerettet. Von einer verdammten Frau. Die Erinnerung brennt wie Säure in meinem Stolz.

Meine Fingerknöchel treten weiß hervor am Lenkrad. Die erste Lektion des Don: Schwäche ist tödlich. Die zweite: Nichts überleben lassen, was dich in Gefahr bringen könnte. Und jetzt existiert da draußen eine Kellnerin, die mich wie ein hilfloses Kind gerettet hat.

Trapani verschwimmt zu einem bedeutungslosen Lichtermeer, während die Dunkelheit in mir wächst. Ich sehe sie vor mir – wie sie zurückgewichen ist, wie ihr Puls an ihrem schlanken Hals geflattert hat. Wie ihre blauen Augen mich gesehen haben, in einem Moment, den es nie hätte geben dürfen. „Ich bin kein Straßenköter mehr!", knurre ich in die Stille des Wagens. Die Worte sind ein Schwur, geschärft an meiner Wut. Ich bin der Erbe, der nächste Ombriani Don. Und sie? Sie ist ein Problem, eine Erinnerung, die ausgelöscht werden muss.

Das Anwesen der Ombrianis erhebt sich vor mir wie eine Festung. Die schweren Eisentore gleiten auf, erkennen den Zugangscode meines Fahrzeugs. Anders als die alten Ombrianis verlasse ich mich nicht nur auf Loyalität, sondern auch auf Technologie.

Als ich kurze Zeit später die Treppe hinaufsteige, höre ich das Echo vergangener Schritte. Ich war sieben, als der Don mich zum ersten Mal hierherbrachte. „Sieh dich gut um, Luca", hatte er gesagt, seine Hand lag schwer auf meiner Schulter. „Dies alles wurde mit Blut und Entschlossenheit aufgebaut, nicht mit Gnade." Damals verstand ich nicht, dass es keine Einladung war, sondern ein Urteil. Jetzt, mit jedem Schritt, spüre ich das Gewicht der Erwartungen. Die Familie steht über allem. Sogar über mir selbst.

Die Wachen stehen stramm, als wäre dies ein Tag wie jeder andere. Wenn sie wüssten, welcher Sturm in mir tobt, würden sie angsterfüllt zurückweichen. Doch ich lasse nichts nach außen. Ich bin nicht hier, um Trost zu suchen. Ich gehe vorbei an den Ölgemälden der alten Ombrianis – Männer mit finsteren Gesichtern und Augen, die mich verfolgen, als könnten sie die Dunkelheit in mir erkennen. Sie haben ihr Imperium auf Blut aufgebaut, genau wie ich es tun werde.

Gleich werde ich mit Vincenzo sprechen. Er erwartet Ehrlichkeit – und ich werde sie ihm geben. Nicht aus Schuld. Sondern aus Pflicht. Raffaele ist tot. Ich habe ihn erschossen. Er hätte mich getötet. Vielleicht hätte er es geschafft – wäre da nicht Georgias Schuss gewesen. Sie verschaffte mir die Sekunden, die ich brauchte.

Und ich weiß nicht, was mich mehr wütend macht: dass ich beinahe gefallen wäre. Oder dass ich es nicht früher erkannt habe. Ich habe mit Falschgeld bezahlt. Ohne es zu wissen. Raffaele hat mir die Lieferung übergeben – ohne ein Wort. Vielleicht war genau das sein Plan: mich zum Risiko für mein eigenes Haus zu machen.

Ich habe nicht im Kampf versagt. Nicht mit der Waffe. Sondern da, wo es zählt: in der Verantwortung. Und doch – warum wollte er mich dann töten? Was, wenn es nicht nur um Schande ging? Was, wenn sie den Nachfolger der Ombrianis auslöschen wollten?

Heute Nacht bin ich beinahe gefallen – nicht, weil ich schwach war. Sondern weil ich zu spät erkannt habe, wer das Messer in der Hand hielt.

Die Tür zum Arbeitszimmer steht offen. Don Vincenzo thront hinter seinem massiven Schreibtisch, das Gesicht halb im Schatten der Tischlampe verborgen. Das silberne Haar ist akkurat zurückgekämmt und der maßgeschneiderte Anzug sitzt tadellos auf seinen breiten Schultern. Seine Hände, gezeichnet von feinen Altersflecken, ruhen ruhig auf der Tischplatte – Hände, die mühelos ein Todesurteil unterschreiben.

„Luca." Sein Tonfall ist ruhig, kontrolliert. Immer. Er ist ein Mann, der nie ein Wort zu viel sagt, jemand, der den Raum allein durch seine Anwesenheit beherrscht.

Ich trete ein, richte mich auf und halte seinem Blick stand. „Raffaele Zacchetti ist tot", sage ich direkt, meine Stimme fest, fast herausfordernd. Keine Umschweife. Keine Erklärungen. Ich will sehen, wie er reagiert – ob sich ein Hauch von Zustimmung in seinem harten Gesicht zeigt oder ob der eiserne Blick bleibt.

Er schweigt für einen Moment, bevor er sich leicht nach vorne beugt, die Finger seiner Hände verschränkt. „Und warum, Luca?" Seine Stimme bleibt ruhig, aber der Stahl darin ist unüberhörbar. „War das notwendig? Oder war es impulsiv?"

Das Wort „impulsiv" trifft mich, wie er es beabsichtigt hat. Eine Erinnerung daran, was ich war, bevor er mich formte – ein wilder Köter, ein Niemand, den er aus der Gosse gezogen hat.

„Ich habe einen Gegner eliminiert, der bereit war, meinen Tod zu besiegeln."

Sein Blick bleibt auf mir haften, durchdringt mich, als würde er nach einer Schwäche suchen, nach einem Fehler. Mein Kiefer spannt sich an, aber ich lasse nicht zu, dass meine Haltung nachlässt.

„Und jetzt? Was denkst du, wird passieren?", fragt er schließlich.

Die Stille dehnt sich aus, unerbittlich und schwer. Ich spüre das Gewicht seines Urteils in meinem Nacken, wie ein Schatten, der nie ganz von mir abfällt. Ich mache einen Schritt vorwärts, meine Hände zu Fäusten geballt. „Er wollte unseren Namen beschmutzen. Ich habe ihm eine Nachricht hinterlassen – wir sind keine Beute." Meine Worte hängen in der Luft und ich weiß, dass dies der Moment ist, der zählt. Es ist immer ein Test mit ihm. Alles.

Sein Gesicht bleibt undurchdringlich, doch ich sehe, wie seine Augen sich leicht verengen. Er lehnt sich langsam zurück und seine Finger lösen sich, während er mich weiter ansieht.

„Du hast getan, was getan werden musste." Seine Worte sind neutral, fast emotionslos. „Aber der Preis dafür wird hoch sein."

Ich nicke knapp. „Ich bin bereit, ihn zu zahlen."

Seine Augen bleiben auf mir, als wolle er mich erneut prüfen, mich wie eine Schachfigur analysieren, bevor er sie bewegt. Schließlich spricht er und seine Stimme hat einen scharfen Unterton: „Das hoffe ich, Luca. Denn jetzt gibt es keinen Raum für Fehler. Der Name Ombriani wird nur dann Respekt einflößen, wenn du die Kontrolle behältst. Keine Ausbrüche. Keine impulsiven Taten."

Er lehnt sich vor und seine Augen werden dunkler, härter. „Du bist mein Nachfolger. Und die Welt muss das wissen – ob du es willst oder nicht."

Ich höre die Worte und spüre dahinter das, was er nicht sagt. Er hat mich geformt, mich zu dem gemacht, was ich bin. Nicht aus Liebe. Nicht aus Fürsorge. Sondern, weil er einen Erben brauchte, der stark genug ist, sein Vermächtnis zu tragen.

„Ich werde das Erbe schützen!", sage ich und meine Worte sind mehr eine Herausforderung als ein Versprechen.

„Gut." Er nickt knapp. „Es gibt noch etwas anderes. Das Falschgeld." Seine Stimme klingt müde, aber die Wut darunter ist unverkennbar. „Vito hat die Scheine extrahiert. Wir haben unwissentlich damit bezahlt."

Ich verstehe sofort die Tragweite. In unserer Welt gibt es keine schwerere Beleidigung. Die Anschuldigungen gegen uns stimmen. Wir sind Verräter.

„Die anderen Familien distanzieren sich bereits. Sie denken, wir hätten sie betrogen." Sein Blick durchbohrt mich. „Finde den Fälscher, Luca, und bring ihn zu mir! Der Name Ombriani muss reingewaschen werden!" Es ist kein Befehl mehr - es ist ein Vermächtnis, das er mir auferlegt.

Ich spüre das Gewicht der Verantwortung darin. „Ich werde ihn finden!", verspreche ich. Nicht für Don Vincenzo. Für mich. Der Name Ombriani war das Erste, was mir je gehörte. Der Don gab mir nicht nur einen Platz zum Schlafen und eine Waffe in die Hand – Er gab mir eine Identität. Das vergisst man nicht, egal wie hoch der Preis dafür ist.

„Ruf Enzo und Vito zusammen. Wir müssen uns vorbereiten. Und Luca ...!"

Ich bleibe stehen, drehe mich nicht um. Schwäche ist das Letzte, was ich zeigen darf – vor ihm, vor mir selbst.

Ein leises Geräusch unterbricht die Spannung im Raum. Die schwere Tür öffnet sich langsam und Isabella tritt ein – wie ein Lichtstrahl, der nicht fragt, ob er willkommen ist. Der einfach bricht, wo alles fest war.

Ihr weißes Nachthemd fällt locker um ihre zierliche Gestalt. Sie wirkt verletzlich. Zerbrechlich sogar. Aber in ihren Bewegungen liegt eine Ruhe, die gefährlicher ist als jede Waffe. Sie ist so fehl am Platz hier, ein leuchtender Fleck in einer Welt, die von Schatten verschlungen wurde. Ihr Blick sucht mich, ihre großen braunen Augen leuchten und ich sehe etwas darin, das mich trifft: Freude.

„Luca!" Ihr Tonfall ist warm und bevor ich reagieren kann, überwindet sie die Distanz zwischen uns. Ihre Arme schlingen sich um meinen Nacken und sie drückt sich an mich, als wäre ich ihr einziger Halt in einer Welt, die sie nicht wirklich verstehen kann.

Für einen Moment zieht sie mich aus meinem Chaos. Die Dunkelheit, die sonst in mir brodelt, weicht für einen winzigen Augenblick zurück. Isabella ist das Herz dieses Hauses, der letzte reine Teil, den diese Welt noch nicht verschlungen hat. Sie ist das, was ich nie sein werde: unberührt, unschuldig. Und ich habe geschworen, sie zu beschützen – bedingungslos, ohne zu zögern.

Ich bin das Monster, das an ihrer Seite bleibt, um sicherzustellen, dass sie überleben wird.

Ich umarme sie kurz, schiebe sie dann sanft von mir weg, meine Hände auf ihren Schultern. „Isabella, du solltest nicht einfach so hereinkommen", sage ich ruhig, doch ein Hauch von Strenge schwingt in meiner Stimme mit.

Sie tritt einen Schritt zurück, lässt sich jedoch nicht einschüchtern. Ihre Hände stützen sich in die Hüften und ein vertrauter Ausdruck des Trotzes liegt auf ihrem Gesicht. „Ach, sei still, Luca!", sagt sie, ihre Stimme voller Entschlossenheit. „Ich ersticke noch in diesem goldenen Käfig! Wann darf ich endlich raus und die Welt sehen?"

Bevor ich antworten kann, unterbricht ihr Vater sie. Er hebt eine Hand – ein Akt, der sofort Stille einfordert.

Isabella hält inne, senkt die Arme und steht plötzlich wie erstarrt da. Ihre Augen weiten sich und ich sehe den Respekt – oder die Angst –, die er immer noch in ihr hervorruft.

„Morgen ist dein 18. Geburtstag, Isabella." Seine tiefe Stimme ist durchdringend.

Isabella senkt den Blick und ich beobachte, wie sich ihre Haltung verändert. Ihre selbstbewusste Fassade bröckelt nur ein wenig und das Funkeln in ihren Augen wird gedämpft von etwas, das wie Unsicherheit aussieht. Sie wirkt plötzlich jünger, verletzlicher, als sie leise murmelt: „Ja, Vater." Ein Seufzen entweicht ihren Lippen, doch dann hebt sie den Kopf wieder. Ihre Stimme ist ruhig, aber ein Zittern darin verrät sie. „Und du hast versprochen, mir die Wahrheit über meine Mutter zu erzählen."

Ihre Worte hängen schwer im Raum und für einen Moment ist es viel zu still.

Vincenzo sieht sie lange an. Dann nickt er, langsam, bedächtig. Aber ich bemerke einen winzigen Bruch in seiner Fassade, kaum wahrnehmbar, doch für jemanden wie mich, der ihn sein ganzes Leben lang studiert hat, offensichtlich. Ein Schatten huscht über sein Gesicht, ein Schmerz, den er sonst verborgen hält. Der große Don hat also doch eine wunde Stelle. Interessant.

„Ja!", sagt er schließlich, seine Stimme rau. „An deinem Geburtstag wirst du die Wahrheit erfahren."

Isabella nickt, ihre Schultern sacken leicht nach unten, als würde sie eine Last ablegen – oder sich auf eine noch größere vorbereiten. Sie wirft mir einen kurzen Blick zu und ich sehe darin Unsicherheit. Sie sucht nach ... was? Unterstützung? Bestätigung? Sie wird lernen müssen, dass in unserer Welt niemand solche Dinge anbietet. Nicht einmal ich. Besonders nicht ich. Schutz zu geben ist meine Aufgabe, dafür wurde ich geformt. Als sie den Raum verlässt, erhasche ich einen flüchtigen Blick auf die Narbe an ihrem Handgelenk. Ein Unfall aus Kindertagen, als ich zu langsam war, um sie aufzufangen. Ich berühre unbewusst die Stelle an meiner Rippe, wo die Strafe dafür noch immer spürbar ist. Manche Fehler passieren nur einmal. Isabella wird überleben, nicht weil ich ein guter Mensch bin, sondern weil ich genau weiß, was es bedeutet, in dieser Familie zu versagen.

Vincenzo wendet sich mir zu, seine Augen kalt und durchdringend. „Du warst nicht dabei", sagt er leise, fast zu sich selbst. „Damals."

Ich halte seinem Blick stand, regungslos. „Nein, Don!"

„Gut." Er greift nach seinem Glas, nimmt einen langen Schluck. „Manche Geschichten sollten besser begraben bleiben."

Ich antworte nicht. In diesem Haus sprechen die Wände, und Schweigen ist oft die klügste Antwort. Was auch immer mit Isabellas Mutter geschehen ist – es ist ein Geheimnis, das selbst den Don verfolgt. Ich frage mich flüchtig, was diese Wahrheit mit Isabella machen wird. Ob sie stark genug ist. Ob es irgendetwas ändern wird. Nicht, dass es mich kümmern sollte. Gefühle sind Luxus, den ich mir nicht leiste. Und doch ...

„Luca." Vincenzos Stimme reißt mich aus meinen Gedanken, seine Augen hart und kalt wie immer. „Jetzt geh, Luca!", sagt er, ein klarer Befehl. „Vereinbare das Meeting noch für heute Nacht!"

Ich nicke knapp und verlasse ohne ein weiteres Wort den Raum.

Eine Stunde später sitze ich in Vincenzos massivem Stuhl. Er hat mir die Verantwortung übertragen – „Regle das! Finde die Wahrheit heraus und tue, was nötig ist!" – und diese Aufforderung fühlt sich an wie eine Kette um meinen Hals.

Sein Thron ist zu groß, zu schwer, als gehöre er nicht mir. Doch ich sitze darin, als wäre er meiner, als würde ich den Raum beherrschen. Und das tue ich. Zumindest für jetzt. Vito sitzt mir gegenüber, in den Sessel gesunken wie eine lauernde Raubkatze. Seine Beine sind überkreuzt, eine scheinbar entspannte Pose, die seine Gefährlichkeit nur noch unterstreicht. Das schwarze, ölige Haar ist präzise zurückgekämmt – der perfekte Ombriani-Erbe, bis auf den leichten Zigarettengeruch, der an ihm haftet. Seine olivfarbene Haut hat einen ungesunden Grauton, als hätte er zu viele Nächte damit verbracht, in dunklen Hinterzimmern Deals auszuhandeln.

Seine Ombriani-Augen sezieren mich. Dunkelbraun, fast schwarz. Raubvogelaugen, die nach der kleinsten Schwäche suchen. Nach dem Straßenkind in mir, das ich nie ganz losgeworden bin. Der Siegelring an seiner Hand blitzt im Licht. Das Ombriani-Wappen – sein Geburtsrecht, das er mir bei jeder Gelegenheit unter die Nase reibt.

„Vito", sage ich, meine Stimme kalt und schneidend. „Was ist mit den Blüten?"

Er zuckt leicht zusammen, als hätte er nicht erwartet, dass ich so direkt bin. Dann lächelt er, ein Ausdruck, der mich reizen soll. „Geduld, Luca. Ich will sicherstellen, dass du bereit bist für das, was ich dir gleich zeige."

Ich lehne mich vor, meine Ellbogen auf dem Schreibtisch, und fixiere ihn mit einem Blick, der keinen Raum für Spiele lässt. „Komm zur Sache oder ich muss dich dazu zwingen!", knurre ich.

Vitos Lächeln verschwindet und für einen Moment sehe ich einen Funken von Unsicherheit in seinen Augen. Er hebt die Hände, als würde er sich ergeben, aber ich weiß, dass dies nur eine weitere Masche ist. „Wie du willst, Luca."

Am Fenster steht Enzo, die Hände in den Taschen seines schwarzen Anzugs, sein Blick hinaus auf die reglose Nacht gerichtet. Er sagt nichts, aber ich fühle seine Präsenz – die unausgesprochene Unterstützung, die er mir seit dem Tag meiner Zwangsadoption gibt. Enzo war der erste Mensch in meinem neuen Leben, der mich nicht mit Misstrauen betrachtet hat. Der erste Freund, und bis heute der Einzige, den ich hatte.

„Wird's bald?"

Vito hebt eine Augenbraue, zieht ein Bündel Banknoten aus seiner Innentasche und wirft es auf den Schreibtisch. Sie landen mit einem dumpfen Laut vor mir. „Die waren in unserem Tresor. Gefälschte Noten." Vitos Ton ist glatt. Er lehnt sich zurück, seine Finger spielen mit dem goldenen Siegelring an seiner Hand. „Fast perfekt. Aber nur fast."

Er deutet auf einen der Scheine und widerwillig hebe ich ihn auf. Das Papier fühlt sich echt an. Die Textur, die Farbe, sogar der Geruch. Doch nach einer Weile sehe ich seine Markierung. Das Wasserzeichen tanzt vor meinen Augen, verschoben um Millimeter. Perfekt gefälscht. Meine Finger streichen über das Papier, während sich meine Muskeln anspannen. Der Schweiß auf meiner Haut wird kalt.

„Woher?", presse ich hervor. „Das ist unmöglich! Ich habe persönlich dafür gesorgt, dass alle Blüten aussortiert wurden."

Das Adrenalin pumpt durch meine Adern, lässt mich jeden Herzschlag spüren.

Vito lehnt sich vor, seine dunklen Augen fixieren mich wie eine Schlange ihre Beute. Der Geruch seines teuren Aftershaves vermischt sich mit dem Zigarettenrauch, der an seiner Kleidung haftet. „Aus unserem Bargeld." Seine Stimme ist wie Samt über Stahl. „Raffaele hat nicht gelogen."

Der Schein knistert in meiner Hand. Raffaeles letzter Atemzug hallt in meinen Ohren nach. Sein Blick war voller Wut, als er mich vor diesem Restaurant beschuldigte, ein Betrüger zu sein. „Ich weiß. Aber das hier sollte nicht mehr existieren!" Meine Stimme ist ein tiefes Grollen.

Vitos Lippen verziehen sich zu diesem verdammten Lächeln, das mich seit Jahren verfolgt. Seine Zunge gleitet kurz über die schiefen Zähne. „Willkommen in der Realität."

Ich schnelle hoch, der Sessel kracht nach hinten. Vitos Körper spannt sich an – pure Instinkte eines Raubtiers. Für einen Moment vibriert die Luft zwischen uns vor unterdrückter Gewalt.

„Luca." Enzos Hand auf meiner Schulter ist wie ein Anker. Seine Finger graben sich in meine verhärteten Muskeln.

In meinem Kopf spielen sich Bilder ab – meine Faust in Vitos Gesicht, das Geräusch brechender Knochen. Ich atme tief durch und zwinge mich zur Ruhe, bis meine Knöchel weiß hervortreten.

„Ich regle das!", sage ich und selbst Vito scheint die tödliche Gewissheit in meiner Stimme zu spüren.

Er erhebt sich, viel zu schnell für seine unsportliche Statur. Seine Augen bohren sich in meine, als er näher kommt. Zu nah. „Vincenzo will Antworten." Sein Atem streift mein Gesicht. „Gib ihm gute!"

Er geht zur Tür, dreht sich noch einmal um. „Ich würde ja helfen ..." Seine Stimme trieft vor falscher Anteilnahme. „Aber das ist dein Grab, dass du dir geschaufelt hast."

Die Tür fällt ins Schloss. Der Scotch, den Enzo mir reicht, brennt in meiner Kehle wie flüssiges Feuer.

„Du weißt, dass er dich testet?!", sagt Enzo leise.

Das Glas landet hart auf dem Schreibtisch. Ich starre auf den gefälschten Schein, der wie eine Anklage vor mir liegt. Vito hat recht – das ist mein Grab. Aber ich werde nicht derjenige sein, der darin schmort.

„Ich werde jeden Stein in dieser verdammten Stadt umdrehen", sage ich, meine Stimme ist viel zu ruhig für den Sturm, der in mir tobt. „Und wenn ich herausfinde, wer unsere Familie verrät ..."

Ich lasse den Satz unvollendet. Die Dunkelheit in mir verlangt nach Gewissheit. Nach Kontrolle. Und ich werde beides bekommen.

4. Schatten

Georgia

Die meisten Tische im Restaurant sind leer, die Stühle wie verlassene Wächter in die Gänge geschoben. Nach den Schüssen von gestern verwundert das nicht – niemand will dort essen, wo Blut geflossen ist. Mein Blick gleitet durch den Raum – eine Gewohnheit, die mir das Überleben sichert. Prüfe die Ausgänge. Die Fenster. Die drei Gäste am Rand, deren geflüsterte Worte wie Gift durch die Stille sickern. Bis jetzt ist niemand gekommen, hat niemand nach dem Mann gefragt, der gestern hier erschossen wurde.

Meine Finger zupfen am Kragen der schwarzen Bluse, tasten nach dem strengen Dutt. Die perfekte Tarnung – eine Kellnerin, die niemand zweimal ansieht.

Hinter der Theke umklammere ich ein Wasserglas. Meine Hände zittern leicht. Die Stille im Restaurant zerrt an meinen Nerven und die Bilder von gestern werden schärfer. Das Blut auf den Dielen. Die Schüsse, die von den Wänden hallten. Luca. Was, wenn Luca Ombriani zurückkommt und Fragen stellt? Was, wenn er herausfindet, wer ich bin, dass Georgia Carbone nicht existiert.

Die knarrenden Dielen verraten jeden meiner Schritte, als ich an den Gästen vorbeigehe. Ihre verstohlenen Blicke folgen mir – kurze Blitze unter gesenkten Lidern, abruptes Verstummen von Gesprächen.

Der dumpfe Schmerz in meinem Magen verstärkt sich, während ich die schmale Treppe zu Onkel Titos Büro hochsteige. Jedes Ächzen der Stufen klingt wie eine Warnung. Ich bleibe auf dem Absatz stehen, die Hand am abgegriffenen Geländer. Das kalte Holz unter meinen schweißnassen Fingern erinnert mich daran, dass ich nirgends wirklich sicher bin.

Als ich die Bürotür öffne, empfängt mich erdrückende Stille. Der Raum ist ein Labyrinth aus alten Möbeln und vergilbten Papieren – wie eine verlassene Bühne nach der letzten Vorstellung. Keine Stille, die Sicherheit verspricht, sondern die eines Verstecks, das jeden Moment durchschaut werden könnte.

„Konzentrier dich, Georgia!", murmle ich. Der massive Eichentisch beherrscht den Raum wie ein stummer Wächter. Irgendwo zwischen dem Chaos und den Geheimnissen muss die Information über den Schutzzoll liegen. Ich werde zahlen, Zeit gewinnen. Was bleibt mir auch anderes übrig? Das Restaurant ist meine Tarnung. Hier bin ich Georgia Carbone, die jeder kennt. Draußen wäre ich ... Georgia Rossi, ein Name, der ein Todesurteil sein könnte. Eine junge Frau, deren Familie ausgelöscht wurde. Die Dielen knarren unter meinen Schritten zum Schreibtisch. Als vorläufige „Erbin" kann ich zumindest so tun, als hätte ich ein Recht, hier zu sein – auch wenn ich weiß, dass mein Onkel das Restaurant bestimmt nicht mir vermacht hat.

Die Oberfläche quillt über vor Papieren, Büchern, Dingen, die keinen Sinn ergeben. Es sieht aus, als hätte jemand absichtlich ein Durcheinander hinterlassen. Kein Laptop, kein Tablet – typisch Onkel Tito, der dem digitalen Zeitalter nicht traut und alles in seinen vergilbten Büchern und Ordnern versteckt.

Seufzend ziehe ich die oberste Schublade auf und finde nur Stifte und zerknitterte Papiere, nutzlos. In der zweiten Schublade herrscht ein Chaos aus Rechnungen, einer zerbrochenen Brille und Kleinkram, der mich an den Rand des Wahnsinns bringt. Ein Teil von mir will alles auf den Boden werfen, aber ich beiße die Zähne zusammen.

Die dritte Schublade klemmt, wie alles in diesem verfluchten Raum. Mit einem Ruck ziehe ich sie auf und entdecke einen Stapel Notizbücher, achtlos hineingeworfen. Abgestoßene Ecken, brüchiges Leder. Ich greife nach dem obersten, überfliege die Seiten. Nur Zahlen, Kritzeleien, nutzlose Abrechnungen.

„Verdammt!", fluche ich leise und werfe das Buch zurück. Ein weiteres folgt, dann noch eines. Die Frustration steigt in mir auf wie ein Sturm. Dann halte ich inne.

Diese Handschrift. Meine Finger zittern, als sie über die Seite streichen. Nicht das wilde Gekrakel meines Onkels – sondern präzise, elegant gezogene Buchstaben. Jeder Strich so vertraut wie ein Echo aus der Vergangenheit. Papa. Seine Handschrift war immer wie er selbst: klar, beherrscht, unverwechselbar. Ein Kloß bildet sich in meiner Kehle. Wie ist das hier gelandet? Warum hat mein Onkel es?

Die Seiten sind übersät mit Formeln, einem Labyrinth aus Zahlen und Notizen, die keinen Sinn ergeben. Eine Geheimsprache, die nur er verstand. Lama, Delta – diese Worte sind alles, was mir von ihm geblieben ist. Ein dumpfer Schmerz breitet sich in meiner Brust aus, aber ich zwinge ihn zurück. Ich darf mich nicht von diesen Erinnerungen überwältigen lassen.

„Später", flüstere ich, die Worte verhallen im Raum wie ein schwaches Echo. Ich streiche über das alte Leder, ziehe den Duft tief in mich ein und berühre den Einband mit den Lippen. Ein salziger Geschmack breitet sich aus – meine Tränen haben den Weg auf das brüchige Leder gefunden. Das Buch ist mehr als nur Papier. Es ist eine Verbindung – zu ihm, zu seiner Vergangenheit, vielleicht sogar zu seinem Tod. Ich presse es kurz an meine Brust und atme tief durch. Ich werde herausfinden, was diese Formeln bedeuten. Nicht jetzt, aber bald.

Mein Herz hämmert noch immer gegen die Rippen, als ich das Notizbuch zurück in die Schublade lege und mich zwinge, tief durchzuatmen. Der Schutzzoll. Es ist das Einzige, was jetzt zählt. Mit mechanischen Bewegungen öffne ich weitere Schubladen, durchwühle den ganzen Schreibtisch, aber es ist, als hätte mein Onkel absichtlich ein Labyrinth hinterlassen, um alles zu verschleiern.

Schließlich fällt mein Blick auf den Safe in der Ecke des Büros. Ein altmodisches Zahlenschloss, vergilbt und zerkratzt – Onkel Titos persönlicher Tresor. Er hatte den Tresor immer stolz „seinen Kasten" genannt, sein Misstrauen gegenüber Banken wie ein Abzeichen tragend. „Nur Narren vertrauen ihr Geld Fremden an", sagte er, während seine Augen kalt glitzerten.

Wenn irgendwo etwas Wichtiges ist, dann dort. Mit zittrigen Fingern gebe ich die Kombination ein. Die schwere Metalltür schwingt auf und offenbart die ordentlich gestapelten, mit Gummibändern zusammengehaltenen Geldbündel. Der Notgroschen meines Onkels. Ich ziehe ein Bündel heraus. Es ist genug, um gewappnet zu sein, falls Luca zurückkommt. Ein Schauer läuft mir über den Rücken bei dem Gedanken an ihn – der Todesengel im maßgeschneiderten Anzug. Seine Augen dunkel, brennend, als würden sie direkt in meine Seele blicken. Als wäre ich ein Besitz, etwas, das ihm gehört.

„Nicht zulassen, Georgia!", murmele ich, als könnte ich damit die Erinnerung an ihn wegwischen wie Kreide von einer Tafel.

Der Safe schließt sich mit einem dumpfen Klang, der den Raum erzittern lässt. Mein Blick wandert zurück zur Schublade mit dem Notizbuch meines Vaters. Es ruft nach mir, lautlos, als wollte es mir Geheimnisse zuflüstern. Ich will Antworten finden, aber ... jetzt ist nicht der richtige Moment.

Das Geld verschwindet in meiner Tasche, der Reißverschluss schließt sich mit einem leisen Surren. Das Gewicht der Banknoten sollte mich beruhigen, tut es aber nicht. Es gibt kein Ausruhen. Nicht hier, nicht jetzt, niemals. Die kalte Luft, die durch die Ritzen des Fensters dringt, streift meine Haut wie eine Warnung. Es gibt nur eine Priorität: überleben. Alles andere muss warten.

Mit eiligen Schritten verlasse ich das Büro. Mein Atem ist flach, das Herz schlägt wie eine Trommel gegen meine Rippen. Die Pistole in meiner Tasche ist schwer und kalt, aber sie gibt mir heute aus einem unerfindlichen Grund keinen Trost.

Die Ombrianis lassen ihre Beute nicht entkommen. Luca wird zurückkommen – und wenn er herausfindet, wer ich wirklich bin ... Eine Welle von Kälte überschwemmt mich. Ich weiß nicht, was dann passieren wird.

Luca

Der Wind peitscht über das Kopfsteinpflaster, während ich das Restaurant beobachte. Das Bild der gefälschten Note brennt in meinem Gedächtnis – perfekte Blüten, so verdammt echt, dass selbst Vito sie nicht erkannt hat. Der Mann, der Banknoten prüft, seit er laufen kann. Irgendein Bastard wagt es, den Ombrianis Falschgeld unterzujubeln.

Normalerweise würde ich einen der Soldati schicken, um den Schutzzoll einzutreiben. Aber nicht heute. Nicht, wenn es um Falschgeld geht. Nicht, wenn ich selbst jedes verdammte Detail überprüfen muss. Und nicht, nachdem diese Kellnerin gestern dazwischengegangen ist, als Raffaele seine Waffe auf mich richtete. Georgia. Sie hat sich vor mich gestellt, als wäre ich ein schützenswertes Leben. Als hätte ich Rettung nötig.

Der Gedanke lässt meine Kiefermuskeln verkrampfen. Ich brauche niemanden. Ich bin derjenige, der beschützt. Der entscheidet. Ich führe den Namen Ombriani nicht umsonst. Es ist kein Titel – es ist eine Verpflichtung. Und doch ... für einen Moment war da jemand, der mein Leben als wertvoll betrachtete. Nicht als Erbe des Ombriani-Imperiums. Nicht als Don. Als Mensch. Der Gedanke ist wie ein Splitter unter der Haut.

Auch nach Raffaeles Tod muss ich sicherstellen, dass kein Nachbeben folgt. Ein Mord in ihrem Restaurant ist schlecht fürs Geschäft. Die Menschen reden. Die Polizei stellt Fragen. Ich muss wissen, ob alles ruhig bleibt. Ob dieses unscheinbare Restaurant eine Verbindung zu dem Fälscher ist? Und diese Georgia – war ihr Eingreifen Zufall oder steckt mehr dahinter?

Die letzten Gäste torkeln aus dem Lokal. Draußen weht der Wind durch die Straßen, trägt Gelächter mit sich, das nicht mehr lange existieren wird. Drinnen klirren noch Gläser. Gedämpfte Stimmen, die sich langsam verlieren.

Dann verabschiedet sich der letzte Kellner. Die Tür fällt ins Schloss, ein dumpfer Knall, der durch die Nacht hallt. Schritte auf dem Asphalt. Einer nach dem anderen. Und dann – Stille.

Nur eine gedimmte Lampe flackert durch die Dunkelheit wie ein kranker Herzschlag.

Ich lehne mich gegen den kalten Betonpfeiler neben dem Eingang, spüre das raue Material durch den teuren Stoff meines Anzugs. Sie ist allein da drin. Niemand, der Fragen stellen wird. Niemand, der sich erinnern könnte. Meine Hand gleitet über den Türgriff. Nicht hastig, nicht zögernd. Sondern mit der Ruhe eines Mannes, für den Zeit kein Hindernis ist.

Die Tür öffnet sich lautlos. Der Geruch von Basilikum und Rosmarin erfüllt den Raum – ein unerwarteter Kontrast zur Härte der Straße draußen. Restaurants wie dieses waren in meiner Kindheit nicht für Menschen wie mich bestimmt. Jetzt öffnen sie sich alle für einen der mächtigsten Männer dieser Stadt. Die Ironie lässt mich kurz innehalten.

Und dann sehe ich sie – Georgia. Ihre Bewegungen sind zu kontrolliert, etwas, das ich aus meiner Welt kenne – nicht von gewöhnlichen Kellnerinnen. Die schwarze Bluse, die dunklen Haare, die im schwachen Licht glänzen – sie versucht zu verschwinden, Teil der Schatten zu werden. Ein interessanter Instinkt für jemanden, der gestern im Rampenlicht stand.

Sie bemerkt mich, bevor ich ein Wort sage. Eine minimale Veränderung ihrer Haltung – die Spannung zwischen den Schulterblättern, die leichte Drehung des Kopfes. Nicht die Reaktion eines unschuldigen Lamms. Eher die eines Wolfs, der einen anderen wittert.

„Luca." Mein Name ist wie ein Fluch auf ihren Lippen. Ihre Hand zuckt zur Seite – ein Amateur-Move, der ein Grinsen auf mein Gesicht zwingt.

Drei Schritte, dann bin ich bei ihr. Ihre Augen weiten sich, als ich ihr Handgelenk packe. Die Beretta gleitet in meine Hand wie eine Liebkosung. „Süße." Meine Stimme ist samtweich. „Du spielst in der falschen Liga."

Die Waffe ist ein Witz. 6+1 Schuss. Hammer-Action. Ein Spielzeug in meinen Händen.

Mein Blick gleitet über sie – nicht aus Gier, sondern aus Kontrolle. Ich will sehen, wo der Widerstand sitzt.

„Eine Spielzeugwaffe für ein Mädchen, das nicht weiß, wo ihr Platz ist."

„Gib sie zurück!" Diese verdammten blauen Augen. Sie fordern mich heraus, als hätte sie vergessen, wer ich bin. Als wäre sie mehr als nur ein weiteres Hindernis in meinem Revier, das beseitigt werden muss.

„Bestimmt nicht!" Ich lache dunkel, roh, während ich ihre schlanke Figur mustere. Doch dann passiert etwas, das meine Neugier weckt. Ihr Blick flackert. Erst nur ein Hauch, kaum wahrnehmbar. Dann huscht ein Schatten hindurch, verwandelt das Feuer in ihren Augen in etwas anderes – etwas Kaltes. Entfernt. Entrückt. Die Veränderung ist subtil, aber ich spüre sie. Sehe sie.

Ich will sie zurückhalten. Will ihre Angst schmecken.

Gestern noch stellte sie sich zwischen mich und Raffaele, als wäre sie verdammt noch mal unsterblich.

Jetzt steht sie hier wie ein verwundetes Tier, gefangen zwischen Kampf und Flucht. Ein Rätsel, das mich wider Willen fasziniert. Mit einer einzigen Bewegung presse ich sie gegen die Theke, meine Hand an ihrer Kehle. Ihr Atem geht schnell, ihr Puls rast unter meinen Fingern. Sie setzt zur Gegenwehr an. Doch ihre Muskeln sind schlaff und in ihren Augen ist dieser seltsame Film, wie Frost auf Glas.

Was zur Hölle? Ich verstärke meinen Griff, will sie zwingen, bei mir zu bleiben, aber es ist, als würde ich ins Leere greifen. Ihr Körper ist da, gleichzeitig entgleitet sie mir wie verdammter Rauch. Ein heißer Schwall Wut schießt durch meine Adern. Niemand entzieht sich mir.

„Bleib hier!", knurre ich, drücke härter zu. Der rasende Puls unter meinen Fingern ist das Einzige, was mir noch beweist, dass sie real ist. Sie sieht durch mich hindurch, als wäre ich Luft. Ausgerechnet ich – vor dem die brutalsten Männer Trapanis zittern.

Etwas regt sich in mir. Kriecht hoch, heiß und kalt zugleich. Ich nenne es Zorn, aber es fühlt sich tiefer an. Näher. Gefährlich. Ich muss sie zurückholen, ihre Aufmerksamkeit erzwingen. Sie ist in meinem Territorium. Und diese Art von Flucht untergräbt meine Kontrolle. „Du schuldest mir 1.000 Euro Schutzzoll."

In den Straßen von Trapani ist das mehr als Geld. Es ist ein Urteil. Meine Stadt, meine Gesetze.

Etwas flackert in ihrem Gesicht – dieser perfekte Moment der Erkenntnis, bevor ihre Züge sich wieder verwandeln. Eine Reaktion, die mich gleichzeitig fasziniert und provoziert. Sie kämpft. Nicht mit Worten. Nicht mit Waffen. Sondern mit der Art, wie sie den Blick hebt. Ihre Schultern straffen sich, sie presst ihre Lippen aufeinander, als könnte sie sich meiner Macht entziehen.

„1.000 Euro?" Das Zittern in ihrer Stimme zeigt, dass sie da ist. Gut. „Du hast mich gehört." Meine Worte schneiden durch die Luft. „Entweder du zahlst – oder ich nehme mir, was mir zusteht!" Ein Versprechen, keine Drohung. In dieser Stadt gibt es keine Ausnahmen.

„So läuft das hier?", fragt sie und ihre Stimme klingt merkwürdig fern. Der Widerstand darin ist noch da, aber er verblasst wie ein verwehendes Echo. „Sie tauchen einfach auf, nennen irgendeine Zahl und erwarten, dass ich springe?"

Ich neige meinen Kopf zur Seite, beobachte sie wie ein Objekt. „Und wenn du dich nicht beeilst, verdopple ich."

Ihre Bewegungen, als sie zur Handtasche greift, sind wie in Zeitlupe, als müsste jede Geste durch dickes Glas brechen. Der weiße Umschlag in ihren zitternden Fingern erscheint unwirklich. Sie streckt mir das Geld entgegen, ihre Hand schwebend. Als ich danach greife, zuckt ihr Körper zusammen, aber ihre Augen bleiben tot – diese Diskrepanz irritiert mich mehr, als ich zugeben will.

Der Geldschein ist makellos. Frisch. Reines Weiß – wie ein unbeschriebenes Blatt.

Ihre Augen folgen meinen Händen, aber ohne wirklich zu sehen. Als wäre ihr Körper hier und ihr Geist längst geflohen. Gefangen zwischen Widerstand und Kapitulation.

Aber ich bin nicht hier, um mich an ihrem Zittern zu berauschen. Das Geld ist der Schlüssel zu dem, was sie versteckt.

Meine Finger streichen über den Schein. Glatt. Zu glatt. Wie eine Geschichte ohne Fehler. Zu perfekt, um wahr zu sein. Ich halte ihn gegen das Licht.

„Was machst du?" Ihre Stimme klingt, als hätte die aufkeimende Gefahr Risse in ihren Nebel geschlagen. Und dieses plötzliche „du". Eine Grenzüberschreitung.

Eine Provokation. Mein Kiefer spannt sich. Vielleicht sollte ich sie daran erinnern, wer hier die Regeln macht. „Das Geld prüfen." Ich drehe den Schein zwischen meinen Fingern. Jede Linie, jede Prägung, jede winzige Unregelmäßigkeit brennt sich in meine Netzhaut. Und dann sehe ich es – die minimale Abweichung im Wasserzeichen. Unsichtbar für jeden anderen. Aber nicht für mich. Nicht für jemanden, der weiß, was so ein Fehler bedeutet. Ein verdammtes Todesurteil. Etwas Dunkles zieht sich in mir zusammen. Ich hebe den Blick. Fixiere sie. „Was zum Teufel ist das?" Ich halte den Schein hoch – den Beweis ihrer Täuschung zwischen meinen Fingern.

Ihre Haut wird fahl. Als hätte ich ihr das Blut aus den Adern gesaugt. Ihre Finger krallen sich in ihre Arme – eine nutzlose Verteidigungsgeste, schwach, verzweifelt. Ein hilfloser Reflex, der mich mehr fesselt, als er sollte.

„Ich weiß nicht, wovon du redest." Die Worte stolpern über ihre Lippen, brüchig, haltlos. Ihre Arme hängen jetzt schlaff an ihr herab, als hätte sie den Kampf gegen die Realität bereits verloren.

Mein Lachen schneidet durch die Stille. „Du weißt nicht, wovon ich rede?" Meine Stimme ist weich. Zu weich. Eine Täuschung. Ein Versprechen von etwas, das nie kommen wird. „Woher hast du das Geld?"

Sie schüttelt den Kopf. Ihre Lippen – blutleer, zusammengepresst. Der Widerstand ist da, aber er ist bedeutungslos. Ich sehe ihre Angst, spüre sie in der Luft, schmecke sie fast. Und doch macht es das nicht besser. Nicht für sie.

„Es war im Safe meines Onkels."

Lüge oder Wahrheit? Es spielt keine Rolle. Der falsche Schein brennt in meiner Hand wie ein stummes Geständnis. Meine Fingerspitzen gleiten über das Papier, langsam, prüfend – als könnte ich die Schuld aus ihm herauspressen.

Der Abstand zwischen uns schrumpft. Mit jeder verstreichenden Sekunde wächst die Wut in mir. Sie kann es sehen, fühlen. Doch sie kann nichts dagegen tun.

„Diese Art von Fälschung – das ist kein Spielzeug. Das ist ein verdammtes Todesurteil in dieser Stadt."

Sie schüttelt den Kopf. „Ich wusste nicht ..."

Und dann sehe ich es. Den Wechsel. Wie eine Maschine, die sich selbst repariert. Sie zieht sich zurück, versteckt sich hinter diesen mechanischen Bewegungen, die sie vor der Realität, vor mir schützen sollen. Aber nichts schützt sie vor mir.

Falscher Moment. Hier gibt es kein Entkommen. „Georgia!"

Meine Hand schießt vor. Packt ihr Kinn, hart genug, dass ihre Haut sich gegen meine Finger spannt. Ich zwinge sie, mich anzusehen. Aber ihre Augen – verflucht blaue Augen – starren durch mich hindurch, als wäre ich Luft.

„Der Safe", wiederholt sie mechanisch, ihre Stimme so leblos wie eine kaputte Puppe. „Ich habe es dir bereits gesagt."

Wut explodiert in meiner Brust. Nicht wegen der Lüge – nein, es ist diese Art, wie sie sich in diese leere Hülle verwandelt, die ich nicht erreichen kann.

Ihr Blick ist starr und kalt. Und zum ersten Mal in meinem Leben macht mich die Unterwerfung einer Frau nicht hart vor Verlangen, sondern rasend vor Wut.

Meine Finger gleiten prüfend über das Papier. Jede Faser. Jede Linie. Doch das Biest in mir schert sich nicht um Druckqualität oder Wasserzeichen. Ich habe einen Auftrag, ein Vermächtnis. Und Georgia ...

Verdammt! Ihr Name ist keine Frage. Keine Bitte. Eine letzte Warnung. Diese unnatürliche Ruhe in ihr –

sie könnte echt sein. Oder die perfekte Maske einer Verräterin. Ein Risiko, das ich mir nicht leisten kann. Meine Hand gleitet in meine Jackentasche. Ihr Blick folgt der Bewegung. Kein Zucken. Kein Flehen. Nur dieses tote Warten, als wäre ich nichts weiter als der Henker, den sie längst erwartet hat. Das macht mich wahnsinnig. „Du kommst jetzt mit!" Weder eine Erklärung noch eine Wahl. In meiner Welt gibt es keine zweiten Chancen.

Sie rührt sich nicht von der Stelle, ihr Körper ist eine starre Linie aus Eis. Vor meinen Augen flackert das Bild von gestern Abend – Raffaeles Blut auf meinen Händen, sein letzter Blick. Einer ist schon zu viel. Mein Kiefer spannt sich. „Du weißt mehr, als du zugibst." Meine Stimme ist mehr ein Knurren. „Und ich werde herausfinden, was. Ein verdammtes Rätsel, das einen Krieg entfacht hat."

Sie steht noch immer da. Gefangen zwischen der Wand und meiner Präsenz. Ihr Blick bleibt auf meiner Hand in der Tasche, als könnte sie durch Stoff sehen, als würde sie bereits erraten, was ich als Nächstes tun werde. Dann weicht sie zurück. Langsam. Kontrolliert. Bis ihr Rücken die Wand berührt. Und dann? Panik. Ihre Schultern spannen sich. Ihr Atem stockt. Wie ein Tier, das in eine Ecke gedrängt wurde. Verletzlich. Zitternd.

Und etwas in mir antwortet darauf – nicht logisch, nicht kontrolliert. Ein Reflex, tief vergraben. Ihr Rückzug ist wie ein Riss in der Oberfläche. Und ich will – verdammt, ich will sie zurück in diesen Moment zwingen! Dorthin, wo ich sie sehen, spüren, beherrschen kann.

Ihre Bewegung ist pure Verzweiflung – ein letzter, nutzloser Fluchtversuch von jemandem, der längst weiß, dass es zu spät ist.

Ich beuge mich vor. Ihre Finger kratzen hilflos über den rauen Stein, auf der Suche nach einem Halt, den es nicht gibt. Als würde das irgendetwas ändern. Als wäre sie nicht schon tot gewesen in dem Moment, als ich das Wasserzeichen entdeckte. Mit einer plötzlichen Aufwallung spannt sie ihre Muskeln an. Doch es ist zu spät. Ich packe sie grob am Arm. „Du kommst jetzt mit mir!" Keine Frage. Kein Spiel. Ein Urteil.

Ihre Augen werden glasig. Ich erkenne den Moment, in dem sie wieder zu fliehen versucht. Aber nicht diesmal. Diesmal gehört sie mir. Vollständig.

5. Erstarrt

Georgia

Seine Hand schließt sich um meinen Arm wie ein Schraubstock. Stahlhart. Unerbittlich. Kein Raum für Gnade. Der graue Schleier ist meine einzige Rettung. Ich lasse mich fallen, versinke in die vertraute Leere, die mich schon so oft vor der Hölle bewahrt hat. Der dünne Stoff meiner Bluse ist wertlos gegen seine brutale Kraft. Sein Griff brennt sich in meine Haut als wollte er mich nicht nur halten, sondern besitzen. Jeder Druck seiner Fingerspitzen ein stilles Versprechen dessen, was noch kommen wird. Ohne die Beretta an meiner Seite bin ich verloren. Doch er kann nur zerbrechen, was er fassen kann. Und mich? Mich wird er niemals ganz greifen.

„Lass mich los!" Die Worte stolpern über meine Lippen, mechanisch, leer. Falsch, selbst in meinen eigenen Ohren. Als würden sie durch dickes Glas hallen, weit entfernt von mir selbst. Ich versuche, mich ihm zu entziehen – ein nutzloser Reflex. Gefährlich. Denn ich kann es mir nicht leisten, dieses Spiel zu verlieren. Nicht, wenn meine wahre Identität auf dem Spiel steht.

Er ist mir viel zu nahe. Sein Geruch – Leder und etwas Dunkles, Undefinierbares – schlägt mir entgegen, droht mich zu ersticken. Seine pure Präsenz ist eine Wand aus Gewalt, roh und unerbittlich. Kein Raum. Kein Ausweg. Meine Beine sind schwach, Wachs unter Flammen. Aber ich halte seinem Blick stand. Ich muss. Ein letzter Funke Stärke. Ein Kampf, den ich nicht gewinnen kann, aber trotzdem austrage. Während mein Verstand langsam unter dem grauen Schleier verschwindet – nicht, weil ich will, sondern weil es keine andere Möglichkeit mehr gibt.

„Du kannst es dir einfach machen oder schwer."

Sein Gesicht ist so nah, dass ich die Narbe an seiner Oberlippe sehe, seinen Dreitagebart und das gefährliche Zucken seines Kiefers. Die kaum gebändigte Brutalität in seinen Zügen durchbricht meine schützende Leere wie Glassplitter. Zu real. Zu präsent.

Mein Überlebensinstinkt schreit, während mein Blick panisch zur Tür huscht. Die Schränke hinter mir bieten keine Deckung, keine Waffe, nichts, was ich gegen diesen Mann aus Kontrolle und tödlicher Präzision einsetzen könnte.

„Ich gehe nirgendwohin!", spucke ich die Worte aus. Meine Knie zittern unter seinem eisernen Griff, aber ich zwinge mich, in diese tödlichen Augen zu starren. Eine letzte Demonstration von Stärke, bevor die Leere mich verschlingt. „Also entweder du jagst mir hier eine Kugel durch den Kopf oder du lässt mich los."

Die Worte hängen in der Luft, ein leeres Ultimatum. Denn wir beide wissen – ich habe keine Wahl.

Ohne meine Beretta bin ich nichts. Kein Gegner, kein Hindernis. Nur ein weiteres Opfer in seinen Händen. Ein Spielzeug, das er nach Belieben zerbrechen kann. Seine dunklen Augen bohren sich in mich, und durch den sich verdichtenden Nebel in meinem Kopf dringt eine grausame Wahrheit. Kugeln sind nicht das Schlimmste, was er zu bieten hat.

Er lacht. Dunkel. Rau. Ein Laut, der durch meinen Körper vibriert wie ein Todesurteil.

„Du hast keine Ahnung!" Seine Hand gleitet um meine Taille. Langsam. Besitzergreifend. Die Welt verschwimmt zu grauen Umrissen, als würde ich sie durch trübes Glas betrachten. Dann plötzlich: sein Gesicht. Unnatürlich scharf. Jede Pore, jede feine Narbe an seiner Lippe, die kalte Berechnung in seinen Augen – alles brennt sich in meine Netzhaut, bevor die gnädige Unschärfe zurückkehrt.

Er hebt mich hoch wie eine Puppe und meine verzweifelten Versuche, nach ihm zu treten, prallen an ihm ab wie Regentropfen an einer Mauer.

„Lass mich runter! Verdammt nochmal, ich gehe nirgendwohin!" Die Worte kommen von weit weg, als würden sie einer anderen gehören. Einer Georgia, die noch nicht begriffen hat, dass der Kampf bereits verloren ist.

„Pst!", murmelt er, während er mich zum Ausgang trägt. Die Panik steigt in mir auf wie eine dunkle Flut, aber sie findet keinen Weg nach außen. Als hätte jemand einen Schalter in mir umgelegt. Mein Körper reagiert nicht mehr – ich bin nur noch Zuschauer in meiner eigenen Hülle, gefangen hinter einem Schleier aus grauem Nebel.

Draußen empfängt uns die stille, dunkle Straße. Das Summen der Stadt klingt unwirklich, gedämpft. Im Schein der Laterne leuchtet seine silberne Strähne wie poliertes Metall, ein harter Kontrast zu dem dunklen Haar. Ein Todesengel.

Als er mich absetzt, bleibt seine Hand um mein Handgelenk geschlossen. Die Hitze seiner Haut katapultiert mich zurück in die Gegenwart. Die Wärme kriecht durch mich hindurch, ein unwillkommener Anker in der Realität, bevor die Taubheit sich wieder über mich legt.

Was immer du glaubst, von mir zu wollen ..." Meine Stimme ist ein Hauch, fremd in meinem eigenen Mund. „Du wirst es nicht bekommen!" Doch selbst diese Drohung klingt hohl. Weil wir beide wissen – ich habe längst verloren.

Seine Mundwinkel verziehen sich zu einem Grinsen, das durch meine schützende Taubheit schneidet. „Weißt du was, Georgia?" Seine tiefe Stimme vibriert in meinen Knochen. „Gestern hast du dich benommen, als wärst du unbesiegbar. Heute zeige ich dir, wer ich bin." Sein Griff um meinen Arm zieht sich noch fester zu, hart genug, um mich zurückzureißen – weg von der Taubheit, zurück in die grausame Realität.

„Ein verdammter Mafioso. Ein Killer. Und du bist nichts als ein weiteres Problem, das ich lösen muss."

Seine Worte treffen mich hart. Aber ich bin längst zu weit weg. Der Nebel ist alles, was mir bleibt – mein letzter Schutz, meine einzige Waffe gegen diesen Mann, dessen attraktives Gesicht eine Lüge ist. Eine perfekte Maske für das, was darunter lauert. Ich klammere mich an die Leere, an die Distanz, die mich von ihm trennt. Weil ich weiß: Wenn er mich wirklich erreicht, wird er mich zerbrechen ... dann gibt es kein Zurück mehr.

Ein schwarzer Wagen steht am Straßenrand bereit. Der Fahrer – ein Berg von einem Mann mit Narben im Gesicht – reißt die hintere Tür auf. Luca stößt mich hinein. Kein Zögern. Kein Widerstand, der zählt. Mein Körper prallt gegen das kalte Leder, Hände und Knie auf dem Sitz. Noch bevor ich mich aufrichten kann, knallt die Tür zu. Eingesperrt. Der Motor springt an und mit ihm erwacht die tiefe Gewissheit, dass ich gerade den letzten Rest meiner hart erkämpften Kontrolle verloren habe.

„Wohin bringst du mich?", frage ich. Meine Stimme klingt schärfer als erwartet. Der Knoten aus Angst und Wut in meiner Brust pulsiert wie ein zweites Herz.

„An einen Ort, an dem ich sicherstellen kann, dass du keine weiteren dummen Entscheidungen triffst", sagt Luca kühl. „In mein Haus."

Ein bitteres Lachen entweicht mir, bleibt irgendwo in meiner Kehle stecken. Die Vorstellung, mit ihm in sein Territorium zu gehen, lässt meine Eingeweide zu Eis gefrieren.

Sein Gesicht verfinstert sich. Die Luft zwischen uns wird schwer, erstickend.

„Meine Festung." Seine Stimme ist kalt, ein Kontrast zur absoluten Kontrolle, die darin mitschwingt. Keine Erklärung, kein Raum für Diskussion. Nur Spott. Nur Besitzanspruch. Ein Gefängnis, das auf mich wartet.

Sein Blick streift mich, während das Auto die steilen Straßen von Trapani hinaufklettert. Durch die getönten Scheiben sehe ich, wie die Stadt unter uns verblasst. Ihre Lichter – einst Orientierung, Sicherheit – schrumpfen zu verstreuten Diamanten in der Dunkelheit. Zerbrechlich. Unerreichbar.

Der Weg führt uns tiefer in die Hügel, fort von allem, was mir vertraut ist. Fort von jeder Möglichkeit, zu entkommen. Die Dörfer schmiegen sich an die Hänge – kleine Lichtinseln, eingefroren in der Dunkelheit.

Die Stille im Wagen ist kein Zufall. Sie ist gewollt. Kontrolliert. Ein Werkzeug, um mich spüren zu lassen, was ich längst weiß. Ich gehöre nicht mehr zu meiner Welt. Ich bin jetzt Teil seiner.

Irgendwann weichen die Straßen einem gewundenen Privatweg und eine eisige Klarheit durchbricht meine Betäubung. Wir nähern uns dem Territorium der Ombriani, einem Ort, über den in Trapani nur hinter vorgehaltener Hand geflüstert wird. Mit jedem weiteren Hügel, den wir erklimmen, wird die Realität meiner Situation unausweichlicher. Die lähmende Angst in meinen Gliedern kann ich nicht länger wegschieben, während sich die Erkenntnis in meinem Bewusstsein ausbreitet: Ich bin einer Welt ausgeliefert, von der ich bisher nur die Gerüchte kannte.

Wir passieren ein gusseisernes Tor. Dahinter säumen Zypressen den Weg, ihre Schatten tanzen im grellen Licht der Strahler. Ich registriere Kameras, Wachen, die zwischen den Bäumen patrouillieren. Mein Verstand versucht, die Information zu verarbeiten, aber meine Gedanken bleiben träge, als würden sie gegen eine unsichtbare Barriere anstoßen. Dann materialisiert sich die Festung vor mir wie ein Albtraum aus Stein und Schatten. Dunkler Granit, der im Mondlicht glitzert. Hohe Fenster wie schwarze, hungrige Augen.

Wir steigen aus dem Auto. Lucas Hand um meinen Arm ist zu fest, zu warm, zu echt – unmöglich, sie in den schützenden Nebel zu verdrängen.

Vor uns ragt eine massive Holztür auf, mit kühlen Metallverzierungen – scharfkantig, abweisend, wie ein stilles Versprechen. Mein Körper bäumt sich gegen Lucas Fesseln auf, ein letzter verzweifelter Versuch, der Realität dieser Situation zu entkommen. Aber Lucas Griff ist erbarmungslos. Er zwingt mich durch diese Pforte in seine Welt und zum ersten Mal, seit dem Beginn dieser Nacht, finde ich keine Zuflucht in meiner mentalen Festung.

Die Tür fällt hinter uns ins Schloss – endgültig. Kein Geräusch, nur ein Gefühl. Als hätte jemand den Riegel zu meiner mentalen Festung vorgeschoben. Die Eingangshalle ist eine kalte Demonstration von Macht: Gold, Kristall, Marmor unter meinen tauben Füßen. Alles schreit nach Dominanz. Nach dem, was er mir antun könnte. Mein Blick huscht zu Fenstern, Türen, Fluchtlinien. Aber die Wachen sind überall. Der Gedanke an Flucht fühlt sich an wie Spott.

„Du denkst immer noch ans Weglaufen." Seine Stimme dringt durch den Rest meiner Taubheit. Ich zucke zusammen, halte meinen Blick auf den Boden gerichtet.

„Man wird sehen", krächze ich. Die Worte schmecken nach Verzweiflung, aber sie kommen. Irgendein verdammter Rest von Trotz in mir weigert sich, aufzugeben, auch wenn sich mein Körper nach dem erlösenden Nebel sehnt.

Luca Ombriani zerrt mich immer weiter. Weg von der übertriebenen Zurschaustellung von Gold und Macht, hinab in die Eingeweide seines Hauses. Die Luft wird kalt, das weiche Licht stirbt, ersetzt durch das gnadenlose Flackern von Neonröhren. Meine Schutzbarriere bröckelt – und mit jeder Stufe nach unten wird die Realität brutaler. Ich bin in der Hand eines Killers. Eines Monsters.

Die Metalltür vor uns ist wie das Tor zu einem Ort, den man nur betritt, wenn man nichts mehr zu verlieren hat. Das Schloss klickt – und eine Kälte schlägt mir entgegen, so plötzlich, dass mir der Atem stockt. Purer Überlebensinstinkt durchbricht die Lähmung. Meine Muskeln spannen sich zum Sprung – aber Lucas Finger graben sich nur noch tiefer in meinen Arm, versprechen Schmerz bei jedem Fluchtversuch.

„Beweg dich!", knurrt er, seine Stimme hallt von den Wänden wider. Meine letzte Schutzbarriere zerbricht und zurück bleibt nur eine kristallklare Erkenntnis: Das hier ist real. Ich bin in der Hand eines Mannes, der keine Gnade kennt, in einem Haus, das keine Flucht erlaubt. Und was immer er mit mir vorhat – es ist erst der Anfang.

Luca

Ich führe Georgia vorbei an grauen Betonwänden, die mit Schimmelspuren durchzogen sind, und die Dunkelheit und Kälte verstärken.

Eine nackte Glühbirne baumelt von der Decke, ihr Licht flackert unregelmäßig, wirft verzerrte Schatten auf den Boden. Jede Bewegung fühlt sich falsch an, als würden die Wände selbst näher rücken. Die Luft ist feucht, modrig – ein kalter Hauch, der sich in die Knochen frisst und nicht mehr loslässt. Die Stille ist allgegenwärtig. Nur unsere Schritte hallen durch den Raum, dumpf und endgültig. Lorenzo wartet bereits. Sein

Blick trifft meinen. Kein Zögern. Kein Mitleid. Nur Pflicht.

Ich nicke. „Bring sie in die Zelle!"

Georgia wirft mir einen Blick zu und ich sehe, wie blanke Panik in ihren Augen aufflackert, bevor sie sich wieder hinter diese verdammte Mauer zurückzieht. Die starke Frau, die eine Waffe auf einen Mann gerichtet hat, um mich zu retten, ist verschwunden. Zurück bleibt ein Schatten – einer, den ich nicht fassen kann. Nicht mit Worten. Nicht mit Macht. Nicht einmal, wenn meine Finger ihre Haut berühren.

Lorenzo packt sie am Arm und sie stößt ein scharfes Keuchen aus, doch sie wehrt sich nicht mehr. In ihren blauen Augen ist dieser leere Blick, der mich rasend macht – als würde sie mir sagen: Du kannst meinen Körper haben, aber mich wirst du nie erreichen.

Ich folge ihnen in die Zelle. Meine Finger kribbeln – eine Reaktion, die ich nicht einordnen will. Ich beobachte, wie sie sich aufrichtet, nachdem Lorenzo sie hineingestoßen hat.

Die kalte Luft kriecht unter meine Haut, aber die Kälte kommt nicht von den feuchten Wänden, sondern von ihrem Blick. Die Zelle ist genau das, was sie sein soll – ein Albtraum aus Beton und Schatten. Die vergammelte Matratze in der Ecke erzählt stumm von denen, die vor ihr hier waren. Die nackte Glühbirne wirft zuckende Schatten an die Wände, macht aus diesem Verlies eine Gruft. Hier habe ich schon die härtesten Männer zerbrechen sehen. Aber sie … Sie dreht sich zu mir um und ich sehe, wie ihr Atem schneller geht. Ihre Brust hebt und senkt sich hastig, doch über ihren Augen – diesen verdammten blauen Augen – liegt ein

Schleier, wie eine unsichtbare Mauer, die uns trennt. Ihr Körper ist hier, aber ihr Geist entgleitet mir wie Wasser zwischen meinen Fingern.

Die Angst ist da. Aber da ist noch etwas anderes in ihrem Blick. Etwas, das ich nicht greifen kann, das mich rasend macht. Eine Art stiller Trotz, der sich weigert zu brechen, egal wie aussichtslos ihre Lage ist.

„Morgen wirst du mir alles sagen, was du weißt." Die Worte füllen den kahlen Raum, prallen von den Betonwänden ab. Es ist ein Versprechen, eine Warnung vor dem unvermeidlichen Morgen.

„Und wenn ich nichts weiß?"

Ihre Stimme klingt hohl und ihr Körper sackt in sich zusammen wie eine Marionette mit durchschnittenen Fäden. Verdammt! Ihre leeren Augen erinnern mich an den Mann, der mich angesehen hat, als wäre ich mehr als das, wozu Vincenzo mich gemacht hat. Ich war 13, als ich ihn töten musste. Meine Initiation. Vincenzos stolzes Nicken danach war das einzige Zeichen von Zuneigung, das ich je von ihm erhielt.

Meine Hände ballen sich zu Fäusten. Dieses verdammte Versteckspiel – ist wie ein Schlag in mein Gesicht. Ich packe ihr Kinn, zwinge sie, mich anzusehen.

„Glaubst du wirklich, du kannst dich vor mir verstecken?" Meine Stimme ist kaum mehr als ein Flüstern, aber sie zuckt zusammen, als hätte ich geschrien. „Dieser Ort in deinem Kopf, wohin du fliehst – er gehört mir. Verstehst du das? Du gehörst mir!"

Ihre Pupillen weiten sich kurz, bevor sie wieder in diesen verfluchten Nebel abtaucht. Es treibt mich in den Wahnsinn, wie sie sich entzieht, obwohl ich sie direkt vor mir habe.

Ich halte ihrem leeren Blick stand, versuche, das Rätsel zu entschlüsseln, das sie für mich ist. Diese Frau, die bereit war, mich zu verteidigen, und die jetzt wie ein Schatten vor mir steht.

Die Wut brennt in mir, als ich mich schließlich umdrehe und gehe. Das Kreischen der schweren Metalltür hallt durch den Gang wie ein düsteres Versprechen.

„Versteck dich nur", murmle ich, während ich die Tür zuwerfe. „Ich werde jeden Winkel deines Verstandes finden und ans Licht zerren."

Meine Schritte hallen von den Wänden wider, als ich die Dunkelheit der Zelle hinter mir lasse. Aber ihr Bild – ihre erstarrte Gestalt mit dem geisterhaften Blick – hat sich in mein Gehirn gebrannt. Ein Rätsel, das ich lösen werde. Koste es, was es wolle. Und niemand – nicht einmal sie selbst – wird sich meinem Willen entziehen.

Ich steige die Treppen hinauf und lasse den Kerker hinter mir, doch eine unerträgliche Anspannung pocht in meiner Brust. Die Kiefermuskeln sind so verkrampft, dass es schmerzt. Wenn sie nicht redet, muss sie verschwinden. Der Kodex ist klar. Gnadenlos.

Ich bin das Werkzeug. Der Vollstrecker. Vincenzos Stimme hallt in meinem Kopf wider: „Schwäche ist der Luxus der Toten, Luca." Seine erste Lektion, nachdem er mich aus dem Dreck holte. Damals verstand ich die Worte nicht, aber den Schlag, der folgte, wenn ich Mitgefühl zeigte.

Aber zum ersten Mal in meinem verdammten Leben fühlt sich diese Rolle an wie eine zu eng geschnittene Jacke. Sie passt nicht, schnürt mir die Luft ab. Meine Hände ballen sich zu Fäusten, bis die Knöchel weiß hervortreten.

Ich hatte nicht darum gebeten, dass sie mich verteidigt. Verdammt, niemand beschützt den Bastard, den
Killer! Ich bin ein Werkzeug, eine Waffe – kein Mensch,
den man rettet. Aber sie hat es getan. Hat ihre verdammte Waffe gezogen und geschossen, als wäre mein
Leben es wert, gerettet zu werden. Und jetzt sitzt sie in
einer Zelle, weil sie zu viel weiß - oder zu wenig. Ich
weiß es selbst nicht mehr.

Was sie in mir auslöst, bringt mich an den Rand des
Wahnsinns.

Es ist keine Schwäche. Nicht im klassischen Sinn.
Schweiß tritt mir auf die Stirn, während mein Herz gegen die Rippen hämmert – schnell, hart, als wollte es
fliehen, während ich bleibe.

Das, was sie in mir auslöst, macht mich rasend. Es ist
wie ein Fieber, das durch meine Adern jagt und das ich
nicht abschütteln kann. Es ist das Gefühl, nicht mehr
der Einzige zu sein, der in diesem Spiel die Regeln
kennt.

Ich spüre sie. Unter der Haut. In meinem Kopf.

Sie ist in mir – und ich habe keine Ahnung, wie ich sie
da wieder rausbekommen soll.

Verdammt, ich brauche Ablenkung! Jetzt! Der Black
Swan wird mir genau das geben. Ich brauche Frauen,
die wissen, wer ich bin. Die nicht versuchen, in mir etwas zu sehen, das Vincenzo mit sieben Jahren aus mir
herausgeprügelt hat. Ein Herz. Eine Seele. Eine Illusion
von Menschlichkeit, die ich mir nicht leisten kann.

Kurze Zeit später treffe ich Enzo beim Eingang. Sein
Grinsen täuscht nicht über die Kälte in seinen dunklen

Augen hinweg – Augen, die schon zu viel Blut gesehen haben.

Seine zwei Meter pure Muskelmasse machen ihn zu einem beeindruckenden Anblick, aber es ist diese Spannung in seinen Bewegungen, die den Killer in ihm verrät. Als er die Ohrstöpsel herausnimmt, dringen die letzten Takte von „Nessun dorma" zu mir herüber. Die einzige Schwäche, die er sich in seinem Leben erlaubt.

„Der große Mann braucht Ablenkung?" Seine Stimme ist samtweich, aber ich kenne das gefährliche Funkeln in seinen Augen zu gut. „Das wird langsam zur Gewohnheit." Der schwere Silberring an seinem Finger glänzt im Halbdunkel wie eine stumme Warnung – ein Ring, der schon zu oft als Waffe gedient hat.

„Wir gehen in den Black Swan!", sage ich, mit fester Stimme, die keinen Widerspruch duldet. Ein Befehl, keine Diskussion – so wie alles in meinem Leben unter Kontrolle sein muss. Nur sie ... entzieht sich mir mit jedem Atemzug.

Er löst sich von der Wand mit der geschmeidigen Bewegung eines Raubtiers. „Du weißt schon, dass es auch andere Clubs gibt?" Sein Grinsen macht ihn jünger, zeigt seine strahlend weißen Zähne.

„Ich brauche einen klaren Kopf", sage ich kurz angebunden.

„Ah", macht er gedehnt, und der Spott in seiner Stimme ist wie Gift. „Hat das was mit deiner mysteriösen Gefangenen zu tun?"

„Sie hat mich mit Falschgeld bezahlt. Ich will wissen, woher es kommt." Die Worte kommen zu schnell, zu kontrolliert. Ein armseliger Versuch, das zu verbergen, was mich seit ihrer Verhaftung nicht loslässt. Dieses

Störgeräusch unter der Haut. Dieses Ziehen in meinem Kopf.

„Und?", fragt er mit täuschend leichtem Ton, aber die Neugier darin ist unverkennbar. „Was machst du jetzt mit ihr?"

Ich gehe weiter, jeder Schritt präzise, kontrolliert. „Sie wird reden müssen." Meine Stimme ist fest. Aber irgendetwas arbeitet in mir, gräbt sich tiefer, je mehr sie schweigt.

Dieser Blick. Diese stumme Stärke. Wie sie sich entzieht – ruhig, lautlos – und trotzdem in mir bleibt.

„Ich helfe dir gerne mit meinen Methoden." Er grinst verschwörerisch. Enzo, den die meisten nicht überleben – der Mann, der unter seinem Charme den Kodex wie eine zweite Haut trägt. „Du weißt, was auf dem Spiel steht."

„Sie wird reden", wiederhole ich, meine Fäuste ballen sich bei dem Gedanken, dass ein anderer sie anfassen könnte. Sie ist mein Rätsel. Mein Anspruch. Wer glaubt, sie anfassen zu dürfen, hat nicht verstanden, wem sie gehört.

Er nickt und grinst entspannt. „Sicher wird sie reden. Aber lass uns erst mal deinen Kopf frei bekommen. Die Nacht ist jung und die Mädchen im Swan warten." Der unterschwellige Unterton ist klar – Frauen sind Waren, Besitz. Aber Georgia ... ist anders. Ein Gedanke, der mich noch wahnsinniger macht als ihre Sturheit.

Der Ferrari wartet wie ein dunkles Versprechen und wir steigen ein. Der Wind peitscht durch die Nacht, während die Straße die Dunkelheit verschluckt. Eine Dunkelheit, die mir sonst vertraut ist – heute aber fremd wirkt.

Im Club dröhnt der Bass, der sich wie ein pulsierendes Herz durch den Boden frisst. Die Luft ist schwer von Schweiß, Rauch und teurem Parfüm. Es riecht nach Macht. Ein Ort für Männer, die alles besitzen und nichts fühlen.

Enzo läuft neben mir, seine Schritte kontrolliert. Schweigend, aber mit wachsamem Blick, der jede potenzielle Bedrohung registriert.

Wir betreten den Hauptbereich des Clubs und das Licht wechselt in ein tiefes Rot. Überall drapierte Körper, die sich in der Hitze der Aufmerksamkeit räkeln. Frauen, die zu allem bereit sind.

„Die Blonde passt zu dir." Enzos Stimme ist kaum lauter als das Wummern der Musik. „Genau dein Typ."

Ich ignoriere ihn. Mein Blick wandert, aber alles, was ich sehe, sind perfekte Hüllen, die keine Herausforderung in sich tragen. Keine hat ansatzweise was ich suche. Dann sehe ich sie. Dunkles Haar, das wie ein Schleier fällt. Blaue Augen, die mich für einen Moment ansehen. Verdammte Scheiße!

„Echt jetzt, braunhaarig?" Enzos Spott ist unüberhörbar.

„Halt die Klappe!" Die Worte kommen schärfer, als ich es beabsichtige.

Enzo zuckt kaum merklich mit den Schultern, aber ich spüre seinen prüfenden Blick.

Ich gehe zu der Frau, ohne mich umzusehen. Sie steht da, mit gebundenen Händen, die vor ihrem Körper ruhen, ein Lächeln auf ihren geschminkten Lippen. Gehorsam. Fügsam. Devot. Genau, wie ich es sonst liebe.

Der Raum, in den sie mich führt, ist eng, dominiert von einem Spiegelbett, das im roten Licht wie ein Altar wirkt. Sie steht vor mir, den Kopf gesenkt – eine perfekt dressierte Hure, die weiß, was Männer wie ich wollen.

Ich packe ihr Haar, reiße ihren Kopf zurück, bis ihr Blick den meinen trifft. Nichts. Kein Funken Leben. Nur ein gekünsteltes Wimmern, das mir die Galle hochkommen lässt. Ihre Unterwerfung ist so verdammt perfekt einstudiert wie eine Theateraufführung.

„Wehr dich!" Der Befehl kommt als tiefes Knurren aus meiner Kehle. Verwirrung flackert in ihrem Blick – eine Abweichung vom Drehbuch.

Sie drückt ihre Hände gegen meine Brust, ein jämmerlicher Versuch von Widerstand. Aber es ist nur Show, verdammte Schauspielerei. Kein echtes Feuer. Nicht diese rohe Panik, die ich suche, wenn sich der Körper gegen den eigenen Willen aufgibt.

Ich stoße sie von mir weg. Im Spiegel sehe ich uns beide – sie in ihrer perfekt einstudierten Angstpose, ich mit einer Mordswut im Gesicht, die selbst Enzo zurückschrecken lassen würde.

Sie zögert, ihr Blick trifft meinen im Spiegel auf der Suche nach einem Zeichen. „Aber Signore …"

„Raus!" Ein Befehl, der sitzt.

Die Tür fällt hinter ihr zu. Ich starre in den Spiegel, sehe das Monster, das ich geworden bin.

Georgia!

Diese gottverdammte Faszination, wenn echte Panik einen Körper zerstört. Wenn der Kampf in dieser süßen, leeren Kapitulation ertrinkt. Wenn die Augen glasig werden.

Meine Faust kracht in die Wand, Blut tropft von den Knöcheln. Keine Erleichterung.

Ich sehe sie immer noch vor mir. Wie sie durch mich hindurchstarrte. Wie ihr Körper aufgab, Zentimeter für Zentimeter. Und ich wusste: Das war echt. Das war roh. Unverfälscht.

Ich reiße meine Jacke vom Haken. Enzo kann mich mal – oder vielleicht hat er es längst erkannt, diese neue Obsession. Diese Jagd nach dem Moment, den man sich nicht mit Geld erkaufen kann.

Ich finde ihn in einem der Separees, wo er die Frau vor ihm wegschiebt, als ich eintrete. Kein Zucken, kein Wort – typisch Enzo. In unserer Welt zählt eine Frau nicht mehr als ein Werkzeug, um seine Gier zu stillen. Zumindest war das so, bis sie kam.

„So schnell fertig mit deinem Spielzeug?", fragt er, während er seine Hose richtet. Die Frau neben ihm sitzt regungslos, ihr Make-up verschmiert. Er würdigt sie keines Blickes.

„Vergeudete Zeit!", knurre ich.

Er folgt mir wie ein Schatten, der zu tief blickt.

„Nicht dein Typ von Fleisch?" Seine Stimme trieft vor Spott, während wir durch das rote Licht des Clubs gehen. Als würde er zu viel wissen.

Ich wirbele herum, die Wut brodelt in mir. „Halt deine Fresse, Enzo!"

Er hebt die Hände, aber sein Grinsen sagt alles. „Nur die Wahrheit, Boss."

Ich spüre, wie sich meine Faust in der Luft formen will. Nur ein falsches Wort und ich zertrümmere ihm das Grinsen. Aber ich bleibe stehen, weil ich weiß: Es würde nichts ändern. Denn nicht er ist das Problem. Sondern sie. In weniger als acht Stunden werde ich

wieder vor ihr stehen. Und diesmal werde ich sie brechen. Schicht für Schicht. Bis sie versteht, dass es keinen Ort gibt, an dem sie sich vor mir verstecken kann.
Nicht einmal in ihrem eigenen Kopf.

6. Flammen

Georgia

Die Kälte kriecht in meine Knochen, aber sie ist nichts gegen die Eiseskälte in meinem Inneren. Ich liege regungslos auf der durchgelegenen Matratze, deren muffiger Geruch mir den Magen umdreht. Feuchte Flecken ziehen sich wie dunkle Finger über die Betondecke. In der Ecke steht ein rostiger Metalleimer – meine einzige Toilette. Die Demütigung brennt heißer in mir, als die Kälte mich einnehmen könnte.

Die kahlen Betonwände sind übersät mit den Spuren früherer Gefangener. Eingeritzte Namen, durchgestrichene Tage, verzweifelte Botschaften in verschiedenen Sprachen. „Gott, hilf mir!" Darüber ein verwischtes: „3 Tage noch!" Ich frage mich, ob sie je wieder rauskamen.

Das schwache Licht der nackten Glühbirne flackert unregelmäßig. Die Zeit hat ihre Bedeutung verloren in diesem Loch. Minuten oder Stunden könnten vergangen sein, seit er mich hier eingesperrt hat.

Eine alte Wasserflasche liegt neben der Matratze, das letzte bisschen Flüssigkeit tropft langsam auf den Boden.

Dunkle Flecken an der Wand erzählen Geschichten, die ich nicht hören will. Was passiert in diesem Raum, wenn die Tür sich öffnet? Meine Starre hat hier keinen Platz. Nicht in dieser Höhle voller Raubtiere, wo jedes Zeichen von Schwäche einem Todesurteil gleichkommt.

Ich kämpfe gegen die lähmende Angst an, zwinge meinen Verstand zur Klarheit. Sonst kann ich weggleiten, mich in den schützenden Nebel retten, bis alles taub wird. Aber hier unten gibt es keine Gnade. Seine Fragen werden kommen, brutal und gnadenlos. Das Falschgeld. Die Herkunft. Einen Trost habe ich zumindest. Der große Luca Ombriani ist zu blind, um zu sehen, wer ich wirklich bin. Seine gierigen Hände wollen nur das Falschgeld – ich bin nur Mittel zum Zweck. Und das ist ein Vorteil. Es interessiert ihn nicht, wie ich in Wahrheit heiße.

Das metallische Klicken des Schlosses zerreißt die Stille. Der Aufseher erscheint im Türrahmen, seine massive Gestalt verschluckt den letzten Lichtschein von draußen.

„Aufstehen!", befiehlt er kurz.

Mein Körper gehorcht mechanisch, gleichzeitig formen sich in meinem Kopf Pläne. Ich muss wach bleiben, präsent. Jedes Detail könnte wichtig sein. Der Weg durch die Gänge wird zur mentalen Karte – drei massive Stahltüren, deren Schlösser riesig sind. Eine offene Tür, Stimmen dahinter, der Geruch von Kaffee und Zigaretten. Ich sauge alles auf, während der Aufseher mich wortlos antreibt.

Der Verhörraum ist ein Albtraum aus Beton mit nichts als einem Metallstuhl in der Mitte, wie ein Thron für Verlorene. Mein Herz hämmert und der Nebel kriecht an den Rändern meines Bewusstseins empor.

Ich fokussiere mich auf den Ausgang, die Muskeln spannen sich an. Aber es ist zu spät. Seine Hände packen mich – groß, hart, zielsicher. Ohne ein Wort drückt er mich auf den Stuhl. Das Seil schneidet in meine Handgelenke – präzise, effizient zieht er die Knoten fest. Sein Atem streift meinen Nacken und ich flüchte mich in den Nebel. Der dünne Stoff meines Kleides bietet kaum Schutz gegen die eisige Luft des Verhörraums. Mein Plan ist simpel: nichts zugeben, Zeit gewinnen, den richtigen Moment abwarten.

Schritte hallen durch den Gang. Langsam, bedächtig, wie ein Raubtier auf der Jagd. Die Tür öffnet sich und da ist er ... Luca.

Das Licht der nackten Glühbirne schneidet scharfe Schatten in sein Gesicht – die harten Wangenknochen, die dunklen Haare mit dem Silberstreifen, der im Neonlicht schimmert. Ich zwinge meinen Blick starr geradeaus, vermeide es, in diese Augen zu sehen, die wie ein Abgrund alles Licht zu verschlucken scheinen.

„Also, Georgia." Seine Stimme ist gefährlich ruhig. „Woher kommen die Blüten?"

Seine Finger streichen über meine Schulter – eine Geste, die zärtlich wirken soll, doch die Bedrohung dahinter ist unmissverständlich. Ich muss an meinen Plan denken: Unsichtbar bleiben. Wie damals als Kind. Wer nicht gesehen wird, wird nicht verletzt. Das habe ich früh gelernt – eingeklemmt in der Dunkelheit hinter der Wand. „Ich weiß es nicht."

Er beugt sich zu mir, sein Gesicht nur Zentimeter von meinem entfernt. „Ich bin geduldig, Georgia."

Ich flüchte noch tiefer, spüre, den schützende Schleier dichter werden. Wenn ich tief genug in mich sinke, kann mich nichts berühren.

„Nicht schon wieder!" Seine Stimme zieht mich zurück, raus aus meinem Versteck, raus aus der Sicherheit.

„Ich werde dich aus deinem Schatten zerren. Und wenn ich dich dafür in Stücke reißen muss."

Ich beiße mir auf die Lippe. Mein richtiger Name darf nicht fallen. Sonst war alles umsonst.

„Die Blüten ... sie gehörten meinem Onkel."

Sein Grollen vibriert durch die Luft. Er tritt einen Schritt näher. „Der Safe war leer, als einer meiner Männer ihn überprüft hat." Die Worte sind leise, aber schneidend.

„Kein Geld. Keine Blüten. Gar nichts. Du lügst."

Einen Moment lang kann ich nicht atmen. Mein Blick geht zu ihm. „Ich wusste das nicht ...", flüstere ich. Panik flackert in mir auf. Wer war es? Wer hat das Geld gestohlen?

Ich schüttle hilflos den Kopf.

„Du schweigst wie jemand, der etwas zu verbergen hat."

Ich starre geradeaus, ziehe mich in meinen Kokon zurück – mein letzter Schutz.

Doch als er sich über mich beugt, schlägt mir seine Wärme entgegen. Schwer. Fordernd. Und der Nebel reißt. Plötzlich ist alles viel zu grell. Ich reagiere. Nicht weil ich will – sondern weil ich den Reiz vertreiben muss. „Du kannst mich schlagen, Luca. Aber du wirst nichts finden."

Sein Blick verengt sich. Nicht vor Wut – vor Entschlossenheit.

Er tritt näher. Ich versuche im Stuhl zurückzuweichen.

„Woher kommt das Geld?" Seine Stimme ist gefährlich ruhig.

Ich presse die Lippen zusammen. Nicht reden. Nicht reagieren.

Dann hebt er mein Kinn. Seine Hände sind rau und der Griff wie ein Schraubstock.

„Sieh mich an!"

Ich will zurück in meinen Kokon. Aber da ist kein Schutz mehr. Nur sein Blick. Seine Nähe. Seine Wärme.

„Also gut. Du schweigst noch immer?"

Ich verrenke mich im Stuhl, schaffe es, mich seinem Griff zu entziehen.

Seine Hand legt sich an meine Taille. Grob, bestimmt. Ich spüre die Hitze seiner Haut durch den Stoff meines Kleides. „Du flüchtest immer, wenn es wehtut?" Seine Stimme ist ein Flüstern, aber sie durchbohrt mich.

Ich presse die Lippen zusammen und weigere mich, ihn anzusehen. Diesmal nimmt er beide Hände und umfasst mein Kinn.

„Schau mich an!"

Die Dunkelheit in seiner Stimme lässt mich erschauern. Ich schließe die Augen, weil sein Blick sich durch mich bohrt, sich tief in mein Innerstes frisst.

„Du willst, dass ich aufhöre?" Sein Daumen streift meine Wange, ein Hauch von Wärme – und Macht.

„Sag mir die Wahrheit!"

Ein Zittern fährt durch mich. Kaum sichtbar. Aber ich spüre es. Und das reicht. Ein Reflex, sage ich mir. Aber diese … Wärme. Sie macht mir mehr Angst als jeder Schlag. Weil ich nicht weiß, wohin sie führt.

Ich schließe die Augen. Will zurück in die Taubheit. Doch da ist nur ein dünner Schleier – und darunter etwas, das ich nicht will. Etwas, das lebt. Und er weiß es.

Dann, ohne Vorwarnung, erklingt ein lauter Knall.

Luca erstarrt. Sein Kopf ruckt hoch, als die gedämpften Schüsse von irgendwo durch die Decke dringen. Wie ein Raubtier wirbelt er herum, die Waffe gleitet aus seinem Holster in seine Hand. Noch ein Schuss hallt durch das Gebäude. Näher diesmal. Das dumpfe Echo vibriert durch den Raum.

Luca bewegt sich zur Tür zögert einen Atemzug lang. Seine Augen verengen sich. In seinem Blick flackert etwas, das ich nicht deuten kann – Frustration? Zorn? Dann ist er verschwunden, weggewischt wie Staub.

Ich höre meinen eigenen Atem. Schnell, flach, unkontrolliert. Das Dröhnen in meinen Ohren lässt langsam nach. Ich schlucke, versuche, das Nachhallen dieser Begegnung zu ignorieren. Aber da ist zu viel von allem. Ich will das nicht erleben, suche nach dem Nebel. Doch er ist nicht da – weder die Kälte noch der Schleier. Da ist nur dieses Aufflammen und dieses Bewusstsein von etwas, das ich zu lange unterdrückt habe.

Ich keuche. Versuche tief einzuatmen. Aber irgendetwas schnürt mir die Kehle zu. Die Luft bleibt stecken, das Brennen in der Brust steigt. Nicht vor Angst. Nicht wegen ihm. Sondern weil ich weiß, dass etwas in mir zerbrochen ist. Ich sitze da – benommen, offen, ohne Schutz. Und ich hasse ihn dafür. Aber mich selbst noch mehr.

Denn tief in mir wünscht sich ein Teil von mir diesen Zustand zurück, wenn die Welt um mich herum grell leuchtet. Wenn alles lebendig wird.

Und das ist der wahre Verrat.

Luca

Ich lasse Georgia hinter mir und renne die Treppe hinauf, jeder Schritt ein Trommelschlag in meinem Kopf. Der Blick ist starr nach vorn gerichtet, die Wände des Flurs verschwimmen um mich herum. Der Geruch von Schießpulver hängt in der Luft und meine Hände ballen sich zu Fäusten um meine Waffe. Bereit, jeden Moment abzudrücken. Mein Herz schlägt wie ein Vorschlaghammer in meiner Brust – jemand hat uns in unserem eigenen Haus angegriffen und ich muss meine Familie beschützen.

Auf dem Weg zum Büro des Don greife ich mir eine weitere Waffe aus der Vitrine im Flur. Meine Finger schließen sich fest um den kalten Griff und die vertraute Schwere beruhigt mich. Ein Mann in schwarzem Anzug und Sturmhaube taucht vor mir auf. Ein Schuss und er sackt mit einem gurgelnden Laut zu Boden. Ich gehe weiter. Ein Gegner kommt aus einer Seitentür, hebt seine Waffe – ich drücke ab, ein sauberer Kopfschuss. Sein Kopf schnellt nach hinten und das Blut spritzt an die Wand.

Im Büro des Don brennt Licht. Ich renne. Mein Herz schlägt wie ein Taktmesser, der mich vorwärtstreibt. Ich reiße die Tür auf – und bleibe stehen.

Die Zeit friert ein. Vincenzo liegt am Boden, in einer sich ausbreitenden Blutlache. Sein Gesicht ist zur Seite gedreht und seine Augen, die einst so voller Macht waren, scharf und unbarmherzig wie die eines Raubtiers, blicken ins Nichts. Kalt und starr. Ein dumpfer Laut entweicht mir.

Es ist nicht nur Schmerz, es ist, als hätte man mir das Fundament unter den Füßen weggezogen. Ein Brennen beginnt in meiner Brust, zieht sich wie Feuer bis in meine Fingerspitzen. Es fühlt sich an, als hätte jemand mir das Herz herausgerissen. „Vincenzo ...!" Meine Stimme klingt hohl, heiser, wie von einem Fremden, der weit entfernt spricht. Ich presse die Lippen so fest aufeinander, bis ich Blut schmecke. Der metallische Geschmack auf der Zunge weckt das Raubtier in mir. Ich zwinge mich zur Ruhe. Vincenzo hat mir beigebracht, dass wahre Macht aus Kontrolle entsteht. Meine Atmung wird flacher, konzentrierter.

Ich streiche über Vincenzos erkaltete Hand. „Sie werden brennen, Don! Jeder von ihnen!"

Plötzlich trifft mich ein Gedankenblitz ... Isabella! Allein ihr Name lässt mein Blut in den Adern gefrieren. Wenn sie jemand auch nur berührt hat ...

Ich eile durch die Flure, meine Schritte hart, schwer. Der Rauch in der Luft kratzt in meiner Kehle. Keiner hat eine Spur von ihr gesehen. Mein Herz schlägt schneller. Zu schnell.

Nicht sie. Sie ist so rein, so unschuldig, und niemand hat das Recht, ihr etwas anzutun.

Die Patrouillen sind überall, der Feind scheint sich zurückgezogen zu haben. Meine Stimme klingt wie ein dunkles Grollen, als ich ihren Namen rufe.

Dann – eine Bewegung. Mein Instinkt erwacht. Die Finger am Abzug sind bereit zu töten. Hinter dem Sofa. Etwas bewegt sich.

„Isabella?" Das Wort kommt wie ein Knurren über meine Lippen.

Ich umrunde das Sofa und dort ist sie. Zusammengekauert wie ein verschrecktes Reh, ihre Locken ein wildes Durcheinander. Ihre Augen weiten sich, als sie mich sieht. Pure, unverfälschte Erleichterung.

„Luca ...!" Ihre Stimme ist kaum mehr als ein Flüstern. In ihren Augen flackert etwas Wildes, Gebrochenes. Sie springt auf und stürzt auf mich zu. Ihre Arme umschlingen meinen Hals, so fest, dass ich beinahe das Gleichgewicht verliere. Sie zittert, aber nicht nur vor Erleichterung – da ist eine fiebrige Energie.

„Sie haben ihn umgebracht", flüstert sie an meiner Schulter, ihre Finger krallen sich in meine Kleidung. „Vater. Und ich dachte, ich wäre die Nächste."

Ich halte sie, während ich den Kopf gegen ihre Stirn lehne, fährt meine Hand beruhigend über ihren Rücken. Sie lebt. Das ist alles, was zählt.

„Es ist vorbei!", sage ich heiser. Doch wir wissen beide, dass es eine Lüge ist. Es wird nie vorbei sein.

Ich ziehe mich ein Stück zurück, betrachte ihr Gesicht. Ihre Wangen sind nass von Tränen, aber in ihren Augen erkenne ich nicht nur Verzweiflung, sondern auch etwas Härteres, Dunkleres. Die Erkenntnis trifft mich. Sie hat heute Nacht verstanden, was es bedeutet, in diese Welt hineingeboren zu sein.

„Komm!", sage ich leise, doch meine Stimme duldet keinen Widerspruch. Ich ziehe sie an mich, mein Arm liegt schützend um ihre Schultern. „Ich bringe dich nach oben."

„Und du?", fragt sie, ihre Stimme ist rau vom Weinen, aber mit einer neuen Entschlossenheit. Nicht nur Angst spiegelt sich in ihren Augen, sondern auch ein Hunger nach Gerechtigkeit – oder Rache.

„Ich bin der, vor dem sich andere fürchten werden."

Das Versprechen hängt zwischen uns, als ich ihre Hand ergreife, um sie in den Schutz ihres Zimmers zu bringen. Der Morgen hat sich wie ein schwarzer Schleier über das Haus gelegt, als Enzo auf uns zukommt. Seine Hände – stark genug, um Leben mit einer einzigen Bewegung zu beenden – ruhen mit täuschender Entspannung an seiner Seite. Wir sind Brüder im Blut, nicht durch Geburt, und sein Blick spiegelt meine eigene Mordlust wider.

„Sie sind weg", sagt er knurrend.

„Das reicht nicht!" Meine Stimme schneidet scharf. „Durchkämmt jeden verdammten Winkel. Ich will ihre Köpfe auf einem Silbertablett!"

Enzo nickt knapp. Er weiß, was das bedeutet. Dieser Tag wird in Blut enden.

„Bring Isabella nach oben in Sicherheit!", befehle ich und sehe Enzo durchdringend an. „Ich habe noch etwas zu erledigen."

Isabella sieht mich an, ihre Augen voller Tränen und Zweifel. Sie weiß, was in mir aufsteigt. Und dass ich nicht mehr der bin, der ich vor wenigen Stunden noch war.

„Bleib stark, Piccola!", sage ich und drücke kurz ihre Schulter.

Ich wende mich ab, meine Hand bereits am Griff meiner Waffe. Meine Schritte hallen dumpf durch die Flure – wie ein Rhythmus aus bevorstehendem Tod. Jeder, der es gewagt hat, unser Haus zu entweihen, wird bezahlen. Mit Blut. Mit Angst. Mit seinem Leben.

Es ist still. Zu still. Nur das Echo begleitet mich – und das Kribbeln im Nacken, wie kalte Finger auf nackter Haut. Georgia.

Der Name flammt auf in meinem Kopf auf.

Ich habe sie zurückgelassen. Gefesselt. Hilflos.

Mein.

Zumindest dachte ich das.

7. Finsternis

Georgia

Die Stille des Verhörraums wird nur von meinem keuchenden Atem und dem Pochen meines Herzens durchbrochen. Ich versuche, mich in den vertrauten Nebel zu flüchten – in jenen Schutzraum, der mich immer bewahrt, indem mich nichts erreicht hat. Doch diesmal versagt er. Er zerrinnt mir zwischen den Fingern wie Wasser.

Denn Luca hat gesehen, ausgesprochen, was niemand je bemerkt hat.

„Du flüchtest immer, wenn es weh tut."

Seine Worte hallen nach, durchdringen Schichten, die ich längst vergessen glaubte. Zu präsent ist jede Empfindung, zu real der Nachhall seiner Präsenz. Seine raue Stimme. Seine goldgesprenkelten Augen – als würde darin etwas Ungezähmtes lauern, das mich durchschaut.

Er hat mich kaum berührt – nicht wirklich. Und doch war da dieser Funke. Lebendig, roh, fremd. Etwas, das ich so nicht kenne.

Seine Nähe war wie ein Stromschlag – einer, der nicht auf der Haut brennt, sondern tiefer trifft. In den Knochen. Im Blut.

Es ist, als hätte er einen Schlüssel in mir umgedreht –
einen, von dem ich nicht einmal wusste, dass ich ihn in
mir trage.

Aus der Ferne dringen gedämpfte Rufe zu mir, das
Echo von Schüssen verhallt allmählich in den Wänden.
Was auch immer dort oben geschieht – ich bin vergessen in diesem Kellerloch, gefesselt an diesen verdammten Stuhl. Schutzlos und zu lebendig.

Meine Handgelenke sind taub von den Seilen, das
Blut tropft warm meine Finger hinab. Mechanisch ar-
beite ich an den Knoten, während ich verzweifelt versuche, die Taubheit wiederzufinden, die mich sonst
schützt. Aber meine Sinne bleiben erschreckend
scharf, als hätte er eine Tür aufgestoßen, die sich nicht
mehr schließen lässt.

Das schwache Licht der nackten Glühbirne flackert,
wirft tanzende Schatten, die mich schwindelig machen.

Dann höre ich Schritte im Gang. Schwer, schlurfend.
Anders als Lucas geschmeidige Bewegungen. Mein
Herzschlag stolpert, als sie näher kommen. Die Tür
fliegt auf.

Zwei Männer treten ein, breit, grob. Ihr Lachen kratzt
wie rostige Nägel durch den Raum.

„Sieh an, sieh an! Hat der Boss doch glatt vergessen,
seine kleine Gefangene mitzunehmen." Die raue
Stimme des Ersten schneidet durch mich hindurch.

„Haut ab!", sage ich. Leiser, als ich will, aber fester als
erwartet.

Der Zweite lacht, tritt näher. In seinen Augen liegt nichts Menschliches. „Der Boss gab uns keine Anweisung oder Befehl. Für mich heißt das: Er hat dich uns überlassen."

Die Worte brennen. Luca würde nicht ... Oder doch? Nach allem, was er gerade getan hat? Meine Finger arbeiten hektisch an den Knoten, jede Bewegung treibt Schmerz in meine Handgelenke. „Fasst mich nicht an!", sage ich mit mehr Mut, als ich fühle. „Wenn er zurückkommt ..."

Der Erste beugt sich über mich, sein Atem säuerlich. „Glaubst du wirklich, er kommt zurück, Schätzchen?" Seine Hand wandert zu meinem Kinn.

Ich reiße den Kopf zur Seite, so stark, dass mir der Nacken schmerzt. „Lass mich in Ruhe!" Jetzt ist da mehr als nur Angst in meiner Stimme – es ist Zorn.

„Das ist doch vielleicht ein bisschen Spaß wert", murmelt der Zweite und schließt die Tür. Das Klicken des Schlosses hallt in meinen Ohren wie ein Todesurteil.

Sie starren auf mich herab. Ihre gierigen Blicke kriechen über meinen Körper wie Insekten. Mein Atem geht schneller. Ich will nicht warten, bis sie anfangen. Ich atme tief durch. Nicht erst wehren, wenn es zu spät ist. Jetzt. Als der Erste sich hinkniet und nach den Seilen greift, nutze ich den Moment. Ich ramme meinen Kopf nach vorne und treffe ihn mit voller Wucht im Gesicht. Das Krachen seiner Nase ist ein fremdartiges Geräusch.

„Verdammte Hure!" Blut spritzt auf mein Gesicht, warm und salzig. Panik explodiert in meiner Brust.

Der zweite Mann reagiert sofort. Seine Finger graben sich in meine Schultern, drücken mich brutal zurück in den Stuhl. „So läuft das also, hm? Ein wildes Biest."

Er lacht, während der Erste sich mit einer Hand die blutende Nase hält. Seine Augen schimmern rot vor Wut. Mein Herz setzt einen Schlag aus. Die Zeit gefriert.

„Reiß ihr alles runter!", knurrt der Verletzte und wischt das Blut von seinem Gesicht. „Mal sehen, wie sie danach noch zappelt."

Ich schreie – diesmal laut. Nicht nur aus Panik. Auch aus Trotz, aus Widerstand.

Der Zweite reißt mich grob zurück, seine Finger graben sich in meine Schultern. Ich keuche, spüre den Schmerz bis in die Knochen.

„Halt still, verdammt!" Seine Stimme ist jetzt rau vor Anstrengung. Doch ich höre auch etwas anderes – Unsicherheit.

Seine Hände greifen nach meinem Kleid und ein hässliches Reißen füllt den Raum.

Ich winde mich, zerre an den Seilen, bis das Fleisch an meinen Handgelenken aufplatzt. Die Tränen kommen von selbst, heiß und sinnlos.

„Sieh sie dir an", höhnt der Erste. „Wie sie kämpft. Bringt nur mehr Würze."

Sein Knie rammt sich gegen meine Oberschenkel, grobe Hände greifen nach mir. Ich will schreien, doch meine Stimme erstickt. Alles verschwimmt. Der Nebel kehrt zurück – endlich. Nicht als Schutz, sondern als letzte Bastion vor dem Wahnsinn.

Geräusche sind nur noch als dumpfes Rauschen wahrnehmbar. Stimmen verzerren sich. Doch ich höre ihn noch – den Spott, das Lachen. Fühle den Griff an meiner Haut.

„Lasst mich los!" Panik durchströmt mich. Gleich wird es passieren. Mit letzter Verzweiflung werfe ich meinen Kopf zurück, treffe den Mann hinter mir an der Wange. Mein Schädel hämmert, mein Atem kommt in hektischen Stößen. Der Raum verschwimmt, alles dreht sich. Ich trete, schlage, kämpfe mit letzter Kraft.

Dann trifft mich eine Faust. Die Welt explodiert. Schwärze tanzt am Rand meines Sichtfelds. Und während das Bewusstsein mir entgleitet, bleibt ein letzter, klarer Gedanke: Ich hasse dich, Luca Ombriani. Das wirst du mir büßen.

Luca

Etwas stimmt nicht.

Der Gedanke bohrt sich durch mein Bewusstsein. Die Flure des Anwesens liegen in trügerischer Stille. Isabella ist in Sicherheit, aber das Kribbeln in meinem Nacken verstummt nicht. Als würden unsichtbare Finger über meine Wirbelsäule streichen. Ein Warnsignal. Eine Vorahnung.

Georgia!

Ihr Name brennt wie ein Schmerz, der nicht vergeht. Ich habe sie zurückgelassen. Gefesselt. Hilflos.

Ich beschleunige meine Schritte. Der Gang zum Keller scheint endlos. Mit jedem Meter wird die Luft schwerer, feuchter. Der metallische Geruch von Angst mischt sich mit dem modrigen Atem der alten Gemäuer. Doch es ist etwas anderes, das meine Sinne schärft. Dieses verdammte Gefühl – ich kenne es zu gut. Es ist der Vorbote von Verrat.

Ein dumpfer Aufprall durchbricht die Stille. Gefolgt von einem erstickten Schrei.

Meine Hand gleitet zur Waffe. Heute wird es nicht schnell gehen. Nicht für Verräter.

Ein Lichtstreifen unter der Tür des Verhörraums. Und dann – Geräusche. Gedämpftes Lachen. Das unverkennbare Reißen von Stoff. Die Wut steigt in mir auf – kalt, brennend, präzise.

Ich reiße die Tür auf.

Zwei meiner Männer. Verräter in den eigenen Reihen. Einer kniet vor Georgia, seine schmutzigen Hände greifen nach etwas, das niemand anderes berühren darf außer mir. Der andere steht über ihr, zerrissener Stoff in seiner Faust, während sie bewusstlos im Stuhl hängt wie eine zerbrochene Puppe.

Ihre Gesichter erstarren in nackter Angst, als sie mich erkennen.

„Boss ...!" Der Kniende hebt beschwichtigend die Hände. „Wir dachten nur ..."

Ein Fehler. Sie hätten nicht denken sollen. Nicht in meinem Haus. Nicht mit meinem Eigentum. Das Monster in mir reißt sich von der Leine – und zum ersten Mal seit Langem lasse ich es gewähren. Sie werden ein Beispiel sein. Eine Warnung. Niemand fasst an, was mir gehört.

Ich schieße ihm ins Gesicht, bevor er den Satz beenden kann. Der Knall hallt durch den Raum und sein lebloser Körper fällt. Blut spritzt auf den Boden, an die Wand, auf Georgia. Der Anblick des Blutes auf ihrer Haut lässt mich fast den Verstand verlieren. Sie ist nur meine Gefangene, verdammt! Der andere Verräter schreit auf, stolpert rückwärts.

„Boss! Bitte! Ich schwöre!"

„Du schwörst?" Meine Stimme ist leise. „Du hast mir die Treue geschworen. Du hast mich verraten. Du hast sie angefasst!" Das letzte Wort ist ein Knurren und ich hasse, dass Besitzanspruch darin mitschwingt. Sie ist nur eine Information. Ein Werkzeug. Aber warum fühlt es sich an, als würde ich etwas Zerbrechliches bergen?!

„Ich dachte, sie wäre ..."

Ich drücke ab. Sein Körper zuckt, dann herrscht Stille.

Die Waffe noch warm, wende ich mich Georgia zu. Meine Brust zieht sich zusammen beim Anblick des Blutes unter dem Stuhl. Nicht ihres, aber der Gedanke, dass sie verletzt sein könnte ...

„Georgia." Ihr Name kommt rau über die Lippen. Wütend auf mich selbst, löse ich die Fesseln. Die Seile haben ihre Handgelenke wund gescheuert. Der Anblick macht mich rasend. Ich hatte ihre Erstarrung durchbrochen, sie zum Leben erweckt – und jetzt liegt sie hier, noch viel weiter weg von mir als zuvor. Der Gedanke treibt mir die Galle hoch. „Verdammt!", knurre ich, während ich ihr Kinn anhebe. Ihre Augen öffnen sich einen Spalt – himmelblau und leer. Das Feuer, das ich vorhin in ihr entfacht hatte, ist erloschen. Ausgelöscht von dem, was diese Bastarde ihr angetan haben. Sie erkennt mich, aber ihr Blick gleitet durch mich hindurch, als wäre ich nicht real.

„Luca." Ein Echo dessen, was ich geweckt hatte. Die Erinnerung an ihre lebendige Gegenwehr, an die Hitze unter meiner Haut – und jetzt wieder diese verdammte Erstarrung. Es macht mich krank.

Ich hebe sie hoch und ihr lebloser Körper schmiegt sich an mich. Als wäre in ihrer Bewusstlosigkeit Vertrauen da, und ich hasse es. Hasse, wie ihr leerer Blick mich verfolgt. Ich bin ein Monster. Ihr Feind.

Ich trage sie zur Tür, lasse die Leichen wie blutige Trophäen zurück. Eine unmissverständliche Botschaft an jeden, der es wagt, sich zu nehmen, was mir gehört. Wer sich mit mir anlegt, zahlt mit seinem Leben. Ihr Atem streift meine Haut. Leicht. Trügerisch. Als würde ihr Körper mir Vertrauen schenken, obwohl nichts davon echt ist. Sie ist nur Mittel zum Zweck. Und verdammt, ich werde mir nicht eingestehen, dass ich sie zerbrechen sehen will! Sie ist meine Gefangene. Das ist alles! Und ich werde mir das einreden, bis ich es selbst glaube.

Als ich die obere Etage erreiche, stehen Enzo und Isabella im Flur. Ihre Blicke brennen sich in Georgias reglosen Körper in meinen Armen – ein Beweis meiner eigenen Schwäche. Sie macht mich zu einem Mann, der ich nicht sein darf.

„Was zur Hölle, Luca?" Enzos Stimme schneidet durch die Luft. „Was machst du mit ihr?"

Eine verdammt gute Frage. Sie gehört in den Kerker, bis sie spricht. Und danach … nun, es wäre der einzig richtige Weg eines Don.

Stattdessen halte ich sie, als wäre sie zu kostbar, um sie fallen zu lassen. Und ich hasse mich dafür. Genauso wie für die Erinnerung daran, wie sie – selbst gefesselt – einen Weg fand, mir zu entkommen.

„Das geht dich einen Scheißdreck an!", knurre ich, während eisige Wut durch meine Adern pulsiert. Wut auf sie. Auf mich. Darauf, wie sie sich meiner Kontrolle entzieht, selbst wenn sie bewusstlos in meinen Armen liegt. „Schick mir den Doc. Sofort!" Die Worte schmecken bitter – ein Eingeständnis, dass ich zu schwach bin, sie so leiden zu lassen, wie ich es mit jedem anderen Verräter tun würde.

Enzo tritt vor. „Luca, sie gehört in den Kerker. Nicht in dein Bett."

Seine Worte brennen wie Säure, weil er recht hat. Diese Frau hat sich in meine Gedanken geschlichen wie ein süßes Gift. Macht mich weich, zwingt mich, sie zu beschützen, obwohl ich sie brechen sollte – gerade jetzt, wo sie so verdammt verletzlich ist. Wo sich ihr leerer Blick meiner Kontrolle entzieht.

„Du wagst es, mir zu sagen, was ich zu tun habe?" Die Kälte in meiner Stimme ist echt. Pure, destillierte Wut. Auf sie. Auf das, was sie mit mir macht. Darauf, dass sie sich selbst jetzt noch meinem Zugriff entzieht.

Enzos Blick bohrt sich in meinen, bevor er sich wortlos umdreht und im dunklen Flur verschwindet. Isabella steht wie erstarrt da, Trauer in ihren geweiteten Augen. Dann tritt sie vor und ich sehe den Schmerz in ihrem Blick.

„Luca, wir wollen nicht noch mehr Tote, oder?" Ihre Stimme bebt und ihr Rücken ist gebeugt.

Ein Stich durchfährt mich. Wie oft hatte ich gesehen, wie Vincenzos Gesicht diese kalte Maske annahm, während er Leben wie Schachfiguren opferte? Sein Echo hallt in meinem Kopf: „Die Familie überlebt nur durch Blut, Luca." Die gleiche Härte, die ich jetzt in meiner eigenen Stimme höre.

„Ja!" Ich weiche ihrem Blick aus, mein Ton ist schneidend scharf. „Und wenn ihr jemand zu nahe kommt, ist das sein letzter Fehler." Die Worte kommen mir über die Lippen, bevor ich sie aufhalten kann. Zu beschützend. Zu verräterisch. Mein Vater hätte sie niemals geäußert – für ihn war jeder ersetzbar.

Isabella nickt langsam und in ihren geröteten Augen sehe ich Zustimmung.

„Komm!" Der Befehl duldet keinen Widerspruch. „Du bleibst in meinem Zimmer, bis ich weiß, dass die Luft rein ist." Die Worte kommen härter als beabsichtigt.

Sie folgt schweigend, während ich Georgia durch die düsteren Gänge trage. Ihr Atem geht flach, die Augen bleiben geschlossen. Doch ich spüre die kleinen Bewegungen ihres Körpers gegen meinen, ihr verzweifelter Kampf, bei Bewusstsein zu bleiben. Selbst jetzt, zurück in ihrer Erstarrung, gibt sie nicht auf. Das Feuer, das ich in ihr geweckt hatte, glimmt noch irgendwo unter der Oberfläche.

In meinem Zimmer lege ich sie aufs Bett. Ihre Haut ist wie Porzellan, beinahe durchscheinend. Die Wunde an ihrem Arm blutet. Ich ziehe die schwere Decke über sie, als könnte der Stoff sie vor den Schatten bewahren, die nach ihr greifen. Eine sinnlose Geste - die wahre Dunkelheit ist hier allgegenwärtig.

Als die Tür sich öffnet, kommt der Doc mit schnellen Schritten herein. Die braune Ledertasche in seiner Hand, Schultern verkrampft, der Blick starr nach vorne gerichtet. Seine zitternden Finger verraten ihn. Er weiß, was passiert, wenn er einen Fehler macht –

wenn er mir einen Grund gibt, die Kontrolle zu verlieren.

Er erstarrt, als sein Blick auf Georgia fällt. Sie liegt dort wie ein düsteres Gemälde – ihre braunen Haare wie dunkle Seide um ihr blasses Gesicht gebreitet. Eine Sirene, die sich in mein Reich verirrt hat, gefährlich selbst in ihrer Bewusstlosigkeit. Ihre himmelblauen Augen, die mich noch vor Stunden mit Klarheit angesehen haben, sind jetzt geschlossen. Verdammt!

„Mein Beileid, Boss. Der Don war ein großer Mann."

Seine Worte holen mich zurück in eine Realität, die ich für einen Moment verdrängt hatte.

„Mach deinen Job!", sage ich tonlos. Keine Worte der Welt können diesen Tag ungeschehen machen.

Er nickt hastig und beugt sich über Georgia, erleichtert, meinem Blick zu entkommen. Isabella steht am Fußende wie eine Wächterin. Ihre Augen sind gerötet, doch sie hält sich mit eiserner Willenskraft aufrecht. Auch sie hat heute alles verloren. Unter ihrer kontrollierten Fassade erkenne ich die gleiche Leere, die in mir klafft. Der Verlust des Don ist ein Abgrund, den wir beide zu überwinden versuchen.

Der Doc untersucht Georgia mit vorsichtigen Fingern, tastet ihren Puls und ihre Rippen ab. Seine Stirn legt sich in Falten, als er die blauen Flecken und die blutigen Striemen an ihren Handgelenken begutachtet. Seine Berührungen sind sanft - zu sanft für einen Mann in meiner Welt. Er spürt meinen Blick in seinem Nacken. Jede seiner Bewegungen weckt in mir den Drang, ihn von ihr wegzuzerren.

Isabella steht still, ihr Blick auf Georgia gerichtet. Sorge flackert über ihr Gesicht – oder Mitleid. Typisch

Isabella. Stark und unerschütterlich, und doch kann ich sehen, wie ihre Unterlippe leicht zittert. Sie hat ihren Vater verloren, doch während ich meine Trauer in Wut verwandle, vergräbt sie ihre hinter Pflichtbewusstsein.

„Sie ist stabil", verkündet der Doc und richtet sich auf. Das weiße Tuch in seinen Händen färbt sich rot. „Keine Brüche, nur Prellungen und die Wunden an den Handgelenken. Kopfschmerzen wird sie haben, aber sie überlebt."

Seine Worte füllen den Raum. Erleichterung durchflutet mich – ungewollt und gefährlich. Mein Blick wandert über Georgias halb zugedeckte Gestalt. Ihre Kleidung liegt zerrissen im Verhörraum.

„Isabella." Ich nicke zum Kleiderschrank auf der anderen Seite des Zimmers. „Hol ihr eins meiner Hemden."

Isabella wirft mir einen langen Blick zu, dann nickt sie und geht zum Schrank. Ihre Bewegungen wirken mechanisch, fast wie in Trance. Als gäbe ihr die Aufgabe einen Anker in einer Welt, die heute aus den Fugen geraten ist. Ihre Finger gleiten über die präzise gefalteten Hemden, bevor sie ein schwarzes herauszieht. Ein seltsames Gefühl durchflutet mich bei dem Gedanken an Georgia in meiner Kleidung. Besitzergreifend. Gefährlich. Der Gedanke daran, wie sie mich vor Raffaele gerettet hat, bohrt sich durch meine sorgfältig errichteten Barrieren. Ich bin der Beschützer. Der Killer. Der, den man fürchtet, nicht rettet. Dass sie für mich eingestanden ist, zerreißt etwas in mir, das ich nicht benennen will. Nicht jetzt, nicht hier. Dann kehrt die eisige Kontrolle zurück wie eine zweite Haut. Erleichterung ist ein Luxus. Und ich spiele nicht mit meinem Leben.

„Gut", sage ich knapp.

Der Doc wirft mir einen letzten nervösen Blick zu. Seine Kehle arbeitet, als er hastig seine Tasche greift, ein leises „Boss" murmelt und zur Tür eilt.

Isabella steht verloren da, die Arme verschränkt. Das schwarze Hemd, das ich ihr aufgetragen hatte, aus dem Schrank zu holen, hängt noch über ihrem Arm.

Mit einem knappen Nicken deute ich auf Georgia und dann auf das Hemd. Isabella versteht sofort und tritt näher ans Bett. Als das Laken verrutscht, verfinstert sich mein Blick.

Blaue Flecken zeichnen sich auf Georgias Haut ab – dunkle Male, die meinen Zorn entfachen. Ich atme scharf aus.

Meine Männer haben sie verletzt. Und dafür haben sie bezahlt.

Ich sehe nur das. Ihre Wunden. Ihre Haut, gezeichnet von anderen.

Und doch – als Isabella ihr vorsichtig meine Bluse überstreift, regt sich etwas in mir. Etwas Primitives. Besitz.

Ich verdränge es. Noch ist nicht der Moment dafür.

Isabella sieht kurz zu mir auf und ich sehe die Verzweiflung in ihrem Gesicht. Am liebsten hätte ich sie vor all dem bewahrt. „Bleib bei ihr!" Meine Stimme ist ruhig, aber es ist ein Befehl.

Sie nickt wortlos, während sie die letzten Knöpfe des Hemdes schließt, das an Georgias zierlichem Körper wie ein Kleid wirkt.

„Sobald dein Bodyguard kommt, kannst du in dein Zimmer gehen. Ich komme später zu dir."

Sie nickt, eine einzelne Träne rinnt über ihre Wange, die sie hastig wegwischt.

„Verstanden!" Ihre knappe Antwort genügt mir. Isabella hat nie ihr Wort gebrochen. Vielleicht weil sie meine Familie ist – die einzige.

Ich richte mich auf, straffe die Schultern. Draußen tobt ein Krieg, die Welt steht in Flammen, bereit alles zu verschlingen. Keine Zeit für Momente wie diesen, in denen ich mich frage, was genau an Georgia mich so besessen macht.

Ich trete in den Flur hinaus, die Kälte hier ist vertraut, die Geräusche des Hauses wie das Summen einer Kriegsmaschine. Die Tür fällt hinter mir ins Schloss. Ich zwinge die Wärme aus meinen Gedanken. Aber ihr Bild bleibt, eingebrannt wie ein Brandmal in meinem Verstand.

8. Erwachen

Georgia

Mein Kopf hämmert. Das ist das Erste, was durch den grauen Nebel zu mir durchdringt. Ein dumpfer, pochender Schmerz, weit weg und doch da. Alles fühlt sich unwirklich an, als würde ich durch dickes Glas auf die Welt schauen. Mein Körper ist schwer, fremd, als gehöre er nicht zu mir.

Die Dunkelheit um mich ist dicht. Ich versuche, mich zu drehen, aber selbst diese kleine Bewegung lässt die Welt sich mitdrehen. Langsam, Zentimeter für Zentimeter, taste ich mich in eine neue Position. Erst jetzt nehme ich es wirklich wahr: die Matratze unter mir, fest und kühl. Ich liege in einem Bett. Einem fremden.

Ein großes Bett wie ein schwarzes Meer. Hohe Decken, die sich in der Dunkelheit verlieren. Schwere Vorhänge, die das Mondlicht in schmale, silberne Klingen schneiden. Alles wirkt wie eine Szene aus einem Albtraum – greifbar und flüchtig zugleich, durchtränkt von einer Bedrohung, die ich nicht fassen kann. Die Erinnerung kommt in Bruchstücken zurück. Der Keller. Die Wachen. Hände. Mein eigener verzweifelter Kampf. Dann der Schlag.

Die Schatten des Raumes verwandeln sich in harte Konturen, nur um wieder zu verschwimmen – als würde die Realität sich meinem Zugriff entziehen. Und das tut sie auch.

Der Nebel ist wieder da. Nicht überraschend. Er ist immer da, wenn alles zu viel wird. Die vertraute Betäubung hüllt mich ein und lähmt mich zugleich. Zum Glück nicht ganz.

Ich taste vorsichtig über meinen Körper. Meine Finger streichen über weichen, kühlen Stoff – zu weit, zu lang für meine Arme. Mit einem Ruck der Erkenntnis begreife ich, dass ich nicht meine Kleider trage. Die Ärmel des Hemdes reichen bis zu meinen Fingerspitzen, der Kragen ist weit und riecht intensiv nach etwas Dunklem, Herben. Ein Männerhemd. Die Erkenntnis trifft mich schärfer als der Schmerz in meinem Kopf. Wer hat mich umgezogen? Die Frage brennt sich durch meinen Nebel.

Und ... ich höre eine Atmung. Tief, ruhig. Mein Herzschlag setzt aus.

Eine Bewegung neben mir und dann ein Griff an meiner Hüfte – warm, fest. Luca. Plötzlich ist alles zu scharf, zu real. Das Dröhnen in meinem Kopf vermischt sich mit der Wärme seines Körpers, die durch das Hemd dringt – sein Hemd auf meiner Haut.

Seine Finger verharren, als hätte er gespürt, was in mir erwacht: Flucht. Ich muss hier raus. Weg von ihm.

„Bleib liegen!", murmelt er, seine Stimme rau vom Schlaf. Ein Befehl, keine Bitte. Der Klang seiner Stimme vibriert durch meinen Kopf, gleichzeitig bedrohlich und ...

Langsam, als würde mein Kopf durch Wasser treiben, wende ich mich zur Seite. Jede Bewegung lässt die Welt sich drehen, aber ich muss ihn sehen. Ich muss. Und ich sehe ihn. Luca.

Sein Gesicht ist so nah, dass ich seinen Atem spüren müsste – und doch scheint er Meilen entfernt. Verschwommen durch den Nebel in meinem Kopf. Die kantigen Züge, der Schatten von Bartstoppeln, die leicht zusammengezogenen dunklen Brauen.

Ich will den Blick abwenden, fliehen, aber mein Körper verweigert den Dienst. Gefangen zwischen lähmender Angst und dem verzweifelten Drang, wegzulaufen – und einem dritten Gefühl, das vollkommen absurd ist. Ein Hauch von Vertrautheit.

Von Sicherheit. Von Wärme. Etwas, das ich vergessen hatte. Etwas, das mich früher beschützt hat, als ich noch ein Kind war – bevor der Nebel kam. Bevor alles zerbrach.

Es ist nicht er, der das in mir weckt. Es ist mein Körper, der sich erinnert, wie sich Geborgenheit einst angefühlt hat.

Und ich hasse es, dass ich ausgerechnet neben ihm daran erinnert werde.

Meine Wahrnehmung flackert. Konturen tanzen vor meinen Augen.

Die Erinnerung an das Verhör steigt in mir auf wie eine schwarze Welle, aber selbst sie fühlt sich gedämpft an, eingeschlossen in meinem Körper, den ich nur mit Mühe kontrollieren kann. Ich muss hier weg.

Mechanisch schlage ich das Laken zurück. Jeder Muskel streikt. Mein Körper gehorcht nur widerwillig. Die Kopfschmerzen hämmern, während ich versuche, mich aufzurichten. Zentimeter für Zentimeter kämpfe ich mich auf die Füße. Der kalte Boden unter mir fühlt sich fremd an. Aber ich muss hier raus. Weg von ihm. Ich bewege mich, obwohl alles in mir dagegen arbeitet.

Als hätte mein Körper vergessen, wie das geht: fliehen.

„Wo willst du hin?" Seine Stimme dringt durch den Nebel. Ich zucke zusammen. Wie in Zeitlupe drehe ich mich um. Luca. Er liegt nicht mehr entspannt da, sondern stützt sich auf einen Ellbogen. Die linke Augenbraue leicht gehoben. Irritation? Spott? Ich kann es nicht deuten.

„Raus." Das Wort kommt wie durch Watte. Aber es kommt. Ich zwinge den Rücken gerade, auch wenn jeder Muskel schreit. „Ich gehe."

Sein Mund verzieht sich kaum merklich. Doch selbst durch meinen Schleier nehme ich es wahr.

„Du gehst nirgendwohin, Georgia. Nicht in deinem Zustand."

„Ich brauche deine Erlaubnis nicht." Die Worte klingen mutiger, als ich mich fühle, während der Raum um mich schwankt wie ein Boot auf hoher See.

Luca richtet sich auf. „Leg dich wieder hin, Georgia!" Ein Befehl. Sanft gesprochen. Aber kein Zweifel an der Macht dahinter.

„Ich werde nicht ..." Meine Stimme reißt ab, als hätte der Schleier sie verschluckt.

„Leg dich hin!", wiederholt er. Ruhig. Unerbittlich. Seine Autorität schneidet durch meine Benommenheit.

Meine Hände zittern, doch ich weiche keinen Schritt zurück. Der Nebel in meinem Kopf wird dichter, droht mich zu verschlucken. Ich darf nicht hier sein. Nicht bei ihm.

„Wenn du möchtest ...", sagt er und lehnt sich zurück, die Ellbogen auf das Kopfteil gestützt, die Ruhe in Person. „... kannst du in den Kerker zurück?!"

Ich erschauere. Bilder blitzen durch den grauen Schleier – das kalte, feuchte Loch, der Verhörraum, die Wachen.

Luca beobachtet mich mit der Ruhe eines Mannes, der die Antwort schon kennt. Seine Stimme verspricht Sicherheit. Und doch wirkt sie bedrohlich.

Er spielt mit meiner Angst wie mit einem vertrauten Werkzeug.

Und ich? Ich bin der gebrochene Teil darin.

„Oder du bleibst hier. In meinem Bett. Ruhig und sicher."

Ein bitteres Lachen steigt in mir auf, so fremd, dass es kaum zu mir gehört. „Deine Definition von Sicherheit ist ziemlich verdreht." Die Worte kommen mechanisch, während ich gegen meinen inneren Fluchtmodus ankämpfe.

„Vielleicht. Aber du hast die Wahl, Georgia. Der Kerker oder hier."

Ich will kämpfen. Ihn anschreien. Ihn treffen. Aber mein Körper ist zu schwach. Meine Gedanken sind träge. Ich werde nicht zurückgehen. Nicht dahin, wo ich verschwinden würde. Mit letzter Kraft zwinge ich mich, meinen Blick klar zu halten, treffe seinen. Auch wenn alles verschwimmt. Ich muss nicht gewinnen. Nur standhalten.

Er richtet sich auf, langsam, wie eine lauernde Bedrohung. Seine dunklen Augen verengen sich. „Du verstehst es nicht", sagt er. „Du gehörst mir. Weil du in meiner Welt bist. Und ich entscheide hier!"

Die Panik steigt in mir auf und ich wehre mich gegen den Drang, in die Taubheit abzutauchen. Jahrelang habe ich mir eingeredet, stark zu sein. Die Waffe an meiner Hüfte war meine Rüstung, mein Schutz vor der Welt. Aber jetzt, ohne das vertraute Gewicht des Metalls, bröckelt diese Illusion. Unter all der vorgetäuschten Stärke bin ich nur noch das verängstigte Mädchen von damals.

„Du brauchst keine Waffe mehr", sagt er, als könnte er meine Gedanken lesen. „Ich bin jetzt dein Schutz."

Die Worte treffen mich härter, als sie sollten. Vielleicht, weil ich weiß, dass ich sie nicht entkräften kann. Vielleicht, weil sie an etwas in mir rühren, das ich vergraben habe. Tief. Viel zu tief. Den Wunsch, nicht allein kämpfen zu müssen. Das ist gefährlich. Er ist ein verdammter Mafioso. Und doch ...

Ein Teil von mir will ihm glauben. Nicht weil er mir Sicherheit verspricht, sondern weil er sich nicht versteckt. Nie. Nicht hinter seinem Lächeln, nicht hinter Anstand. Er ist Wut, Glut, Wahrheit. Und ich? Ich war immer nur Nebel. Farblos. Lautlos. Ein Schatten in meinem eigenen Leben. Weil zu viel auf dem Spiel steht, wenn ich mich zeige. Aber ein Teil von mir sehnt sich nach Schutz, auch wenn ich den Preis kenne.

„Denk gut darüber nach!"

Seine Worte holen mich zurück. Ich spüre, wie mein Körper den Rückzug sucht – in die vertraute Kälte, ins

Nichts. Aber seine Stimme hält mich zurück. Diese verdammte Stimme. Er ist das Letzte, was ich will. Und trotzdem ... ich sinke auf die Bettkante, weil ich weiß, dass ich nicht zurück in den Kerker kann.

Mein Blick ruht auf den zitternden Händen in meinem Schoß. Ich hasse ihn so sehr, dass es wehtut.

Er steht auf, geht zum Fenster. Ich sehe ihn nicht, aber ich spüre seinen Blick. Wie eine Hand, die nicht berührt – nur kontrolliert. Der Raum dreht sich leicht. Oder ich. Wahrscheinlich ich.

„Gute Wahl!", murmelt er schließlich. „Wir sprechen morgen weiter."

Dann verlässt er den Raum. Zurück bleibt nur die Dunkelheit. Und ich. Gefangen zwischen Angst, Wut – und der schrecklichen Erkenntnis, dass ich nie wirklich frei war. Nicht draußen. Nicht hier. Nicht einmal in mir selbst.

Als ich das nächste Mal erwache, dringt grelles Licht durch die großen Fenster. Der Schmerz in meinem Kopf pulsiert im Rhythmus meines Herzschlags. Die schweren Vorhänge sind ein Stück zurückgezogen und die Wärme der Sonne fällt auf meine nackte Haut unter dem dünnen Laken.

Das Bett ist leer. Ein Teil von mir ist erleichtert, dass er nicht hier ist, aber ein anderer Teil – einer, den ich hasse – spürt einen Hauch von Unruhe. Der Raum, obwohl in hellem Licht erstrahlt, fühlt sich schwer und bedrückend an.

Das Geräusch von Wasser durchbricht die Stille. Die Dusche. Er ist hier. Mein Magen zieht sich zusammen, eine Mischung aus Angst und etwas anderem, das ich nicht benennen will.

Die Tür zum Badezimmer öffnet sich und der Dampf schwappt in den Raum. Luca tritt heraus, ein Handtuch lose um die Hüften geschlungen. Seine Haare sind noch feucht, Tropfen zeichnen Spuren auf seiner Haut, folgen den geschwungenen Linien alter italienischer Schriftzeichen, die sich über seine Schultern ziehen. Die Worte „Onore" und „Famiglia" verschmelzen mit vernarbtem Gewebe – feine, silbrige Linien. Seine Haut ist ein Zeugnis gelebter Gewalt – und eiskalter Kontrolle.

Ich will wegschauen. Ich sollte. Aber ich tue es nicht.

Er trägt sein Leben auf der Haut – die Narben, die Worte.

Nichts davon geht mich etwas an. Und doch ... er ist da. Greifbar. Als wäre er aus etwas Echtem gemacht, das mir fehlt.

Ich war immer nur still. Unauffällig. Nebel. Wie Luft, die niemand riecht.

Er ist ein brutaler Mafioso und ich hasse ihn. Aber sein bloßes Dasein, tut etwas mit mir. Es ist eine Art Energie, die mich aus dem Nebel zieht, in dem ich mich sonst verberge. Es gibt keinen Grund dafür. Ich erinnere mich an das Verhör. Da hat er mich herausgerissen aus dem Nichts. Ich habe es gehasst, ihn zu fühlen. Mich zu zeigen. Und trotzdem habe ich mich noch nie so gesehen gefühlt. So lebendig. Und das ist vielleicht das Schlimmste daran.

„Du bist wach." Seine Stimme ist rau, zu intim für diesen Moment.

Meine zitternden Beine tragen mich kaum, als ich aufstehe. Der kalte Boden unter meinen nackten Füßen ist ein willkommener Schock, der mich zurück in die Realität holt. Gestern Nacht hatte er mir die Wahl gelassen.

„Ich gehe", bringe ich hervor, kaum mehr als ein Flüstern.

Ein leises Schnauben entfährt ihm. Er geht zum Schrank, ganz ruhig. „Bereust du deine Entscheidung von gestern Nacht bereits?"

Gestern Nacht hatte ich eine Wahl. Bett oder Kerker. Ich habe das Bett gewählt. Nicht wegen ihm. Nicht wirklich. Aber vielleicht … weil ich wusste, dass ich im Kerker verschwinden könnte. Hier muss ich mich erinnern, dass ich existiere.

„Das spielt keine Rolle", bringe ich hervor und taumle in Richtung Tür, bevor ich mir noch einrede, dass dieser brutale Mann gut für mich ist.

Als seine Hand meinen Arm streift, erstarre ich. Mein Körper reagiert, bevor mein Verstand es begreift.

Nicht mit Lust. Nicht mit Angst. Mit … Leben. Wie ein Impuls, wie etwas, das ich vergessen hatte.

Mein Erstarren ist nicht wie früher. Nicht ganz. Es ist, als würde ein Teil von mir aufwachen – gegen meinen Willen. Einer, den ich lange vergraben habe. Einer, der atmen will.

Und ich hasse es. Weil ich nicht weiß, was das bedeutet. Weil ich nicht weiß, wer ich bin, wenn ich nicht verschwinde.

„Bleib stehen!" Seine Stimme ist leise, aber sie schneidet tiefer als ein Befehl. Ich drehe mich langsam um, meine Finger krallen sich unwillkürlich in den Stoff seines Hemdes, das ich trage und das kaum meine Oberschenkel bedeckt.

„Fangen wir mit dem Falschgeld an, Georgia. Wie kam es in deinen Safe?" Seine Stimme ist seidenweich. „Und warum wusste Raffaele Zacchetti davon?"

Ich blinzle verwirrt. „Raffaele ... wer?" Das Wort kommt instinktiv über meine Lippen, bevor ich es zurückhalten kann. „Das Geld ist von meinem Onkel. Er hat es in seinem Safe aufbewahrt, sein Notgroschen." Meine Stimme zittert, aber nicht wegen der Lüge, sondern wegen all der anderen Unwahrheiten, die ich seit Jahren lebe.

„Der Mann, den du angeschossen hast", sagt er mit gefährlicher Ruhe. „Raffaele Zacchetti."

„Ich kenne ihn nicht!", schneide ich ihm das Wort ab. Meine Stimme ist schärfer als beabsichtigt, getrieben von der Panik, die in mir aufsteigt. „Und ich wusste nicht, dass es Falschgeld war. Ich habe ..."

„Das spielt keine Rolle." Er tritt einen Schritt näher und ich spüre die Wärme, die von seinem Körper ausgeht. „Raffaele Zacchetti war vor deinem Restaurant. Denkst du, das war ein Zufall? Er wollte dich auskundschaften."

Ich will seine Worte nicht an mich heranlassen. Aber tief in mir beginnt sich etwas zu regen – Erinnerungen, die ich verdrängt habe. Die nervösen Blicke meines Onkels. Seine ständigen Warnungen, niemandem meinen wahren Namen zu verraten. Das Falschgeld im Safe. Puzzleteile, die sich langsam zu einem Bild zusammenfügen, das ich nicht sehen will.

„Warum sollte ich dir vertrauen?", frage ich und mache den Fehler, seinem Blick zu begegnen. Seine dunklen Augen halten mich gefangen und ich bereue die Frage sofort.

Sein Mund verzieht sich zu einem kalten Lächeln. „Du musst mir nicht vertrauen. Nur verstehen, dass ich der Einzige bin, der dafür sorgt, dass du am Leben bleibst."

„Ich werde hier nicht bleiben." Die Worte kommen heraus, bevor ich sie zurückhalten kann.

In einer fließenden Bewegung stellt er sich zwischen mich und die Tür. Ich pralle gegen seine Brust – seine immer noch nackte Brust. Meine Hände landen auf seiner Haut und selbst dieser flüchtige Kontakt ist zu viel. Er ist zu warm, zu real unter meinen Fingern. Die Tätowierungen scheinen unter meinen Handflächen zu pulsieren, als sich seine Muskeln bewegen. Er neigt den Kopf, sein Blick bohrt sich in meinen und ich vergesse für einen Moment, wie man atmet.

Seine Nähe ist erdrückend. Sein Duft umhüllt mich – mit einem Hauch von etwas Gefährlichem, das nur ihm gehört. Es kriecht unter meine Haut, macht es unmöglich, klar zu denken.

Ein Teil von mir, den ich hasse, den ich mit aller Kraft zu verdrängen versuche, reagiert auf seine Nähe. Ein verräterisches Kribbeln, schlimmer als seine Drohungen.

Ich starre auf meine Hände und ziehe sie hastig zurück, als hätte ich mich verbrannt. Aber die Erinnerung bleibt – seine warme Haut, die vernarbten Stellen. Jede eine Warnung, die ich besser ernst nehmen sollte. Und trotzdem … reagiere ich.

Vielleicht, weil ich so lange nichts mehr gespürt habe. Kein echtes Leben. Keine Berührung, die mich aus meinem inneren Eis holen konnte. Vielleicht ist es das, was mich so erschreckt – dass ich ihn spüre. Mehr als jeden anderen Menschen seit Jahren. Und dass ich mich daran erinnere, wie sich Leben anfühlt.

„Du kannst mich nicht ewig hier festhalten, Luca!", sage ich, meine Stimme eine Spur zu laut, als könnte ich die Spannung zwischen uns damit übertönen.

„Vielleicht nicht ewig", erwidert er mit einem Achselzucken, das zu lässig wirkt, um echt zu sein. „Aber lange genug, um sicherzustellen, dass niemand dir etwas antut – oder besser gesagt, meinen Besitz beschädigt."

„Dein Besitz?" Mein Gesicht wird heiß, die Panik verwandelt sich in etwas Gefährlicheres. „Wer bist du überhaupt, dass du glaubst, über mich bestimmen zu können?"

Seine Augen verdunkeln sich und die Narben auf seiner Brust scheinen plötzlich schärfer hervorzutreten. „Don Luca Ombriani." Die Worte fallen schwer zwischen uns. „Seit heute Nacht, seit dem Mord an meinem Ziehvater Vincenzo Ombriani." Er macht eine Pause, sein Blick durchbohrt mich. „Und in meiner Welt, Georgia, gelten meine Regeln. Regel Nummer eins ist, ich beschütze, was mir gehört!"

Die Welt um mich herum beginnt sich zu drehen und mit letzter Kraft flüchte ich in den schützenden Nebel. Etwas, das seine überwältigende Präsenz bisher zurückgehalten hatte, kehrt zurück. Don Ombriani. Seine vernarbte Brust, die Tätowierungen, die kalten Augen – alles verschwimmt zu einem bedrohlichen Ganzen. Ich klammere mich an den letzten Rest Klarheit. „Das hier ist keine Sicherheit, Luca", flüstere ich. „Das ist Gefangenschaft."

Er sagt nichts, doch ich spüre seinen Blick auf mir, schwer wie ein physisches Gewicht. Schließlich höre ich, wie er zurücktritt.

„Du hast recht", sagt er, „das ist Gefangenschaft. Aber die einzige Alternative ist der Tod." Er greift nach dem schwarzen Hemd, das über der Stuhllehne hängt. Seine Bewegungen sind ruhig, kontrolliert, als er es überstreift und die Narben und Tätowierungen unter dem Stoff verschwinden – als hätte dieses Gespräch ihn nicht im Geringsten berührt. Als wäre meine Existenz nicht mehr als eine lästige Pflicht.

Der dumpfe Knall, mit dem die Tür hinter ihm ins Schloss fällt, ist das letzte Geräusch, das den Raum füllt. Dann bin ich allein mit dem Nebel in meinem Kopf – und dem dumpfen Pochen in meiner Brust, das nicht verschwinden will.

Ein Herzschlag. Ein Impuls. Und der schmerzhafte, leise Gedanke: Vielleicht war ich schon lange gefangen.

Vielleicht ist das hier nicht das Ende. Vielleicht ist es der Anfang.

Luca

Ich verlasse das Schlafzimmer und gehe die langen, dunklen Flure entlang in Richtung der Hauskapelle. Vincenzos Schatten scheint mir auf jedem Schritt zu folgen – sein Erbe, das jetzt auf meinen Schultern lastet, schwer wie ein Gewicht aus Stahl. Die Gemälde der Ombrianis blicken auf mich herab, Generationen von Dons, die den Kodex lebten und für ihn starben. Ihr

Blut fließt nicht in meinen Adern, aber ihr Gesetz ist in meine Seele eingebrannt. Ihre stummen Stimmen hallen in meinem Kopf nach, erinnern mich daran, dass ich ein Eindringling bin, und doch der Einzige, der die Familie jetzt noch zusammenhalten kann.

Die Kapelle empfängt mich mit Stille. Das Morgenlicht fällt durch die schmalen, bunten Glasfenster, wirft farbige Schatten auf die grauen Steinwände und lässt die Narben auf meiner Haut aufleuchten wie eine Landkarte der Kämpfe, die mich hierhergebracht haben. Der Altar ist geschmückt mit schweren Kerzen und einem alten Kruzifix aus dunkler Bronze, das über Generationen hinweg weitergegeben wurde – ein Symbol der Macht, die nie für mich bestimmt war und die ich mir dennoch erkämpft habe. Mit Gewalt, mit Härte, mit jedem Mittel, das nötig war.

Der Anblick Vincenzos, der in einem dunklen Sarg aufgebahrt liegt, ist wie ein Schlag in die Magengrube. Was würde er sagen, wenn er wüsste, dass eine Frau – eine Fremde – in meinem Bett liegt? Er, der mir beigebracht hat, dass Außenseiter eine Gefahr sind, dass nur absolute Kontrolle das Überleben sichert. Georgia. Allein der Gedanke an sie lässt meine Finger sich zu Fäusten ballen.

In meinem Schlafzimmer war es wieder passiert. Zwischen all der Angst und der Wut gab es diese kleinen Momente, in denen sie … da war. Wirklich da. Nicht gefangen in ihrer Erstarrung, sondern hellwach und kämpferisch. Es macht süchtig, diese Momente zu suchen, sie hervorzulocken. Als würde ich einen Menschen Stück für Stück aus einem Käfig befreien.

Verdammt, ich sollte nicht darüber nachdenken, wie ich sie erreichen kann! Es ist eine Schwäche, die ich mir nicht leisten kann. Nicht jetzt, wo alle Augen auf mir ruhen, wo jeder darauf wartet, dass der Adoptivsohn versagt.

Ein Don darf keine Schwäche zeigen. Keine Gnade. Keine Gefühle, die ihn verwundbar machen. Worte, die Vincenzo mir eingehämmert hat, seit dem Tag, an dem er mich aufnahm. Seit dem Tag, an dem er beschloss, mich zu seinem Erben zu machen – gegen den Willen vieler in der Familie.

Ein Teil von mir verspürt Wut. Wut auf ihn, dass er mich allein gelassen hat, inmitten von Feinden und Verrätern, die nur darauf warten, dass der Bastard einen Fehler macht. Die darauf lauern, dass das fremde Blut in meinen Adern sich zeigt. Und Georgia ... sie ist eine Außenseiterin, die alles zu zerstören droht, wofür ich gekämpft habe.

Ich senke den Kopf, murmle ein leises Gebet und lege die Hand auf das schwarze Buch. Der Kodex hat meinem Ziehvater die Stärke gegeben, einen Fremden zu seinem Sohn zu machen. Jetzt muss er mir die Kraft geben, sein Erbe fortzuführen. Die Stille in der Kapelle stärkt meine Entschlossenheit. Der Mann, der mir seinen Namen gab, ist tot – und ich werde verdammt sein, wenn ich zulasse, dass sein Vertrauen in mich umsonst war.

Mit einem letzten Blick auf den Sarg verlasse ich die Kapelle. Der Don in mir gewinnt die Oberhand, verdrängt den Mann, der Georgias Berührung noch immer auf seiner Brust spürt. Als Don muss ich sicherstellen, dass unser Heim – meine Festung – unangreifbar ist.

Der Verrat, der uns getroffen hat, wird nicht ohne Konsequenzen bleiben. „Der Kodex verlangt Blut für Blut", murmle ich vor dem Altar. Die Worte hallen in der leeren Kapelle wider. Ein Versprechen. Ein Schwur.

9. Zwischenraum

Luca

Die Sonne ist längst untergegangen, als ich mit Enzo und Vito zu dem Treffen am Hafen fahre. Ein heftiger Wind treibt Wolken über den Himmel, zerreißt sie wie schwarze Fetzen. Der perfekte Abend für Geschäfte.

Der Gestank von faulem Wasser und Diesel hängt über dem Hafen. Links von mir erheben sich die modernen Containerterminals der Ombrianis – mein Reich. Stählerne Giganten, die ihre Ladung wie kostbare Beute über das schwarze Wasser heben. Drei Generationen haben wir gebraucht, um die lukrativsten Teile des Hafens unter unsere Kontrolle zu bringen. Die großen Reedereien, die internationalen Handelsketten – sie alle wissen, dass kein Container ohne unseren Segen den Hafen verlässt.

Weiter hinten glitzern die Lichter des Caruso-Terminals, wo die Spezialcontainer gestapelt sind wie bunte Spielzeugklötze. Die Carusos sind die Technokraten unter uns. Sie haben sich ihre Nische mit Kühlcontainern und Gefahrgut geschaffen. Klein, aber profitabel. Intelligent genug, um zu wissen, dass sie die Balance zwischen den Ombrianis und den Zacchettis nicht stören dürfen.

Meine Schritte hallen auf nassem Asphalt, während wir tiefer in das Zacchetti-Territorium eindringen. Enzo und Vito neben mir, stumm wie der Tod. Hier riecht es nach Tradition und Verfall. Nach rostigen Schiffen und verschlissenen Tauen. Die Zacchettis klammern sich an die alten Teile des Hafens wie an ein verblassendes Imperium.

„Diese entdeckten Blüten", sagt Vito plötzlich, seine Stimme dünn wie Eis. „Interessant, wie perfekt sie sind. Fast so gut wie die vor zwölf Jahren." Er sieht mich von der Seite an. „Du erinnerst dich doch? Oder wurdest du da noch nicht die Geheimnisse der Ombrianis eingeweiht?"

Ich spüre, wie sich meine Kiefermuskeln anspannen. Vito weiß genau, was er tut. Er war schon immer gut darin, in alten Wunden zu bohren.

„Die Wasserzeichen", fährt er fort, genießt dabei jeden Moment. „Die spezielle Behandlung des Papiers. Die UV-Muster. Alles wie damals. Fast als hätte jemand das alte Rezept wieder ausgegraben."

„Spuck's aus, Vito!", knurre ich. „Was willst du damit sagen?"

Er lächelt dünn. „Nur, dass es interessant ist. Vincenzo wusste damals mehr darüber. Aber ... nun, er weilt nicht mehr unter uns."

Enzo tritt näher, seine Stimme ist rau. „Zehn Tote in einer Woche wegen dieser Blüten. Keiner hat geredet. Nicht mal unterm Messer."

„Krieg ist Geschäft. Chaos ist Profit." Vito sieht zu mir rüber. „Stimmt doch, Cousin?"

Das Wort tropft wie Gift. Für ihn bin ich nur der Bastard. Der Straßenköter, den sein Onkel zum Don gemacht hat. Bevor Zacchetti ihn ermordete.

Ich bleibe vor dem Lagerhaus stehen. Zacchettis Wahl für das Treffen. Ein geschickter Zug von ihm – neutraler Boden, aber durchtränkt von der Geschichte seiner Familie.

Eine Möwe kreischt irgendwo in der Dunkelheit. Unsere Männer sind in Position, versteckt zwischen den Containern. Bereit zuzuschlagen, falls Zacchetti mehr will als reden.

Motorengeräusch schneidet durch die Nacht. Scheinwerfer fressen sich durch den Nebel. Ein schwarzer SUV gleitet aus der Dunkelheit, zwei weitere Wagen flankieren ihn. Zu viele Männer für ein friedliches Gespräch.

Salvatore Zacchetti steigt aus. Sein graues Haar wie polierter Stahl im Hafenlicht. Sein Anzug kann die Kraft nicht verstecken – ein alter Wolf, der das Töten nicht verlernt hat. Vier seiner Männer folgen, Hände unter den Jacketts.

„Luca!" Seine Stimme ist scharf wie zerbrochenes Glas. „Du hast Mut, hierherzukommen. Nach allem."

„Du hast Vincenzo getötet", sage ich ruhig. „Ich deinen Sohn. Jetzt stehen wir hier."

„Raffaele war unschuldig!", knurrt Zacchetti. „Ein Junge von 22 Jahren."

„Unschuldig?" Ich lache bitter. „Er wollte mich erschießen.

Dein unschuldiger Junge. Und du hast den Befehl gegeben, Don Ombriani zu töten."

„Beweise!", zischt Zacchetti.

Ich bleibe ruhig, obwohl Mordlust sich in mir breitmacht. Nur dank des jahrelangen Übens kann ich mich im Schach halten. Das Blut in meinen Adern schreit danach, ihm die Kehle aufzureißen – für Vincenzo, für all die Jahre der Demütigung. Aber ich bin nicht mehr der Straßenkämpfer von früher. Ein Don denkt weiter.

„Das Restaurant Conchiglia ...", werfe ich in die Stille. „Ein Friedensangebot."

Zacchetti lacht, ein Geräusch wie brechendes Eis. „Das Restaurant? Nicht genug."

„Es ist mehr als nur ein Restaurant. Beste Lage. Sauber. Perfekt für neue ... Verbindungen."

„Ich will das Mädchen!" Zacchettis Augen werden hart. „Georgia."

Vito neben mir atmet scharf ein. Ich kann seinen Blick auf mir spüren, lauernd.

Zacchetti macht einen Schritt vor. Seine Männer greifen nach ihren Waffen. „Sie hat auf Raffaele geschossen", fährt Zacchetti fort. Seine Stimme wird schneidend. „Mein Informant war dabei. Gib sie mir. Mit dem Restaurant. Dann erkenne ich dich an. Als Don. Trotz deiner ... Herkunft."

Die Luft gefriert. Vito neben mir wird zur Statue. Ich kann die Gedanken hinter seinen Augen sehen – Berechnungen, Möglichkeiten, Verrat.

Ich weiß, was ich sagen müsste. Das Restaurant und Georgia als Kollateralschaden. Ein guter Don würde sie opfern – ein Bauernopfer für Stabilität.

Aber in mir tobt etwas anderes. Etwas, das ich begraben habe, seit ich sieben war. Seit ich gelernt habe, dass Gefühle Schwäche sind.

Sie hat ihn getötet. Sie bringt Chaos. Und trotzdem – ich spüre, dass ich nicht atmen könnte, wenn ich sie gehen lasse.

„Das Restaurant", sage ich langsam. „Oder gar nichts. Georgia bleibt, wo sie ist."

„Ein Don muss Kompromisse machen können", sagt Zacchetti leise. „Oder bist du zu sehr Straßenkämpfer, um das zu verstehen?"

„Ein Don beschützt, was sein ist!", entgegne ich. Die Art von leise in meiner Stimme, die Männer wie Zacchetti verstehen. „Sie gehört mir!" Der Gedanke an Georgia in den Händen dieses Monsters vor mir lässt meine Kontrolle bröckeln.

Zacchetti spuckt aus. „So sei es. Aber denk dran, Bastard – manchmal kostet Stolz mehr als Frieden." Er wendet sich ab, seine Bewegungen schwer vor unterdrückter Wut. Seine Männer folgen ihm zum Wagen, rückwärts, Hände an den Waffen.

Erst als die Scheinwerfer in der Nacht verschwinden, löst sich die Spannung in mir.

„Perfekt!" Vitos Stimme trieft vor Spott. „Ein Friedensangebot wegwerfen. Wegen einer Fotze, die nichts als Ärger bringt."

Meine Faust zuckt. Diesmal hält Enzo mich nicht zurück. Der Schlag trifft Vito direkt ins Gesicht. Er taumelt, fängt sich am Container ab. Blut tropft von seiner perfekt geschnittenen Lippe. Ich habe ihn geschlagen. Nicht, weil es taktisch war. Nicht, weil ich ihn kontrollieren will. Sondern weil ich es nicht ertragen konnte, wie er über sie spricht.

Das ist nicht der Don in mir. Das ist der Mann. Und das ist gefährlich.

Für einen Moment sehe ich etwas in seinen Augen. Nicht Hass. Nicht Wut. Etwas Zerbrochenes. Dann lacht er. Ein krankes, hohles Geräusch. „Verliebter Narr!" Er wischt sich das Blut ab. „Du wirst uns alle umbringen. Für sie."

„Genug!" Meine Stimme schneidet durch die Nacht. „Wir haben größere Probleme."

Vito hebt die Hände, eine spöttische Kapitulation. Seine Maske sitzt wieder perfekt, trotz der blutigen Lippe. „Wie du meinst. Ich sage nur, was alle denken." Er dreht sich um, verschwindet in der Dunkelheit.

Ich starre aufs schwarze Wasser hinaus. In meinem Kopf Georgias Gesicht. Eine verdammte Schwäche.

„Er hat recht", sagt Enzo leise. „Sie wird dein Tod sein."

„Dann ist es ein guter Tod." Die Worte kommen zu schnell. Zu ehrlich. Ich höre sie, aber sie klingen nicht nach mir.

Ich weiß, was es bedeutet, wenn ein Mann wie ich etwas fühlt. Es ist keine Liebe. Es ist eine Wunde. Eine Schwäche. Eine offene Flanke. Und sie ist die Klinge.

Georgia

Das Mondlicht wirft lange Schatten durch die hohen Fenster. Ich sitze auf der breiten Fensterbank, die Stirn gegen das kühle Glas gelehnt. Unberührtes Essen steht auf dem kleinen Tisch neben mir – eine Lasagne, die Isabella vor Stunden gebracht hat. Lucas Schwester hatte sich knapp vorgestellt und mich dann angesehen, als würde sie mein Schicksal bereits kennen. In ihren Augen lag eine Mischung aus Mitleid und Furcht, die schlimmer war als Gleichgültigkeit. Als wüsste sie genau, was mit Frauen passiert, die in dieser Familie Grenzen überschreiten.

Hunger nagt an mir, aber ich weigere mich, zu essen. Es ist das Einzige, was ich noch kontrollieren kann in diesem goldenen Käfig. Eine kleine Rebellion gegen die Absurdität meiner Lage. Ich werde nicht so tun, als sei es normal, dass er mich gefangen hält, als sei dieser luxuriöse Raum etwas anderes als ein Gefängnis. Zu essen würde bedeuten, sein Spiel mitzuspielen, seine Regeln zu akzeptieren. Mein Magen knurrt protestierend, aber der Hunger ist fast willkommen – ein scharfer, klarer Schmerz, der mich daran erinnert, dass ich noch lebe, noch kämpfen kann. Selbst wenn es nur bedeutet, die Nahrung zu verweigern, die er mir großzügig zugesteht, als wäre es ein Akt der Gnade und nicht der Kontrolle. An diesem Ort, wo er alles bestimmt – meine Bewegungen, meine Freiheit, meine Zukunft – ist dies die einzige Möglichkeit, ihm zu zeigen, dass er nicht alles kontrollieren kann. Nicht meinen Willen.

Seufzend löse ich mich von der Fensterbank. Meine Muskeln protestieren nach den Stunden in der gleichen Position. Ich muss etwas tun, irgendetwas, bevor mich der Hunger und die Gedanken auffressen. Das Zimmer abzusuchen ist sinnlos – das habe ich bereits getan. Aber vielleicht ... Meine Finger gleiten über die Vorhänge, tasten nach einer Schwachstelle. Nach etwas, das mir einen Weg nach draußen zeigen könnte.

Ich erstarre, als ich Schritte höre, und sich kurz darauf die Tür lautlos öffnet. Nach der endlosen Einsamkeit des Tages trifft mich seine Präsenz wie ein Schlag.

119

Der Geruch von Blut und Whiskey erreicht mich, noch bevor ich ihn sehe.

Als er ins Mondlicht tritt, schlucke ich trocken. Seine Knöchel sind aufgeschlagen, dunkle Flecken überziehen seinen teuren Anzug und in seinen Augen liegt etwas Totes, Kaltes, das mich erschreckt. Er muss jemanden getötet haben. Der vertraute Nebel ist da, um mich aufzufangen. Mein Herz rast, aber selbst das fühlt sich gedämpft an, als würde ich durch dickes Glas in meinen eigenen Körper schauen.

Sein Blick fällt auf den unberührten Teller. Etwas Gefährliches flackert in seinen Augen auf.

„Du hast nichts gegessen." Es ist keine Frage, sondern eine Feststellung.

Ich schweige. Ein kleiner Akt des Widerstands.

Er greift nach dem Teller, stellt ihn vor mich auf den Tisch. Langsam, zu kontrolliert. „Iss!"

„Ich habe keinen Hunger."

Seine Kiefer mahlen. „Ich habe nicht gefragt, ob du Hunger hast."

Die Luft zwischen uns vibriert vor Spannung. Er beugt sich vor, eine Hand auf die Tischplatte gestützt, die andere öffnet die Krawatte – der Stoff ist dunkel durchzogen vom getrockneten Blut.

„Glaubst du, ich beschütze dich, damit du dich zu Tode hungerst?" Seine Stimme ist gefährlich leise. „Ich beschütze dich, weil Zacchetti dich will. Die Kugel, die du auf seinen Sohn abgefeuert hast, verlangt nach Wiedergutmachung."

Ich weiche zurück, weil er näherkommt, meine Bewegungen mechanisch, als würde jemand anders die Fäden ziehen. Der goldene Käfig, in dem er mich „zu meinem Schutz" gefangen hält, wird zu einem unwirklichen Schleier.

„Ich habe ihn nicht getötet." Meine Stimme klingt fremd in meinen Ohren, wie aus weiter Ferne. „Ich habe dich verteidigt, weil er ..." Die Erinnerung an die Nacht fühlt sich an wie ein Film, den ich beobachte, nicht wie etwas, das ich erlebt habe.

Seine Hand schießt vor, schlägt neben meinem Kopf gegen die Wand. Der Knall reißt mich aus meiner Erstarrung wie ein Stromschlag. Plötzlich ist alles scharf, präsent, überwältigend real.

Ich spüre die Hitze seines Körpers, rieche den metallischen Hauch von Blut, höre jeden seiner schweren Atemzüge. Ich hasse es, wie die Gefahr, die er ausstrahlt, mich aus der Lähmung holt, die mich seit Jahren schützt. Als würde mein Körper nur darauf warten, um wieder zum Leben zu erwachen.

„Du hast keine Ahnung, was du getan hast. Der Kodex verlangt deine Auslieferung. Meine Position ist der Kodex." Er lacht bitter. „Und doch stehe ich hier. Und zögere. Weil du geglaubt hast, du müsstest dich einmischen. Und mich retten."

„Weißt du, was Zacchetti mit dir machen wird?" Seine Stimme wird noch kälter. „Er wird dich nicht einfach nur töten. Er wird dich brechen. Stück für Stück."

„Dann liefere mich aus", flüstere ich und halte seinem Blick stand. Lieber sterbe ich, als diese verstörende Macht anzuerkennen, die er über mich hat. „Tu deine verdammte Pflicht!"

„Das würde dir gefallen, nicht wahr? Mich zum Monster zu machen, das du in mir siehst?" Etwas an seinem

Gesicht verändert sich. Kein Lächeln. Etwas Härteres. Kälteres. „Aber es wird anders ablaufen."

Er drängt mich gegen die Wand. Seine Präsenz lässt mich alles spüren – Angst, Wut, Leben. Mein Verstand schreit „Gefahr", während mein Körper reagiert.

„Ich werde dich behalten. Dich beschützen." Er spricht leise. Aber da ist nichts Warmes mehr. Nur Härte. „Und dabei zusehen, wie du daran zerbrichst. Dann werde ich dir zeigen, dass ausgerechnet das Monster, vor dem du solche Angst hast, dein einziger Schutz ist."

„Ich hasse dich!", keuche ich und meine jedes Wort wie ich es sage. Ich hasse ihn dafür, dass er der Einzige ist, der durch meine Mauern der Taubheit brechen kann. Dass seine Gewalt mir mehr Sicherheit vermittelt, als jede vernünftige Argumentation es je könnte.

„Gut", erwidert er finster. „Hass ist ehrlich. Hass ist echt."

Ich starre ihn an, während Wut und Furcht in mir toben. Aber da ist noch etwas anderes – dieses verdammte Gefühl von Präsenz, von Lebendigkeit, das nur er in mir auslösen kann. Unabhängigkeit bedeutet Überleben – das war immer mein Mantra. Aber er droht alles einzureißen, woran ich glaube, weil ausgerechnet seine Gewalt mir ein perverses Gefühl von Sicherheit gibt.

Er tritt zurück, seine Augen schwarz wie Schatten. „Schlaf jetzt, Georgia. Morgen ..." Ein gefährliches Lächeln spielt um seine Lippen. „... zeige ich dir, wie ein Monster beschützt, was ihm gehört."

„Ich hasse dich!", sage ich und meine es genau so. Ich hasse ihn aus tiefstem Herzen dafür, dass er diese

Macht über mich hat. Dass ausgerechnet er mir hilft, wieder zu fühlen, zu vertrauen. Es ist falsch. Und ich kann nicht aufhören, es zu brauchen.

Er verlässt den Raum ohne ein weiteres Wort, seine Schritte verhallen im Flur. Die Tür fällt ins Schloss – unverschlossen, eine subtile Demütigung. Er weiß, dass ich nirgendwohin kann. Ein Wachmann steht vor der Tür, ununterbrochen.

Ich sinke an der Wand zu Boden, meine Beine zittern noch immer von seiner Berührung. Die Dunkelheit im Zimmer scheint mich zu erdrücken, doch als ich mich in meine Taubheit flüchte, fühlt sie sich anders an. Brüchig. Als hätte er etwas in mir geweckt, das sich gegen diese Flucht wehrt.

Mein Kopf hämmert noch immer von der Gehirnerschütterung, lässt die Schatten im Raum manchmal verschwimmen. Seine Worte hallen in meinem Verstand nach: „Ich werde dich behalten!" Die Vorstellung, für immer in diesem goldenen Käfig gefangen zu sein, mit ihm als meinem einzigen Anker zur Realität ... Nein! Ich kann nicht warten. Nicht bis es mir besser geht. Nicht bis er mich noch mehr in seiner Hand hat, bis diese Abhängigkeit von seinen brutalen Berührungen so stark wird, dass ich ihm verfalle. Mein Blick wandert rastlos durch den Raum, sucht verzweifelt nach einem Ausweg und bleibt an den Vorhängen hängen. Braune Baumwolle, die vom Boden bis zur hohen Decke reicht.

Die Idee kommt wie ein Fiebertraum. Verrückt. Irrsinnig. Der pochende Schmerz in meinem Kopf macht es schwer, klar zu denken. Aber die Vorhänge ... sie sehen gleichzeitig fließend und robust aus. Und das Fenster ... ist der einzige Weg hier raus, den er vielleicht nicht erwartet. Nicht in meinem Zustand. Er denkt, ich bin zu schwach, zu verletzt für so etwas Waghalsiges. Hat er deshalb die Tür offen gelassen – weil er weiß, dass ich kaum geradeaus gehen kann. Das ist meine einzige Chance.

10. Fesseln

Georgia

Die Flucht ist eine beschlossene Sache. Mit zitternden Fingern streiche ich über den fließenden Vorhangstoff. Das Material ist ein leichtes Baumwolle-Mischgewebe – gedeckt, elegant und vor allem: stabil. Würde es mein Gewicht halten? Die Vernunft schreit nein. Aber die Panik in mir ist lauter. Diese nagende, wachsende Angst – nicht nur vor dem Sturz. Sondern davor, was passiert, wenn ich bleibe. Wenn ich wieder seine Stimme höre, seine Kraft spüre. Wenn er mich wieder dazu bringt, zu fühlen. Zu erleben. Ihn, mich selbst und das, was ich so lange vergraben habe.

Mit jedem Herzschlag wächst die Gewissheit: Ich muss es versuchen. Jetzt! Bevor mein Verstand mir erklärt, wie wahnsinnig das ist. Oder die Schmerzen in meinem Kopf nachlassen und die Angst die Oberhand gewinnt. Bevor er zurückkommt und mir erneut zeigt, wie es sich anfühlt, lebendig zu sein – und ich es wieder zulasse.

Die Vorhänge. Das Fenster. Zwei Stockwerke tief.

Die Idee brennt sich immer tiefer in meinen schmerzenden Schädel und lässt keinen Raum mehr für Vernunft.

Mit bebenden Fingern taste ich mich zum ersten Vorhang. In der obersten Schublade der Kommode sah ich früher, beim Durchsuchen des Zimmers, eine schwere Schere aus Silber - vermutlich für seine maßgeschneiderten Anzüge. Das Adrenalin dämpft den pochenden Kopfschmerz, während ich den Baumwollstoff von der Stange löse. Er gleitet überraschend leicht herunter. Vielleicht ein Zeichen?

Meine Hände arbeiten wie im Fieber. Ich beginne am oberen Rand, schneide den Stoff in einer breiten Bahn schräg nach unten. Ein langer Streifen entsteht.

Ein Schwindelanfall lässt mich taumeln. Ich klammere mich an die zusammengeknoteten Streifen, warte bis der Raum aufhört, sich zu drehen.

Mit schweißnassen Händen ziehe ich die improvisierte Stoffschlange zum Fenster. Das dumpfe Pochen in meinem Kopf wird stärker. Egal. Der erste Knoten um die schwere Marmorkommode.

Es muss jetzt sein. Bevor die Wachen ihre nächste Runde drehen. Bevor mein Verstand mir sagt, wie selbstmörderisch das ist oder Luca zurückkommt.

Das Fenster quietscht leise, als ich es öffne. Zwei Stockwerke. Der Abgrund vor mir schwankt bedrohlich. Oder schwanke ich?

Ein Geräusch von draußen lässt mich erstarren. Schritte? Nein, nur der Wind in den Zypressen.

Mit zitternden Händen lasse ich das Seil aus verknoteten Vorhängen über die Fensterbank gleiten. Der dunkle Stoff schlängelt sich fast lautlos in die Tiefe.

Ein weiterer Schwindelanfall überfällt mich, als ich mich aus dem Fenster lehne, um die Länge zu prüfen. Der Boden unter mir verschwimmt zu einem dunklen

Abgrund. Konzentrier dich! Ein Bein über die Fensterbank. Der seidige Stoff gleitet gefährlich durch meine
schweißnassen Hände. Jetzt oder nie. Ich hole tief Luft.

Das Klicken der Tür lässt mich erstarren. „Was zur
Hölle tust du da?" Lucas Stimme! Ich wage nicht, mich
umzudrehen, nicht, zu atmen. Ich sitze auf der Fensterbank, ein Bein draußen, eines drinnen. Gefangen zwischen Himmel und Hölle.

„Georgia!" Mein Name wie eine tödliche Warnung.
„Komm! Sofort! Da! Runter!"

Seine Hand schließt sich um meinen Arm. Er zieht
mich zurück in den Raum, in seinen Käfig, der dunkle
Baumwollstoff gleitet aus meinen Fingern – wie eine
letzte Hoffnung, die er mir entreißt.

Ich wage einen letzten Blick hinaus – auf das Schwarz
der Nacht, auf das, was Freiheit sein könnte. Doch als
er mich zu sich dreht, ist alles andere vergessen.

In seinen Augen lodert etwas Dunkles. Verdammte
Scheiße! Ich kenne diesen Blick – das ist kein Zorn. Das
ist Instinkt. Raubtierblick. Und ich bin die Beute, die er
sich ausgesucht hat.

Und doch … mein Herz schlägt schneller. Nicht nur
vor Angst. Sondern vor etwas, das ich nicht benennen
will. Ich bin lebendig. Schmerzlich, brutal, verwirrend
lebendig.

„Du enttäuschst mich nicht, Georgia!" Seine Stimme
ist seidenweich, gefährlich. „Immer so … unbeugsam."
Seine Hand streift über den Stoff, den ich geknotet
habe. Und mir wird klar – es ist nicht nur das Fenster,
das er mir genommen hat. Es ist die Illusion, dass ich
mein Leben hier kontrollieren könnte. Und das brennt
mehr als alles andere.

„Ich denke, du brauchst eine Demonstration von Gehorsam."

Ich weiche zurück, bis sich die Wand in meinen Rücken drückt. Mein Herz hämmert wie wild. Scheiße, wie ich diesen Mann hasse!

„Ich will nicht deine Gefangene sein!" Die Worte kommen mutiger, als ich mich fühle.

„Nein?" Er steht jetzt direkt vor mir. Seine Hand legt sich um meine Kehle – roh, ohne Rücksicht, ohne Warnung. Der Druck ist nicht stark. Aber er ist da. Und er reicht. Ein einziger Impuls – und mein ganzer Körper steht unter Strom.

„Du bist längst Teil meiner Welt, Georgia. Und in meiner Welt ..." Er beugt sich vor, seine Lippen streifen mein Ohr. „... gibt es kein Entkommen." Seine Stimme ist seidenweich.

Der Geruch von teurem Whiskey umhüllt mich. Seine Haare fallen ihm ins Gesicht und die silberne Strähne schimmert.

Seine Hand umfasst mein Handgelenk. „Ich werde dir eine Lektion erteilen, Georgia."

Ich ziehe scharf die Luft ein. Beweg dich! Reiß dich los! Sag etwas! Aber mein Körper hört nicht auf mich. Nicht vor Angst. Nicht vor Unterwerfung. Sondern wegen dieses verdammten Flackerns unter der Haut – und weil ich wissen will, wie weit er geht. Wie weit ich ihn gehen lasse.

Mit einer fließenden Bewegung zieht er mich über seine Knie.

Meine Muskeln erstarren – nicht wie früher aus Furcht, sondern aus etwas anderem. Etwas, das ich nicht benennen kann. Erwartung? Kontrollierte Kapitulation? Oder der stumme Glaube daran, dass er weiß, wann die Grenze erreicht ist?

„Du brauchst eine Erinnerung daran, wer hier das Sagen hat."

Seine Stimme ist leise. Und genau deshalb durchdringt sie jede Faser meines Seins. Der Todesengel ist erwacht – ich höre ihn in seinem Atem, sehe ihn vor meinem inneren Auge. Nicht mit Flügeln, sondern mit Blicken, die töten können. Und trotzdem ... bin ich da. Bleibe da.

Seine Hand bleibt erhoben – einen Atemzug lang.

Ich erstarre. Warte. Aber der Schlag kommt nicht.

Er zögert. Nicht aus Unsicherheit – sondern, weil er genau weiß, was er in mir auslöst.

Ich spüre es – dieses Innehalten, das Kribbeln auf meiner Haut. Als würde das Nichts mehr wiegen als jeder Schmerz.

„Du zitterst", sagt er leise. Kein Spott. Kein Triumph. Nur eine Feststellung.

Ein Moment lang bleibt alles still. Nur mein Atem geht zu schnell, zu flach. Ich bin über seine Knie gelegt, ausgesetzt, offen – und doch passiert nichts. Weil ich weiß: Er sieht mich. Wirklich.

Er senkt die Hand. Langsam. Kontrolliert.

Dann streift er mit den Fingerspitzen über meinen Rücken. Federleicht. Und genau deshalb so viel schlimmer.

Mein Körper zuckt. Nicht vor Angst. Vor ... etwas anderem.

Etwas, das ich nicht benennen will. Etwas, das unter der Haut aufsteigt wie Hitze. Wie ein Aufbegehren.

„Ich muss dich nicht anfassen, Georgia." Seine Stimme ist ruhig. Tief.

„Ich kann dich zum Leben erwecken – ohne dich zu berühren."

Sein Griff um meine Hüfte wird fester. Nicht brutal. Aber spürbar. Wie ein Anker – oder ein Besitzanspruch. Ich weiß es nicht. Ich weiß nur, dass mein Körper reagiert. Nicht mit Flucht. Sondern mit einem Aufflammen.

„Draußen flüchtest du in den Nebel, versteckst dich in deiner Taubheit. Aber hier ...", sagt er – sein Atem streift meinen Nacken, zu nah, zu warm. „... hier atmest du. Hier bist du echt."

Ich presse die Augen zusammen. Will fliehen. Weg von ihm, weg von diesem Wissen, das sich in jede Faser meiner Haut schreibt.

Aber der Nebel ist weg. Die Taubheit auch. Ich bin nackt – nicht nur körperlich. Sondern seelisch. Und genau das macht mir Angst.

„Sag, dass ich unrecht habe", murmelt er. „Sag, dass du dich nicht erinnerst, wie es sich anfühlt ... zu leben."

Ich beiße mir auf die Lippe. Meine Finger krallen sich in die Decke.

Ich hasse ihn. Für diesen Moment. Für diese Wahrhaftigkeit.

Aber noch mehr hasse ich mich, weil ich nicht wegrenne.

Weil ich atme. Weil ich fühle. Weil ein Teil von mir bleibt. Und es genießt.

„Du fühlst es. Genau wie ich", sagt er leise. Dann lässt er los. Nicht mich – sondern die Spannung zwischen uns. Er hebt mich hoch, langsam, ohne Hast, und stellt mich auf die Beine.

Ich schwanke. Nur einen Wimpernschlag lang. Seine Hand stützt mich – nicht zärtlich. Nur zweckmäßig. Aber es reicht, damit ich ihn spüre.

Er sieht mich an. Kein Lächeln. Kein Zorn. Nur dieses tiefe, stille Wissen. „Das war erst der Anfang, Georgia."

Seine Hand streift meine Wange. Der Daumen verweilt an meiner Unterlippe – ein Hauch, der viel zu lange nachklingt.

„Beim nächsten Mal ... wirst du dich nicht mehr verstecken können."

Dann wendet er sich ab. Seine Schritte sind leise, sicher. Aber ich sehe es – den Hauch von Spannung in seinem Rücken, als müsste er sich zwingen, mich gehen zu lassen.

Als er gegangen ist, bleibt die Hitze. In meiner Haut. In meinem Kopf. Und in meinem verdammten Herzen. Und ich weiß, dass ich gehen muss – bevor ich bleibe. Bevor so etwas wieder passiert.

11. Verborgen

Georgia

Seit der Nacht vor zwei Tagen hat sich etwas verändert. Nicht nur in ihm – sondern in mir. Ich spüre es in jeder Faser, bei jedem Atemzug. Wie ein Riss in der Wand, die ich um mich gebaut habe. Eine feine Linie, kaum sichtbar, aber unaufhaltsam.

Ich hasse, was er mit mir macht. Aber noch mehr hasse ich, was es über mich sagt, dass ich überhaupt etwas empfinde.

Ich habe immer vermieden, zu viel zu fühlen. Gefühle waren ein Luxus, den man sich nur leisten kann, wenn man sicher ist. Und ich war nie sicher. Doch seine Nähe – seine Gewalt, seine dunkle Intensität – hat etwas in mir geweckt, das ich nicht mehr zurückdrängen kann.

Es ist kein Kampf mehr gegen ihn.

Es ist ein Kampf gegen mich selbst.

Ein Teil von mir will ihn verletzen. Ihn brechen, so wie er mich bricht. Und ein anderer Teil will, dass er mich wieder ansieht, so wie in dem Moment bei der Flucht. Da war nicht nur Besitz in seinem Blick. Da war Erleichterung.

Ich weiß nicht, was das mit mir macht. Nur, dass ich wissen will, wie viel von mir noch lebt, wenn ich den Nebel verlasse. Selbst wenn es brennt. Und ich weiß, dass genau dieses Denken mich in Gefahr bringt. Deshalb habe ich mich vorbereitet.

Der Abend liegt schwer und still über mir. Seit gestern beobachte ich ihn. Jede Bewegung. Jede Gewohnheit.

Ich weiß jetzt, wann ich zuschlagen kann – und wie. Luca hält sich für unfehlbar. Er glaubt, er hätte mich gebrochen, dass ich aufgegeben hätte. Aber genau das wird sein Fehler sein.

Ein direkter Kampf ist aussichtslos, das weiß ich inzwischen. Ich muss subtiler vorgehen. Ich werde ihn in Sicherheit wiegen, ihn glauben lassen, dass ich Frieden geschlossen habe mit dem Käfig.

Denn immer, wenn er das Zimmer betritt, schickt er seine Wachen weg.

Diesen kurzen Moment werde ich nutzen.

Doch dafür brauche ich unbedingt Kleidung. In seinem viel zu großen Hemd fühle ich mich schutzlos und bloßgestellt. So kann ich unmöglich fliehen, schon gar nicht durch das ganze Haus. Ich brauche etwas, das mir Bewegungsfreiheit gibt, das mich bedeckt, mir Schutz bietet. Etwas, das sich nicht anfühlt wie er. Etwas, das nach mir riecht – nicht nach ihm.

Mit leisen Schritten gehe ich zum begehbaren Kleiderschrank hinüber, meine nackten Füße versinken geräuschlos im weichen Teppich. Mein Herz schlägt unkontrolliert. Heute Nacht werde ich entweder entkommen – oder wenigstens jemanden finden, der mutig genug ist, sich gegen Luca zu stellen.

Die massiven Türen aus dunklem Mahagoni öffnen sich lautlos und enthüllen Lucas akribisch organisierte Welt – maßgeschneiderte Anzüge aus feinster italienischer Wolle, Hemden in makelloser Ordnung, Krawatten in Farbabstufungen, und eine Sammlung handgefertigter Lederschuhe, die wie kostbare Kunstwerke wirken. Jeder Zentimeter dieses Schranks ist durchtränkt von seiner Besessenheit nach Kontrolle und Perfektion. Jedes Kleidungsstück schreit lautlos: „Sieh her, was ich mir leisten kann. Sieh, wie überlegen ich bin!" Die Erkenntnis trifft mich wie ein Schlag: Auch ich bin für ihn nur ein weiteres Schmuckstück in seiner Sammlung.

„Arrogantes Arschloch!", murmle ich und lasse meine Finger über die Stoffe gleiten. Was ich brauche, ist etwas Langes. Etwas, das meine Blöße bedeckt und mir erlaubt, mich frei zu bewegen.

Mein Blick wandert zu den obersten Fächern, wo säuberlich gefaltete T-Shirts liegen. Ich strecke mich, die Holzleiste des Regals drückt gegen meine Handfläche. Meine Finger ertasten etwas Kantiges zwischen den weichen Stofflagen. Die Neugier überwindet meine Vorsicht, obwohl mein Herz schneller schlägt. Behutsam ziehe ich eine abgegriffene Schatulle aus dunklem Holz hervor. Sie passt nicht hierher – ein Fremdkörper zwischen all dem Perfektionismus. Wie eine Erinnerung, die jemand tief begraben wollte und doch nicht loslassen kann.

Der Deckel klemmt, als würde er seine Geheimnisse beschützen wollen, gibt dann aber widerwillig nach. Die Box rutscht mir aus den schweißnassen Händen, knallt dumpf auf den Teppich. Fotos verstreuen sich auf dem Boden. Jedes ein eingefrorener Moment aus einer Geschichte, die niemand erzählen will.

Eines zieht sofort meinen Blick auf sich – ein kleiner Junge mit wilden Locken und ... ich schlucke schwer, als die Erkenntnis mich trifft. Die dunklen Augen starren misstrauisch in die Kamera, schon damals voller Härte, aber auch voller unterdrückter Angst. Luca, vielleicht sieben Jahre alt. Seine Kleidung ist verdreckt, die Haare verfilzt, als hätte er tagelang auf der Straße gelebt.

Aber es sind die Narben, die mir den Atem rauben – feine weiße Linien überziehen seinen Körper wie ein grausames Spinnennetz. Einige frisch und rot, andere verblasst und mit erschreckender Präzision zugefügt. Neben ihm steht ein Mann im makellosen Anzug, seine Hand wie eine Klaue auf Lucas Schulter – keine beschützende Geste, sondern ein Besitzanspruch. Auf der Rückseite eine krakelige Kinderschrift. Zitternd, unsicher.

„Neue Familie. Luca Ombriani."

Übelkeit steigt in mir auf, bitter und brennend.

Was haben sie diesem Kind angetan, bevor er zu dem wurde, was er heute ist? Die Narben erzählen eine Geschichte von systematischer Gewalt, von einem Kind, das lernen musste, Schmerz als Normalität zu akzeptieren. Kein Wunder, dass er so geworden ist – kalt, besessen von Kontrolle, gefährlich. Ich schlucke und einen Moment lang überlagert das Bild des vernarbten Jungen den Mann, der mich gefangen hält. Ich sehe zum ersten Mal die Verbindung zwischen beiden – das verwundete Kind, das sich in eine Festung verwandelt hat. Aber er ist nicht mehr der kleine Junge von damals.

Mein Blick wandert zum Badezimmer. Ich habe, was ich brauche. Jetzt muss ich nur noch warten, bis Luca glaubt, er sei sicher. Bis er sich verwundbar macht. Und dann ... werde ich ihn einsperren. Heute Nacht wird er in seinem eigenen goldenen Käfig sitzen. Und ich werde frei sein.

„Was glaubst du, was du da tust?" Seine Stimme schneidet durch die Stille, klirrend vor kaum unterdrückter Wut. Ich fahre herum, das Foto zittert in meinen Händen. Er steht im Türrahmen, groß, lauernd. Seine Schultern sind angespannt. In seinen Augen lodert etwas Ungezähmtes, Primitives – der kleine Junge von dem Foto, der immer noch um sein Überleben kämpft. Es macht mir mehr Angst als sein kalter Zorn.

„Ich ..." Weiter komme ich nicht. Sein Blick ist auf das Foto in meiner zitternden Hand gerichtet und für einen Sekundenbruchteil sehe ich seine Maske bröckeln, sehe den Schmerz darunter, roh und blutig wie eine frische Wunde.

„Wer hat dir erlaubt, in meinen Sachen zu wühlen?" Seine Stimme ist gefährlich leise, ein Flüstern, das mehr droht als jedes Schreien. Er durchquert den Raum mit wenigen geschmeidigen Schritten, wie nur er es kann.

Ich weiche zurück, bis ich gegen den Schrank stoße, und plötzlich scheint es, als wäre der ganze Raum gegen mich. „Ich suchte nur ..." Nach einem Weg zu überleben, einer Schwäche in seiner Rüstung. Nach allem, was mir helfen könnte. Die Worte bleiben mir im Hals stecken.

Mit einer fließenden Bewegung entreißt er mir das Foto. Seine Finger berühren meine – nur einen Moment, zufällig. Und doch brennt es in mir wie Lavastrom unter der Haut.

„Du hast kein Recht ...!" Seine Stimme bricht – nicht laut, sondern leise, und zum ersten Mal höre ich echte Emotion darin. Sein Atem geht schwer, als hätte diese kleine Konfrontation mehr Kraft gekostet als jeder physische Konflikt.

„Wer war er?" Die Worte entschlüpfen mir, bevor mein Verstand sie aufhalten kann. Zu direkt. Zu gefährlich. Aber sie hängen bereits zwischen uns in der Luft. „Der Mann auf dem Foto?"

Seine Augen verdunkeln sich wie ein aufziehendes Unwetter. Für einen Moment flackert etwas über sein Gesicht. Eine Mischung aus Schmerz, aus Wut – und etwas, das aussieht wie Sehnsucht. Doch dann verschließt er sich sofort wieder, sein Ausdruck wird kalt, kontrolliert.

„Der Mann, dem ich alles verdanke." Er starrt auf das Bild, seine Kiefermuskeln mahlen, als müsste er die Worte aus sich herauszwingen. „Ohne ihn wäre ich nichts. Nur ein weiterer Niemand, vergessen und verrottet im Dreck der Straße. Don Ombriani hat mich nicht nur gerettet, er hat mir eine Familie gegeben. Einen Zweck. Eine Verpflichtung." Seine Stimme wird bitter, fast zornig. „Ich bin der Kodex, Georgia!"

Er spricht es aus, als sei es ein Fluch. „Ich existiere nur, um zu beweisen, dass er recht hatte, als er mich aus dem Dreck geholt hat."

„Die Narben ..." Die feinen weißen Linien auf der Kinderhaut tanzen vor meinen Augen, ein stummes Zeugnis von Grausamkeit. „Waren schon da. Ein Geschenk meiner ersten Familie." Das Wort „Familie" spuckt er aus wie Gift. Seine Hände zittern kaum merklich, als er das Foto fester packt. Etwas Wildes zuckt durch seine Miene – roh, unkontrolliert. Und etwas Verletztes, das er mühsam unter Kontrolle bringt, indem er die Hand zur Faust ballt. Aber ich habe den Riss in seiner Rüstung gesehen. Nicht groß. Aber echt. Und es war kein Zeichen von Schwäche – sondern von etwas, das sich nicht länger verstecken lässt.

Ich schlucke. „Es tut mir leid!", flüstere ich ehrlich.

Etwas in meiner Stimme lässt ihn für einen Wimpernschlag innehalten. Sein Blick verengt sich, fokussiert sich auf mich, als könnte er mich damit festpinnen. Dann setzt er sich in Bewegung – kontrolliert, wie jemand, der sich daran erinnert, dass Schwäche tödlich ist.

„Spar dir dein Mitleid!" Sein kalter Befehlston duldet keinen Widerspruch. Er macht einen Schritt auf mich zu. Dann noch einen. Sein Körper strahlt Hitze aus. Eine lauernde Kraft, die mich gleichzeitig lähmt und in Alarmbereitschaft versetzt. Ich verharre. Nicht aus Mut. Sondern weil ich es nicht ertragen würde, wenn er sieht, wie sehr ich zittere.

Was ist das zwischen uns?

Ein unausgesprochener Kampf? Ein Machtspiel? Und ich verliere mit jedem Blick. Und trotzdem ... höre ich nicht auf, mitzumachen.

Dann wendet er sich ab. Langsam, mit der Arroganz eines Mannes, der nie fliehen musste. Er zieht sich das

Jackett vom Leib. Ich sehe, wie sich seine Muskeln unter dem feinen Stoff bewegen, wie seine Schultern sich dehnen. Etwas in mir zieht sich zusammen. Nicht vor Angst. Ich weiß nicht, was es ist – nur dass ich es nicht zulassen darf.

Er wirft das Jackett achtlos über den Sessel, fährt sich durch das dunkle Haar und geht in Richtung des Badezimmers. Ich denke einen Moment lang an die Kleidung. Aber die Sekunden rinnen mir durch die Finger wie Sand. Wenn ich jetzt stehen bleibe, habe ich verloren.

Gegen ihn. Gegen mich selbst.

Das ist meine Chance. Nicht nur, weil er abgelenkt ist, sondern weil ich jetzt weiß, dass er verwundbar ist. Ich halte den Atem an, warte, bis die Tür hinter ihm ins Schloss fällt. Ein leises Plätschern ertönt, als er das Wasser aufdreht. Jetzt oder nie. Adrenalin rauscht durch meine Adern, jagt meine Gedanken in einen messerscharfen Fokus. Mein Körper handelt, noch bevor mein Verstand alle Risiken abwägen kann. Ich springe auf, renne zur Badezimmertür, packe den schweren Schlüssel, der im Schloss steckt, und drehe ihn mit einem harten Ruck um. Ein Moment der Stille. Dann – ein Knall.

Luca brüllt auf, sein erster Instinkt ist Wut. Der Griff dreht sich, die Tür ruckt in ihrem Rahmen, als seine Faust gegen das Holz hämmert. „Georgia!"

Mein Atem geht keuchend, aber ich zögere nicht. Ich bin bereits auf dem Weg. Ich reiße die Zimmertür auf, laufe hinaus. Die Luft in den Gängen ist kühl, die Dielen unter meinen nackten Füßen fühlen sich glatt an. Das Anwesen ist riesig, ein Labyrinth aus dunklen Fluren und hohen Decken. Ich kann mir nicht leisten, orientierungslos herumzuirren. Jeder Schritt zählt. Jeder Fehler könnte der letzte sein.

Hinter mir höre ich Luca gegen die Badezimmertür schlagen. Noch hält das Holz. Aber nicht lange.

Ich zwinge mich, ruhig zu bleiben. Planen. Denken. Nicht in Panik verfallen.

Geduckt husche ich an der Wand entlang, bewege mich durch das Halbdunkel. Meine Hände streichen über kalten Stein, über kunstvoll geschnitzte Verzierungen, die mir keine Richtung weisen. Ich kenne diesen Weg nicht. Habe keine Karte, kein Ziel – nur einen einzigen Gedanken: raus. Ich bin mir sicher, dass der Ausgang irgendwo im Erdgeschoss liegt, doch in der Dunkelheit verschmelzen die Schatten zu einer bedrohlichen Masse. Ich höre Tritte und weiche ihnen aus. Es müssen Wachen sein.

Ich schleiche weiter, klebe förmlich an den Wänden. An jeder Ecke halte ich inne, lausche. Mein Herzschlag rast. Keine Stimmen, nur Schritte. Ich darf Luca niemals unterschätzen. Nicht eine Sekunde. Die Wachen stehen vermutlich an den strategischen Stellen. Mein Blick huscht über die Räume, in die ich blicke – hohe Decken und Prunk. Ich komme an einer breiten Marmortreppe vorbei. Das Hauptfoyer. Mein Puls beschleunigt sich. Ich bin nah dran.

Dann – ein Geräusch. Schritte. Langsam. Kontrolliert.

Ich presse mich in eine Nische zwischen zwei schweren Vorhängen. Die Luft ist abgestanden, der Stoff riecht nach Staub und altem Parfüm. Durch einen schmalen Spalt spähe ich auf den Gang.

Ein Mann. Groß, breitschultrig. Nicht Luca. Mein Magen zieht sich zusammen. Ein Fremder – aber ohne Zweifel einer von Lucas Leuten. Die Art, wie er sich bewegt: wie jemand, der nie in Deckung geht.

Ich zwinge meinen Atem flach. Wenn ich mich nicht bewege, kann ich vielleicht …

„Du kannst jetzt rauskommen! Ich bin nicht Luca", sagt er, halb belustigt. „Aber ich bezweifle, dass er begeistert ist, dich hier herumschleichen zu sehen."

Scheiße! Mein Körper friert für eine Sekunde ein, bevor mein Überlebensinstinkt die Kontrolle übernimmt. Ich schieße aus meinem Versteck, renne los. Der Mann reagiert sofort, zu schnell. Seine Hand packt meinen Arm – fest, aber nicht brutal. Nicht wie Luca. Ich wehre mich, drehe mich, trete nach ihm.

„Wow! Ganz ruhig." Seine Stimme ist rau, fast genervt, als er mich näher zieht. „Willst du mir erklären, was du hier machst?"

Ich atme scharf ein. „Lass mich los!"

„Nein!"

Ich starre in sein Gesicht. Dunkle Augen, ein kantiges Kinn, eine leichte Narbe an der Wange. Er wirkt wie jemand, der Befehle gewohnt ist. Aber ohne Lucas Wahnsinn im Blick.

„Enzo!" Ich kenne seinen Namen nicht, bis Luca ihn aus der Dunkelheit heraus ausspuckt.

Mein Körper versteift sich. Luca steht am Ende des Ganges, nur wenige Meter entfernt. Seine Krawatte fehlt, sein Hemd ist zerknittert, als hätte er es sich mit roher Gewalt übergezogen.

Sein Blick ist eine einzige tödliche Drohung.

„Lass! Sie! Los!" Drei Worte. Eisig. Final. Kein Raum für Zweifel – nicht einmal für ein Zucken.

Ich spüre, wie Enzo zögert – nur eine Sekunde. Dann löst sich seine Hand von meinem Arm, aber sein Blick bleibt auf mir hängen. So als würde er mich nicht als Mensch betrachten – sondern als Variable. Und ich spüre, dass ich seine Gleichung durcheinanderbringe.

Luca kommt näher. Sein Blick gleitet über mich, über meine zu schnelle Atmung, meine zitternden Hände. Er weiß, was ich versucht habe. Mein Herzschlag hämmert gegen meine Rippen, während ich ihn mustere. Sein Hemd ist offen, seine Haare zerzaust, seine Brust hebt und senkt sich in tiefen, kontrollierten Atemzügen. Und er sieht nicht mehr zornig aus. Eher … amüsiert. Und das ist schlimmer. Ich will fluchen, schreien, losrennen – doch Enzo steht zu nahe bei mir.

Lucas Blick huscht über meine zerzauste Gestalt, meine Schultern, meinen rasenden Atem. Dann wendet er sich Enzo zu. Sein Blick unbeirrbar. Als gäbe es nur eine Wahrheit: seine. „Was hast du gesehen?"

Enzo zuckt mit den Schultern. „Eine Frau auf der Flucht. Und einen Mann, der offenbar nicht merkt, was ihm da gerade entgleitet." Er lehnt sich lässig gegen die Wand – zu locker, zu ruhig dafür, dass er gerade Lucas Autorität infrage gestellt hat. Und genau das beunruhigt mich mehr als jeder Ausbruch. Die Art, wie er Luca ansieht, zeigt, dass er sich diese Dreistigkeit erlauben darf.

„Vielleicht solltest du dir Gedanken machen, was das über dich sagt."

Lucas Blick flackert für den Bruchteil einer Sekunde, als hätte Enzos Bemerkung einen tieferen Nerv getroffen, als Luca je zugeben würde.

Ich sehe es. Enzo sieht es. Und dann ist es vorbei. Zwischen ihnen scheint es eine unausgesprochene Kommunikation zu geben – vertraut, respektvoll, aber auch angespannt. Vielleicht etwas, das längst Risse hat.

„Georgia hat sich geirrt", sagt Luca leise, mit der kontrollierten Sicherheit eines Mannes, der keine Widerrede duldet. „Sie dachte, sie könnte einfach so verschwinden. Ein Missverständnis, nicht wahr, Georgia?"

Mein Hals schnürt sich zu. Ich könnte schweigen, könnte ihn herausfordern, aber dann spüre ich seine Fingerspitzen sanft und doch warnend an meinem Kinn. „Sag es, Georgia!", flüstert er und in seinem Tonfall liegt eine unterschwellige Drohung, die tiefer reicht als bloße Worte.

Ich will schweigen. Wegsehen. Doch seine Finger sind an meinem Kinn und er lässt mir keinen Raum. Kein Entkommen. Kein Verhandeln.

Also sage ich es. Nicht, weil ich mich geirrt habe – sondern weil ich überleben will.

„Ich habe mich geirrt!", presse ich hervor, die Worte schmecken bitter auf meiner Zunge.

Lucas Lächeln wird härter, triumphierend. Doch ich spüre, dass dahinter nicht nur Sieg steht – sondern auch Erleichterung. Als hätte er gerade knapp eine Schlacht gewonnen, von der er weiß, dass er sie beinahe verloren hätte.

Enzos Blick bleibt auf Luca haften. Und für einen Moment sehe ich etwas in seinen Augen, das mich frösteln lässt: Etwas wie Trauer.

„Gut", sagt Luca. Dann, an Enzo gewandt: „Sie bleibt. Und sie wird sich daran gewöhnen."

Enzo beobachtet ihn für einen Moment, dann schüttelt er kaum merklich den Kopf. Nicht aus Widerspruch, sondern als würde er einen leisen Verlust beklagen. „Wenn du meinst." Er stößt sich von der Wand ab, dreht sich um. „Aber du weißt, dass das nach hinten losgehen wird."

Luca sagt nichts. Ich auch nicht.

Enzo mustert Luca kurz mit einem Ausdruck von Respekt und gleichzeitigem Zweifel – einem Blick, den vermutlich viele für Luca übrig haben und verschwindet dann in der Dunkelheit.

Zurück bleiben nur wir.

Luca greift mein Handgelenk, sein Griff fest, aber kontrolliert, während er mich wortlos den Gang zurück zu seinem Zimmer zieht. Ich spüre seinen Ärger in jeder Bewegung, doch er schweigt, bis die Tür hinter uns ins Schloss fällt. Erst dann dreht er sich zu mir um, seine dunklen Augen blitzend von einer Mischung aus Zorn und kalter Belustigung.

„Glückwunsch, Georgia!", sagt er rau. „Ab jetzt kannst du dich frei im Haus bewegen."

Ich starre ihn fassungslos an. Die Absurdität seiner Worte ist beinahe lächerlich. Frei? Freiheit bedeutet nicht, sich in einem größeren Käfig bewegen zu dürfen. Er verhöhnt mich, und er weiß es. In seinen Augen glüht eine gefährliche Mischung aus Triumph und etwas Tieferem, Dunklerem. Ein Interesse, das über Kontrolle hinausgeht. Ich schlucke hart gegen die trockene Kehle und richte mich auf, trotz der Erschöpfung, die meinen Körper beschwert. „Freiheit?" Meine Stimme ist kaum mehr als ein heiseres Flüstern, aber ich zwinge mich, seinen Blick festzuhalten. „Du meinst, du vergrößerst meinen Käfig?"

Seine Lippen zucken kaum merklich. „Nenn es, wie du willst. Du kannst gehen, wohin du möchtest – solange du in meinem Haus bleibst."

Wut brennt in mir, heiß und scharf, und ich kämpfe gegen den Impuls, ihm ins Gesicht zu spucken. Stattdessen zwinge ich mich, ruhig zu bleiben. Wenn er glaubt, dass er mich gebrochen hat, wird er nachlässig werden. Und Nachlässigkeit kann ich ausnutzen.

„Wenn du mich schon durch das Haus laufen lassen willst", sage ich, jede Silbe kontrolliert, „dann brauche ich Kleidung."

Er verengt die Augen. „Du hast doch schon Kleidung."

Ich schnaube leise, meine Finger krallen sich in den Stoff seines übergroßen Hemdes. „Das hier? Ich werde sicher nicht unter deine Leute gehen, während ich nichts darunter trage. Du wolltest mich behalten, also sorge dafür, dass ich mich anständig anziehen kann."

Ein gefährliches Lächeln zuckt um seine Lippen. „Denkst du, dass du mir Befehle erteilen kannst, Georgia?"

Ich trete näher, zwinge mich, seinen Blick zu halten. „Nein!", flüstere ich. „Aber ich denke, dass es dir lieber wäre, wenn deine Männer nicht wissen, dass ich unter diesem Hemd nackt bin."

Für einen Moment herrscht Stille.

Dann hebt er eine Braue. „Clever."

Er greift in seine Tasche, zieht sein Handy hervor. Wählt eine Nummer.

„Isabella", sagt er knapp. „Bringe Georgia Kleidung."

Ich zittere noch. Nicht vor Angst – sondern weil die Anspannung langsam aus meinen Gliedern weicht. Er hat nachgegeben. Nicht, weil ich stark war. Sondern weil ich ihn in die Enge getrieben habe.

Luca verstaut das Handy wieder, seine Augen ruhen auf mir, durchdringend wie immer. Aber da ist etwas Neues darin. Eine Wachsamkeit. Ein Zweifel. „Genug gespielt für heute, Georgia." Er wendet sich ab und verlässt den Raum.

Ich atme flach. Die Spannung hängt noch in der Luft, wabert auch in mir nach. Aber diesmal – diesmal bin ich nicht untergegangen.

Ein erster, kleiner Sieg.

Und ich werde ihn nicht verschwenden.

12. Verbündete

Georgia

Ich bleibe noch einen Moment stehen, als wäre die Luft schwerer geworden. Die Tür ist zu. Der Raum still. Aber in mir tobt noch das Echo.

Meine Hände zittern leicht. Nicht vor Angst – nicht mehr. Es ist das Adrenalin, das langsam abklingt. Der Nachhall eines Moments, der etwas verschoben hat.

Ein Riss in seiner Fassade. Ein erster, kleiner Sieg.

Ich setze mich auf das Bett und ziehe Lucas Hemd enger um mich. Der Stoff trägt noch seinen Geruch – vertraut und gefährlich zugleich. Das Bild des kleinen Jungen mit den Narben hat sich in meinen Verstand gebrannt – eine Warnung, aber vielleicht auch ein Schlüssel, um Luca besser zu verstehen. Ich muss klug vorgehen, mich vorbereiten, statt erneut blind zu handeln. Ich brauche Verbündete, wenn ich hier herauskommen will. Menschen, die diese Welt genauso fürchten wie ich.

Ein leises Klopfen reißt mich aus meinen Gedanken. Ich wickle Lucas Hemd enger und erhebe mich, bevor ich „Herein!" rufe.

Isabella schlüpft ins Zimmer, die Arme voller Kleidung. Ihre dunklen Locken hüpfen bei jedem Schritt, aber ihre Augen sind gerötet. Da Luca aufgenommen wurde, muss sie das einzige Kind des Don sein. Und sie sieht aus, als hätte man ihr den Boden unter den Füßen weggezogen. Ich bin es nicht gewohnt, andere Menschen zu trösten, da ich mich immer vor allen verstecken musste. Aber ihre verletzliche Art berührt etwas in mir, das ich längst vergessen glaubte ... Der Verlust ihres Vaters ist ihr deutlich anzusehen. Tiefe Schatten liegen unter ihren Augen und ihr ganzer Körper wirkt, als trüge er eine Last, die zu schwer ist. Ich schlucke schwer gegen den Kloß in meinem Hals. Kenne diesen Schmerz zu gut, trage die gleichen Narben auf meiner Seele.

„Ich habe dir etwas zum Anziehen gebracht", sagt sie leise, ihre Stimme rau vom Weinen. Sie legt die Kleider mit gesenktem Kopf aufs Bett – teure Sachen, sehe ich. Seide und Kaschmir in gedeckten, eleganten Farben. Kleider, die mehr kosten, als ich in einem Monat verdiene. „Luca sagt, du brauchst eine komplette Ausrüstung." Ihre Finger streichen fast liebevoll über einen cremefarbenen Kaschmirpullover, als würde die vertraute Geste ihr Halt geben.

„Danke, Isabella!" Ich zögere. Die Worte brennen auf meiner Zunge. „Ich ... ich habe gehört, was mit deinem Vater passiert ist. Es tut mir leid!"

Sie erstarrt kurz, ihre Finger verkrampfen sich im Stoff eines Kaschmirpullovers. „Danke!", flüstert sie. Ihre Stimme klingt brüchig wie dünnes Eis, als würde sie jeden Moment zersplittern und ihre mühsam kontrollierte Fassung brechen.

„Ich weiß, wie sich das anfühlt", sage ich, bevor ich mich stoppen kann. Die Worte stolpern über meine Lippen, getrieben von einer Empathie, die ich längst begraben glaubte. „Den Vater zu verlieren." Ich breche ab, erschrocken über meine eigene Offenheit. Das war zu viel. Ich darf nicht vergessen, dass Verwundbarkeit gefährlich ist, dass sie zu viel von mir preisgibt.

Isabella sieht auf, ihren Blick verschleiert. „Du auch?"

Ich nicke nur, greife hastig nach einer schlichten schwarzen Bluse, um meine zitternden Hände zu beschäftigen. Die Seide fühlt sich kühl an unter meinen Fingern, ein willkommener Kontrast zu der Hitze des Moments.

Sie setzt sich ans Fußende des Bettes, ihre Bewegungen vorsichtig, als würde sie sich auf dünnes Eis begeben. „Wie ... wie schafft man das?"

Die Frage trifft mich unvorbereitet, bohrt sich in alte Narben. Was soll ich ihr sagen? Dass man lernt, niemandem zu vertrauen? Dass man nachts immer noch aufwacht, schreiend, mit dem Geschmack von Angst im Mund? Dass die Erinnerungen einen verfolgen wie hungrige Wölfe? „Man überlebt", sage ich schließlich, die Worte schwer wie Steine. „Tag für Tag."

„Weißt du ..." Sie spielt mit dem Ring an ihrem Finger, dreht ihn immer wieder, als wäre er ein Anker in stürmischer See. Ihre Stimme wird noch leiser, kaum mehr als ein Atemhauch. „Manchmal wünschte ich, ich könnte ... trauern. So wie andere Menschen." Ein bitteres Lächeln huscht über ihr Gesicht wie ein Schatten. „Aber in unserer Familie ist nichts einfach. Nicht mal der Tod."

Sie wischt sich hastig eine Träne von der Wange, als hätte sie zu viel gesagt, als hätte sie eine unsichtbare Grenze überschritten. Ihre Hand zittert leicht und ich sehe in dieser Geste all die unausgesprochenen Regeln ihrer Welt - die Pflicht, stark zu sein, Gefühle zu verbergen, selbst in der tiefsten Trauer die Fassade zu wahren. „Danke, fürs Verstehen!"

Sie steht auf, ihre Bewegungen plötzlich kontrolliert, als hätte jemand einen Schalter umgelegt. Die Maske der perfekten Tochter gleitet wieder an ihren Platz, wie eine gut einstudierte Choreografie. Aber ihre Hände zittern leicht, als sie ihre Bluse glatt streicht – ein kleiner Verrat ihrer wahren Gefühle. „Sei vorsichtig!", flüstert sie, die Worte kaum hörbar, als würden selbst die Wände lauschen. „Nähe ist gefährlich in unserer Welt."

Ein kalter Schauer läuft mir den Rücken hinunter. Ihre Worte klingen weniger wie ein gut gemeinter Rat, sondern wie eine versteckte Warnung. Oder vielleicht ein leiser Hilferuf? Ich spüre, wie sich in meiner Brust ein Knoten löst. Isabella könnte meine einzige Chance auf echte Hilfe sein – jemand, der Lucas Welt kennt, seine Schwächen.

Sie räuspert sich und streckt dann den Rücken durch. „Danke für deine Worte zu meinem Verlust!" Ihre Stimme klingt wieder kontrollierter, aber die Rötung ihrer Augen verrät ihre wahren Gefühle.

Als sie den Raum verlässt, hallen ihre Worte in meinem Kopf nach. Nähe ist gefährlich in unserer Welt. Eine Warnung und zugleich ein Hilferuf. Ich atme tief durch. Wenn ich fliehen will, dann brauche ich nicht nur Kleidung, sondern Verbündete.

Isabella könnte beides sein.

Luca

Die blasse Sichel des Mondes spiegelt sich im öligen Wasser des Hafens. Ich stehe regungslos im Schatten der Container, meine Hand unruhig auf der Beretta unter meiner Jacke. Die Luft ist schwer von Salz und der süßlichen Fäulnis toter Fische. Ein fernes Donnergrollen kündigt das kommende Gewitter an.

Mir bleibt keine Zeit für Fehler. Ich habe Vincenzo versprochen, die Ombrianis von dem Verrat freizusprechen. Der gesamte Clan wartet darauf, dass ich scheitere – der Erbe ohne Ombriani-Blut, der Straßenhund, den Vincenzo zum Wolf gemacht hat. Und jetzt stehe ich hier, bewaffnet mit nichts als meinem Wort und meiner Loyalität, und beobachte, wie einer unserer Eigenen das Vertrauen des Clans verrät.

Vitos schwarzer BMW gleitet in die Hafengasse, ein leises Flüstern von Reifen auf nassem Pflaster. Er parkt direkt vor der Stamperia Marino – offiziell ein aufgegebener Laden, inoffiziell eine Gelddruckerei. Die warme Frühlingsluft ist zum Ersticken, schmeckt nach Diesel und Verwesung. Über uns kreischen Möwen wie hungrige Geier.

„Da ist sie", murmelt Enzo neben mir, seine Stimme ein tiefes Grollen in der Dunkelheit.

Sofia tritt aus den Schatten, ihr roter Mantel ein Leuchtfeuer in der Düsternis des Hafens. Jede ihrer Bewegungen strahlt eine Selbstsicherheit aus, die ich als Fassade erkenne. Die unbeachtete Strategin der Zacchettis – unterschätzt und daher gefährlich.

„Was weißt du über sie?", frage ich leise, während meine Finger über den Lauf meiner Beretta gleiten. Das kalte Metall zentriert meine Gedanken, schärft meinen Fokus.

„Hat in London Wirtschaft und Finanzen studiert. Dann verschwand sie für ein paar Jahre und tauchte in den Reihen der Zacchettis auf, nachdem ihr Vater starb." Enzos Augen verengen sich. „Intelligent. Methodisch. Nicht die typische Zacchetti-Brutalität."

Vito steigt aus seinem Wagen, sein Gang selbstgefällig. Ombriani-Blut, aber ohne Ehre. Ohne Loyalität. Ein Mann, der den Namen trägt, den ich mir verdienen musste, und er hat ihn dennoch beschmutzt.

Sie begrüßen sich mit einem flüchtigen Kuss, doch ich erkenne die Anspannung in ihren Bewegungen. Sofia öffnet ihren Aktenkoffer auf der Motorhaube – eine eingespielte Routine zwischen Verrätern.

„Schau!", flüstert Enzo und reicht mir das Nachtsichtgerät.

Ich fokussiere mich auf den Inhalt des Koffers, meine Finger fest um das Gerät geschlossen. „Sie sieht nicht aus wie jemand, der sich die Hände schmutzig macht."

Enzo beugt sich näher. „Wenn du mich fragst, hat sie mehr Verstand als die Hälfte ihrer Familie. Und wahrscheinlich mehr Angst."

„Angst?" Ich beobachte, wie sie Scheine hervorzieht – breit und offiziell, mit einem Wasserzeichen. Rohlinge für die Fälscherwerkstatt. Meine Knöchel werden weiß um das Nachtsichtgerät. Das sind sie – die Blüten, die Vincenzos Lebenswerk langsam vergiften.

Sie übergibt die Papiere an Vito, der sie unter seinem Mantel verschwinden lässt. Im Austausch erhält sie einen USB-Stick – vermutlich mit Designvorlagen, Seriennummern, allem, was sie brauchen, um ihr Falschgeld zu perfektionieren. Meine Finger krampfen sich um den Griff meiner Waffe. Ein Ombriani, der sein eigenes Blut verrät. Ein Mann, der den Namen trägt, den ich mir schwer erkämpfen musste. Der Impuls, die Sache hier und jetzt zu beenden, pulsiert durch meine Adern – ein Schuss aus dem Schatten, ein Ende für den Verrat.

Sofia zieht Vito an sich, ihr Kuss wirkt kalkuliert, eine Ablenkung für potenzielle Beobachter.

„Wir greifen jetzt zu!", entscheide ich, meine Stimme ist zu ruhig.

Enzo schaut mich überrascht an. „Du willst ihn nicht weiter beschatten? Herausfinden, wie weit der Verrat reicht?"

„Nein!" Ich ziehe die Waffe. „Wir nehmen ihn lebend. Er wird uns alles erzählen – freiwillig oder nicht."

Es ist ein Risiko. Vielleicht gibt es mehr Verräter in unseren Reihen. Aber Vincenzo hat mir beigebracht, manchmal das Unerwartete zu tun, den Feind zu überraschen, bevor er sich wappnen kann. Vito wird nicht damit rechnen, dass ich so schnell handle.

„Wenn du meinst, Boss." Enzo nickt den beiden anderen Männern zu, die mit uns in Position gebracht wurden.

Der Wind wird stärker, trägt den Geruch von Salz und drohendem Regen heran. „Vito wird lernen, dass man die Familie nicht verrät. Nicht in meiner Stadt!"

Enzo überprüft seine Waffe, bereitet sich vor. „Und die Frau?"

„Sofia ist nur ein Werkzeug", sage ich, meine Stimme klingt kontrolliert und präzise. „Vorerst noch nützlich. Sie kann uns zu ihren Auftraggebern führen."

Vitos Schritte hallen über das nasse Pflaster, als er zu seinem Wagen zurückkehrt. Es ist der perfekte Moment. Ich gebe das vereinbarte Zeichen.

Wie Schatten lösen wir uns von den Containern. Enzos Männer blockieren die Straße mit einem schwarzen SUV, während wir uns von hinten nähern. Vito bemerkt uns erst, als es bereits zu spät ist. Seine Augen weiten sich in plötzlicher Erkenntnis, als Enzo die Waffe an seinen Kopf presst.

„Keine falschen Bewegungen, Cousin!", sage ich leise, während meine Männer Sofia festhalten, die zu fliehen versucht. „Du kommst mit uns!"

„Luca ... ich kann alles erklären ..."

„Gewiss kannst du das", unterbreche ich ihn, meine Stimme bleibt ohne eine Regung. „Und das wirst du auch. Ausführlich."

Das Rattern der Druckmaschinen dringt gedämpft zu uns herüber, ein monotoner Rhythmus, der perfekt zu meinem gleichmäßigen Puls passt. Ob diese Maschinen den Verrat produzieren, die unser Geschäft untergraben, werden wir noch sehen. Mit einem Nicken gebe ich den Befehl, auch die Druckerei zu stürmen.

Vincenzos Stimme hallt in meinem Kopf nach: „Sei nicht nur brutal, sei präzise!" Die geplante Aktion läuft wie ein Uhrwerk – ein weiteres Zeichen an die Familie, dass der neue Don keine Fehler duldet, keine Gnade für Verräter kennt.

Vito wird uns alles sagen. Und wenn er fertig ist, wird er die Konsequenzen tragen, die der Kodex verlangt.

Meine Männer zerren Vito zum wartenden SUV, sein Gesicht ist kreidebleich vor Angst. Sofia wird in einem separaten Wagen abtransportiert – ihre Augen funkeln kalt und berechnend, selbst in der Niederlage. Ihre Ruhe beunruhigt mich mehr als Vitos erbärmliches Flehen.

„Seine Handys und den USB-Stick zu mir!", befehle ich einem meiner Männer. „Nichts geht verloren."

Der Regen beginnt zu fallen, als der letzte Wagen mit unseren Gefangenen davonfährt. Nur Enzo und ich bleiben zurück in der plötzlichen Stille.

„Black Swan heute Abend?" Enzo blickt mich herausfordernd an, seine Stimme bleibt ruhig, aber das Grinsen in seinem Gesicht ist nicht zu übersehen.

Ich schüttle den Kopf zu Enzos Einladung, während der Regen meine Jacke durchnässt. Obwohl ich es bräuchte, weil Georgias Duft noch an meiner Haut haftet.

„Sonst lässt du dir doch auch keine Gelegenheit entgehen?" Enzo lehnt sich an einen Container und hebt eine Braue.

„Halt die Klappe!" Meine Worte sind leise, aber scharf.

Er verschränkt die Arme vor der Brust und sieht mich mit diesem durchdringenden Blick an, der mir sagt, dass er zu viel über mich weiß. „Lass mich raten. Es hat mit deiner Gefangenen zu tun."

Ich bleibe stumm, aber meine Augen verraten mich.

Er macht eine Pause, sucht in meinem Gesicht nach etwas, das ich selbst nicht benennen kann. „Also, was ist dein Plan? Sie brechen? Sie benutzen? Sie töten?"

Seine Worte treffen mich härter, als ich zugeben würde. Ich drehe mich um, mein Blick wandert zurück zur Druckerei, wo meine Männer noch immer Beweise sichern. „Sie gehört mir, Enzo!" Die Worte verlassen meinen Mund, bevor ich sie zurückhalten kann. Etwas Rohes, Besitzergreifendes liegt in meiner Stimme, das ich selbst kaum wiedererkenne.

„Deine Sache, Boss. Aber ich sag dir eins – Motten und Flammen? Das endet nie gut."

Seine Worte hallen in mir nach. Ich kenne das Risiko. Und doch treibt mich etwas zu Georgia hin. Ein Hunger, der mich verzehrt.

Ohne ein weiteres Wort verabschiedet er sich und ich höre den Motor seines Wagens, der anspringt. Ich bleibe stehen im strömenden Regen, lasse die Kälte durch meine Kleidung dringen. Aber sie kann das Feuer nicht löschen, das Georgia in mir entfacht hat. Dieses gefährliche Feuer, das mich dazu bringen könnte, alle meine eigenen Regeln zu brechen. Die dünne Linie zu überschreiten, die mich von den Männern trennt, die ich verachte.

Der Rückweg ist ein zäher Nebel aus vorbeiziehenden Lichtern und düsteren Gedanken. Vitos Verrat, Sofias Intrigen, Enzos Warnung – all das vermischt sich zu einem brennenden Knoten in meiner Brust. Ich merke kaum, wie ich ankomme. Erst das Knirschen der Tür erinnert mich daran, dass ich zu Hause bin.

Ich gehe in mein Büro, schenke mir einen Whiskey ein und lasse mich in den schweren Ledersessel sinken. Ich habe kaum einen Schluck genommen, da stürmt Isabella in den Raum. Ausgerechnet jetzt. Sie sollte längst schlafen und nicht in einem weißen Seidenpyjama durch die Gänge schleichen.

„Du musst Georgia freilassen!", verlangt sie mit dieser Überzeugung in der Stimme, die mich sonst amüsiert. Heute nicht. Die Wut, die ich gerade mühsam im Zaum halte, droht hervorzubrechen. „Du warst bei ihr?" Meine Stimme ist nur noch ein gefährliches Flüstern. Isabella öffnet den Mund, will etwas sagen – zu spät. „Was hat sie dir erzählt?" Der Whiskey in meinem Glas schwappt, als ich es auf den Schreibtisch stelle.

„Nichts, sie ..."

„Lüg mich nicht an, Isabella!" Ich komme hinter dem Schreibtisch hervor, fixiere ihr Gesicht. „Ich sehe es in deinen Augen. Sie hat mit dir gesprochen. Was hat sie dir eingeredet? Dass ich das Monster bin?" Ich will sie nicht anschreien. Nicht Isabella. Aber dann sagt sie diesen einen Satz.

„Sie hat nur gesagt ..."

„Was?" Ein bitteres Lachen entweicht mir. Das Glas zerspringt unter meinem Griff. Ich spüre die Scherben kaum. „... dass ich grausam bin?" Mit jedem Wort komme ich näher. „Während du ihr Kleider gebracht hast wie einer verdammten Freundin?!"

Isabella weicht zurück, Unsicherheit flackert in ihren Augen. „Du blutest, Luca."

Ich sehe auf meine Hand hinab. Rote Tropfen fallen auf den Teppich. Wie die Blutstropfen unseres Vaters, als sie ihn fanden. Der Gedanke treibt mich an den Rand des Wahnsinns. Meine Finger zucken, als würden sie nach einer Waffe suchen. Stattdessen zwinge ich die Worte durch zusammengebissene Zähne: „Sie hat die

Kleider missbraucht, um dich zu manipulieren." Meine Stimme ist jetzt gefährlich leise.

Ohne ihre Antwort abzuwarten, stürme ich aus dem Büro. Mit jedem Schritt, den ich den Korridor hinuntereile, wächst die Wut. Vitos Verrat, Sofias Intrigen, und jetzt hat Georgia auch noch Isabella manipuliert – das einzige Reine, das mir in dieser verdorbenen Welt noch geblieben ist.

Als ich die Tür zu meinem Schlafzimmer öffne, liegt sie dort wie ein perfekt inszeniertes Bild der Unschuld. Das Zimmer ist in Dunkelheit getaucht, nur durchbrochen vom fahlen Mondlicht, das durch die offenen Vorhänge fällt. Selbst im Schlaf sorgt sie für einen Fluchtweg. Diese kleine Rebellion macht mich rasend. Ihre Gesichtszüge sind entspannt, aber ich weiß, dass sie auch jetzt, selbst im Schlaf, einen Teil von sich vor mir verbirgt.

Jeder ihrer friedlichen Atemzüge ist eine Provokation. Mein Körper reagiert sofort – hungrig, unkontrollierbar. Diese makellose Fassade treibt mich in den Wahnsinn. Als hätte sich ein Engel in meine Hölle verirrt, um mich zu verhöhnen.

In meiner Welt nehme ich mir, was ich will. Zerstöre, was mich bedroht. Diese Macht pulsiert in meinen Adern – heiß, fordernd, wie das Blut, das von meinem Finger tropft.

Ihr Puls rast unter meiner Hand. Zart. Unregelmäßig.

Für einen flüchtigen Moment spüre ich einen anderen Puls unter meinen Fingern. Einen, der immer schwächer wurde. Erinnerungsfetzen blitzen auf. Eine offene Tür. Meine Mutter, ihr Körper verdreht, die Abdrücke seiner Hände um ihren Hals. Meine eigenen

Hände viel zu klein, um etwas zu tun. Viel zu schwach. Viel zu spät ...

Die Welt sah in ihr eine Verliererin. Eine Schlampe. Eine Drogenabhängige, die ihrem Pimp gehörte. Die keine Rechte hatte. Für mich war sie meine Mutter. Die erste Person, die ich nicht beschützen konnte.

Ich schüttele die Erinnerung ab. Georgia ist nicht wie meine Mutter. Sie ist zu ihrem eigenen Schutz hier.

Ich ziehe ihren Duft ein, presse meine Nase in die weiche Stelle hinter ihrem Ohr. Meine freie Hand vergräbt sich in der Matratze neben ihrem Kopf, Knöchel treten weiß hervor vor Anspannung. Jeder Muskel in meinem Körper schreit danach, sie zu nehmen. Sie zu brechen. Sie zu besitzen. Scheiße! Der Gedanke, dass sie mir gehören würde – ganz, für immer. Er macht mich wahnsinnig.

Plötzlich versteifen sich ihre Muskeln. Ein Wimmern entweicht ihrer Kehle.

„Nein ... nicht ...!" Die Worte kommen gebrochen, verschleiert von Schlaf und Terror.

Ihre Hände fliegen hoch, krallen sich in mein Hemd. Nicht um mich wegzustoßen, sondern in blinder Panik. Schweiß bildet sich auf ihrer Haut.

„Lilly!" Der Name bricht aus ihr heraus, verzweifelt. Ihr ganzer Körper bebt unter meinen Händen wie ein verwundetes Tier.

Etwas Heißes, Dunkles wallt in mir auf. Eifersucht mischt sich mit Besitzgier. Ich muss wissen, wer diese Lilly ist. Will jedes verdammte Geheimnis aus ihr herauspressen. Sie zum Reden zwingen, bis ihre Stimme versagt.

Meine Finger zucken. Wollen zudrücken und Antworten aus ihr herausquetschen.

Aber dann spüre ich, wie sie zittert. Nicht das süße Beben von Lust, sondern nackte Angst. Ihre Haut ist kalt
und feucht, ihr Atem kommt in flachen Stößen.

„Scheiße!" Das Wort ist ein Knurren. Stattdessen
ziehe ich sie an mich. Lasse zu, dass meine Körper-
wärme sie einhüllt. Dass mein Herzschlag einen Rhythmus vorgibt, dem ihrer sich anpassen kann.

„Ruhig!", knurre ich an ihrem Ohr. Ein Befehl, keine
Bitte.

Sie wimmert, versucht sich wegzudrehen.

„Ich sagte ruhig!"

Langsam, so verdammt langsam, beruhigt sich ihr
Atem. Ihr Zittern wird schwächer, während sich ihr
Körper meiner Wärme ergibt. Etwas Dunkles in mir
empfindet Befriedigung, dass ich es bin, der sie aus diesem Albtraum holt. Dass sie sich mir unterwirft, auch
wenn es unbewusst geschieht.

Gleichzeitig macht es mich rasend. Dieses Bedürfnis,
sie zu beschützen, statt sie zu brechen. Es ist gefährlich.
Tödlich in meiner Welt.

Und doch kann ich nicht anders, als sie noch fester zu
halten, als sie ihr Gesicht an meiner Brust vergräbt. Als
würde sie Zuflucht suchen – ausgerechnet bei mir, ihrem Gefängniswärter.

Plötzlich wird ihr Körper steif. Der Albtraum lässt sie
los und die Realität trifft sie wie ein Schlag. Ihre Augen
fliegen auf, wild und desorientiert.

„Geh weg!" Ihre Stimme ist heiser vom Schreien. Sie
versucht sich, aus meinem Griff zu winden, aber ich
halte sie unnachgiebig fest.

„Du hattest einen Albtraum", sage ich, meine Stimme flüstert rau an ihrem Ohr.

„Lass mich los!" Sie versucht, meine Arme wegzuschieben, ihre Finger graben sich in meine Haut.

„Wer ist Lilly?" Die Frage kommt wie ein Peitschenhieb.

Sie erstarrt. Furcht und dieser verdammte Schleier flackern in ihren Augen. „Das geht dich nichts an!"

„In dem Moment, als ich dich hierherbrachte, wurde alles an dir meine Angelegenheit." Meine Stimme ist gefährlich leise. „Wer ist sie?"

Ihr Widerstand lässt nach – sie will flüchten, aber nicht heute. Nicht vor mir. Ich ziehe sie näher, bis mein Atem ihr Gesicht streift.

„Ich kann nicht ...!" Ihre Finger krallen sich in mein Shirt, als bräuchte sie einen Anker. Als wäre ich ihre einzige Rettung vor den Schatten in ihrem Kopf.

Es macht mich wahnsinnig. Die Art, wie sie mich zurückweist und sich gleichzeitig an mich klammert. An mich und nicht an ihren Dunstschleier.

Ihr Zittern wird schwächer. Ihre Atmung gleichmäßiger. Sie schläft nicht, aber ihr Körper gibt nach, schmilzt in meine Berührung. Vertraut mir gegen ihren Willen, oder verschmilzt sie nur mit ihrer Zuflucht?

„Ich hasse dich!", murmelt sie an meiner Brust.

Ein dunkles Lachen steigt in mir auf. „Lüg weiter!"

„Das ist keine Lüge." Ihre Stimme ist kaum mehr als ein Flüstern, während ihre Finger sich unbewusst in mein Shirt krallen.

„Dein Körper sagt etwas anderes." Ich streiche über ihr Haar – eine Geste, die mehr Besitzanspruch als Trost vermittelt.

Sie antwortet nicht. Doch ihr Puls verlangsamt sich – dieser winzige Moment, in dem das Klopfen in ihrer Kehle weniger wird, als habe sie Halt gefunden. Ihre Finger lösen sich langsam aus meinem Shirt, ihr Atem wird ruhiger. Ein leises Seufzen erklingt, fast so, als würde sie in meiner Nähe wieder atmen können.

Irgendwann gleitet sie in einen unruhigen Schlaf. Ich bleibe wach, während die Nacht sich dem Morgen ergibt. Ich beobachte, wie ihr Gesicht im Schlaf weicher wird, die Anspannung von ihr abfällt. Es ist seltsam beruhigend, sie so zu sehen, verletzlich und ohne die Mauern, die sie sonst um sich errichtet.

13. Goldener Käfig

Luca

Die ersten Sonnenstrahlen fallen durch die hohen Fenster,
tauchen das Zimmer in fahles Frühlingslicht. Georgia hat sich von mir weggedreht, liegt zusammengerollt am Rand des Betts. Das weiße Seidennachthemd, das Isabella ihr gegeben hat, schmiegt sich an ihre Kurven – so verdammt unschuldig, so rein. Der Anblick treibt mir die Galle hoch. Bisher trug sie nur meine Hemden, die sie als mein Eigentum markieren. Dieses zarte Stück Stoff schreit nach Rebellion.

Ihr Atem wird flacher, unregelmäßiger. Sie bewegt sich im Halbschlaf, eine leichte Gänsehaut überzieht ihre Arme, als der Morgenwind durchs gekippte Fenster streicht. Sie murmelt etwas Unverständliches, ihre Lider flattern. Der Moment zwischen Traum und Realität. So verdammt unschuldig, so zerbrechlich. Meine Finger zucken, wollen sich um ihre Kehle legen, ihr zeigen, dass niemand mich manipuliert.

„Du hast also mit Isabella über deine Gefangenschaft geredet." Meine Stimme ist Eis – kalt genug, um zu schneiden.

Sie hebt den Blick. Angst und dieser verfluchte Nebel tanzen in ihren Augen – ihre übliche Verschleierung. Ich beobachte es mit düsterer Genugtuung. Eine weitere Mauer, die ich einreißen werde.

„Ich habe ihr kondoliert, weil ich weiß, wie es sich anfühlt, wenn der Vater stirbt." Ihre Stimme ist leise.

Ich lache. Ein hartes, drohendes Geräusch. „Du glaubst, ich kaufe dir diese unschuldige Nummer ab?"

„Es ist die Wahrheit."

Ihre Worte treffen mich härter als jeder Schlag. Weil ich in ihren Augen sehe, dass sie nicht lügt. Dass es wirklich nur um Mitgefühl ging. Keine Manipulation. Keine Intrigen. Die Wut lodert heißer. Auf mich selbst – weil ich eine echte Verbindung zwischen ihnen zugelassen habe. Eine Geste der Großzügigkeit, die sich anfühlt wie eine Niederlage.

Sie richtet sich auf. Das dünne Nachthemd rutscht von ihrer Schulter. Ich will die nackte Haut mit meinen Zähnen markieren, ihr zeigen, wem sie gehört. „Ich erwarte dich beim Frühstück!" Ich beuge mich zu ihr, bis mein Atem ihre Wange streift.

Ein Zittern läuft durch ihren Körper. Ich spüre, wie ihr Puls unter meinen Fingern rast. Sehe, wie sich ihre Pupillen weiten. Meine Lippen streifen ihr Ohr. „Du gehörst mir! Egal wie sehr du gegen mich ankämpfst, wie sehr du dieses Verlangen zwischen uns hasst."

Sie erschauert. Ihre Hände ballen sich in die Laken. „Ich hasse dich!", zischt sie zaghafter zurück.

Ein dunkles Lachen steigt in mir auf. Das helle Blau ihrer Augen ist rein wie ihr Körper. „Lüg weiter, Georgia!", knurre ich, drehe mich um und verlasse den Raum. Die Tür fällt hart ins Schloss.

Georgia

Sobald seine Schritte verhallen, rolle ich mich zusammen. Der Albtraum klebt noch an mir wie eine zweite Haut. Lillys Gesicht, ihre Schreie, das Blut … Ich presse die Fäuste gegen die Augenlider, bis weiße Punkte tanzen. Das Schlimmste war nicht der Traum, sondern dass ausgerechnet er mich getröstet hat. Dass seine Arme sich wie Sicherheit angefühlt hatten.

Die Morgensonne wirft lange Schatten durchs Zimmer. Ein goldener Käfig statt einem Kerker - seine Version von Freiheit. Ich ziehe das weiße Nachthemd über den Kopf und stolpere ins Bad. Die Dusche soll die letzten Reste des Albtraums wegspülen. Doch unter dem warmen Wasser bricht alles wieder auf: Mein Verstand schreit nach Abstand, mein Körper erinnert sich an den Halt seiner Berührung, obwohl sie mir fremd ist. Wie kann seine dominante Präsenz selbst die Schrecken in meinem Kopf beherrschen und mich gleichzeitig ins Hier und Jetzt zurückholen?

Als ich nach seinem Duschgel greife, war das ein Fehler. Der maskuline Duft umhüllt mich wie eine zweite Haut, weckt Erinnerungen an seine Berührungen. Ein verräterisches Pochen beginnt zwischen meinen Beinen, ein Ziehen, das nach seinen großen Händen schreit, nach der Art wie er mich hält – besitzergreifend, roh und doch … beschützend.

„Nein!" Mit einer hektischen Bewegung drehe ich das Wasser eiskalt auf. Der Schock lässt mich nach Luft schnappen, aber er vertreibt wenigstens diese gefährlichen Gedanken. Diese Lust, die er in mir weckt, wird nicht mein Untergang sein. Ich bin stärker als das.

Das eisige Wasser klärt meinen Verstand. Ich muss einen klaren Kopf bewahren. Luca hat mir überraschend Bewegungsfreiheit im Haus gewährt – eine Gelegenheit, die ich nicht verschwenden darf. Jetzt ist die Zeit, das Anwesen zu erkunden, seine Schwachstellen zu finden. Wo sind die Ausgänge? Wie viele Wachen? Gibt es blinde Flecken in der Überwachung? Ich kann nicht einfach kopflos losrennen. Um zu entkommen, brauche ich einen wirklich durchdachten Plan.

Mit fahrigen Bewegungen trockne ich meine gerötete Haut ab. Die Kleidung, die Isabella mir gebracht hat, liegt auf dem Stuhl neben dem Bett. Ich wähle ein pastellgrünes Frühlingskleid mit kleinem Blumenmuster, dünn und elegant. Daneben ein Paar cremefarbene High Heels, deren Absätze wie Waffen wirken. Nichts davon ist für eine Flucht geeignet.

Ich schlüpfe in das Kleid, das sich kühl an meine noch feuchte Haut schmiegt. Es betont meine Figur mehr, als mir lieb ist. Die Schuhe sind eine Qual – gut zehn Zentimeter hoch und eng an den Zehen.

Mit einem letzten Blick in den Spiegel öffne ich die Tür. Der erste Schritt in die „Freiheit" seines Hauses. Mein Magen knurrt protestierend. Aber der Gedanke, mit ihm am Tisch zu sitzen, seine hungrigen Blicke zu ertragen, während ich versuche einen Bissen hinunterzuwürgen ... Nein! Lieber verhungern, als falsche Häuslichkeit zu spielen.

Neben der Tür steht der erste Wachmann. Schwarzer Anzug, Schulterholster. Seine Hand ruht locker auf der Waffe, als ich vorbeigehe. Sein Blick ist gesenkt. Er rührt sich nicht. Natürlich nicht – ich bin Lucas Eigentum. Kostbar. Zu beschützen.

Im Treppenhaus zwei weitere Wachen. Hat er aufgestockt wegen mir? Sie unterbrechen ihr Gespräch, als ich die Stufen hinuntergehe, und senken den Blick. Sie wissen, wer ich bin. Was ich bin.

Der Marmorboden unter meinen Füßen ist kühl, ein Schachbrettmuster aus schwarzem und cremefarbenem Stein. Ich gehe vorsichtig, jeden Schritt bewusst platzierend, die tückischen High Heels könnten auf dem glatten Untergrund jederzeit wegrutschen.

Die Villa ist eine Festung, getarnt als Luxusanwesen. Ich scanne jeden Winkel, präge mir jedes Detail ein. Wo sind die Sicherheitskameras? Gibt es Bereiche mit weniger Überwachung? Ich muss diesen goldenen Käfig verstehen, wenn ich je hoffen will, ihm zu entkommen.

In der Empfangshalle bleibe ich einen Moment stehen. Durch ein hohes Fenster fällt gedämpftes Sonnenlicht auf ein Gemälde – das Porträt eines stolzen Mannes mit strengem Blick. Ein Ahne der Ombriani-Familie, zweifellos. Etwas in seinem Ausdruck lässt mich frösteln.

Dann sehe ich sie. Am Ende des Flurs steht Isabella. Ihre schlanke Gestalt wirkt fast unwirklich im Gegenlicht, das schwarze Kleid ein stilles Zeichen ihrer Trauer. Für einen Augenblick zögere ich. Doch dann trete ich einen Schritt vor und spreche sie an.

„Isabella?"

Meine Stimme klingt leiser, als ich wollte. „… es ist schön, dich zu sehen." Die Worte kommen leise über meine Lippen. Und vielleicht könnte sie die Verbündete sein, die ich brauche, geht es mir durch den Kopf. Jemand, der mir helfen kann, dieses Haus und seine Geheimnisse zu verstehen.

Sie kommt näher, ihr Gesicht blass und vom Kummer gezeichnet. „Danke!" Eine kurze Pause, dann entgegnet sie: „Es ist gut, dass Luca dir mehr Freiheiten gibt."

Unsere Blicke treffen sich. In ihren geröteten Augen liegt etwas Wissendes – und ich frage mich, was sie über meine neue Freiheit denkt. Wir sprechen es nicht an, aber es schwebt zwischen uns wie ein unausgesprochenes Geheimnis.

„Luca ist kein Monster, weißt du", sagt sie leise, ihre Stimme noch rau vom Weinen. „Auch wenn es manchmal so scheinen mag."

Ich weiß nicht, was ich darauf erwidern soll. Die Wahrheit – dass er genau das ist – kann ich seiner Schwester kaum ins Gesicht sagen. Also weiche ich aus: „Ich wollte mich etwas umsehen." Ich zögere kurz, füge dann hinzu: „Dieses Haus ist so groß. Ich verliere leicht die Orientierung."

„Soll ich mitkommen?" Ihre Stimme ist fast zerbrechlich. Vielleicht sucht sie selbst nach Ablenkung von ihrer Trauer.

Ich nicke, verberge meine Erleichterung. Mit ihr an meiner Seite kann ich das Anwesen erkunden, ohne Verdacht zu erregen. „Das wäre nett."

Wir setzen unseren Weg gemeinsam fort. Das Rascheln ihres schwarzen Kleides mischt sich mit dem Klang unserer Schritte. Die Stille zwischen uns ist nicht unangenehm – sie fühlt sich an wie ein beidseitiges Verstehen.

Ab und zu spüre ich ihren Blick. Ihre Augen sind noch geschwollen, manchmal wischt sie sich verstohlen über die Wangen. In solchen Momenten möchte ich ihre Hand nehmen, ihr zeigen, dass sie nicht allein ist. Aber ich wage es nicht.

In meinem Kopf überschlagen sich die Fragen. Warum will sie mir helfen? Was hat sie davon? In dieser Welt voller Geheimnisse und Machtkämpfe sollte ich vorsichtig sein – und doch spüre ich eine seltsame Verbundenheit. Sie hat genau wie ich ihren Vater verloren und findet trotzdem die Kraft, mir beizustehen.

An einem weiteren Fenster hält sie kurz inne. Das Licht zeichnet die Spuren ihrer Tränen nach. „Manchmal ...", flüstert sie kaum hörbar, „ist Einsamkeit das Schwerste in diesen Mauern."

Ich nicke und verstehe, dass auch sie sich gefangen fühlt in dieser Welt, die sie sich nicht ausgesucht hat.

Sie wischt sich über die Wangen, richtet sich auf, als wolle sie die Verletzlichkeit des Moments abschütteln. Einen Moment lang sagt sie nichts, als würde sie mit sich ringen.

Dann zeigt sie auf eine Tür am Ende des Flurs. „Ich zeige dir etwas", sagt sie schließlich leise.

Ihre Stimme klingt anders, lebendiger. Als hätte sie einen Entschluss gefasst – oder sich zu etwas überwunden. „Es ist ein Ort, an dem ich manchmal ..." Sie bricht ab, schüttelt leicht den Kopf. „Komm einfach mit!"

Sie öffnet eine Tür und knipst das Licht an.

„Hier unten ist mein Reich", sagt sie leise und führt mich eine dezent beleuchtete Treppe hinab. Der moderne Stahl der Stufen kontrastiert mit den alten Steinmauern – als hätte jemand die Vergangenheit vorsichtig in die Gegenwart überführt. Die Luft ist kühl, aber nicht modrig – irgendwo summt leise eine Klimaanlage.

Vor uns öffnet sich ein breiter Gang. Der Boden ist mit hellem Naturstein ausgelegt, die Wände in warmem Cremeweiß gestrichen. Einige Türen zweigen ab. Isabella führt mich zur ersten Tür auf der rechten Seite. Als sie sie öffnet, stockt mein Atem. Ein voll ausgestattetes Fitnessstudio erstreckt sich vor uns, mit hohen Spiegeln an den Wänden, die den Raum noch größer erscheinen lassen. In einer Ecke steht ein Laufband, daneben Gewichte und moderne Trainingsgeräte. Aber was meinen Blick fesselt, ist die lange Ballettstange, die sich an einer der Spiegelwände entlangzieht.

„Ich dachte, vielleicht willst du trainieren?" Isabella tritt zur Stange, ihre Finger gleiten fast unbewusst darüber. Sie dreht eine perfekte Pirouette, als wollte sie etwas wiederfinden, als könnte ihr Körper nicht anders. „Ich träumte vom Tanzen, von der Royal Ballett School in London. Hatte sogar ein Stipendium." Sie hält inne, ihre Hand verkrampft sich um die Ballettstange, bis ihre Knöchel weiß hervortreten. „Aber in unserer Welt gibt es wichtigere Dinge als Kunst." Sie wendet sich von der Stange ab, doch ihr Blick bleibt am Spiegel hängen. Ich sehe, wie sie sich mustert, als würde sie nach einem verlorenen Teil ihrer selbst suchen. „Seit Papas Tod komme ich hierher, versuche zu tanzen ... es fühlt sich falsch an", flüstert sie. Ihre Schultern sacken nach vorne, als würde eine unsichtbare Last sie niederdrücken. „Seit dem Überfall ...“ Sie schüttelt den Kopf, eine heftige, fast verzweifelte Bewegung, als könnte sie die Erinnerung abwerfen. „Ich dachte, es kommt zurück, aber ...“ Ihre Stimme bricht, wird zu einem rauen Flüstern. „Ich habe mich getäuscht.“ Die perfekte Haltung von eben ist verschwunden, zurück bleibt nur eine tiefe Trauer. Sie sieht mich an, ihre Augen suchen in meinen nach Verständnis. „Was machst du? Um ...“ Sie sucht nach Worten, ihre Hand macht eine vage Geste in die Luft.

„Schießen!“, sage ich und zucke hilflos mit den Schultern.

Ein überraschtes Blinzeln, dann ein schwaches Lächeln – als hätte ich ihr unabsichtlich einen Weg gezeigt. Sie greift nach meiner Hand, ihre Finger sind kalt. Dann hält sie kurz inne.

„Ich weiß nicht, ob ich das sollte ...“, murmelt sie, ohne mich anzusehen. Ihre Hand bleibt in meiner. Ein Herzschlag lang sagt keiner von uns etwas. Dann zieht sie mich mit sich. „Komm mit!“

Der Gang, durch den sie mich führt, wird schmaler, die Decke niedriger. Die moderne Beleuchtung weicht älteren Wandleuchten, die den Weg in warmes, gedämpftes Licht tauchen. Unsere Schritte hallen von den Steinwänden wider. Am Ende des Korridors wartet ein Wächter vor einer massiven Stahltür, seine breiten Schultern füllen fast den schmalen Gang aus. Als er Isabella erblickt, richtet er sich auf.

„Signorina.“ Er nickt ihr zu und tippt einen Code in das Zahlenschloss neben der Tür. Das Schloss gibt ein leises Surren von sich.

Dahinter erstreckt sich ein etwa 30 Meter langer Raum. Die Decke ist mit schalldämpfenden Platten verkleidet, die Wände dunkel gestrichen. Sechs Schießbahnen, professionell ausgestattet mit elektronischen Zielaufhängungen. An der Wand ein Waffenschrank aus mattem Stahl. Der Geruch von Öl und Schießpulver hängt in der Luft.

Ein Wächter tritt aus einem verglasten Büro neben dem Eingang. Anders als die anderen trägt er keine Anzugjacke, nur ein schwarzes Polohemd. Die Waffe an seiner Hüfte sitzt in einem abgenutzten Holster – ein Mann, der sein Handwerk versteht.

Er nickt Isabella zu, als hätte er uns erwartet. Seine Hand gleitet über das Tastenfeld des Waffenschranks. Die Tür schwingt auf und gibt den Blick auf eine beeindruckende Sammlung frei. Verschiedene Glock-Modelle, einige SIG Sauer, sogar eine Walther PPK. Er greift nach einer Glock 19, prüft sie routiniert, hält sie dann Isabella hin.

Sie schüttelt den Kopf, tritt einen Schritt zurück. Ihre Fingerspitzen streifen über den Pullover, eine kleine, nervöse Bewegung. Für einen Moment scheint sie wie erstarrt, gefangen zwischen vorwärts und zurück. In ihren Augen sehe ich eine Mischung aus Verlangen und Furcht – als würde sie die Waffe gleichzeitig begehren und fürchten.

„Darf ich?" Meine Stimme zittert leicht.

Der Wächter tritt ans Pult, drückt einen Knopf. Mit einem leisen Surren gleitet eine Zielscheibe die Bahn entlang. Daraufhin reicht er mir die Waffe, zusammen mit Gehörschutz und einer Schutzbrille. Meine Hände zittern leicht, als ich sie nehme. Nach allem, was passiert ist, seit der Entführung, hatte ich nicht gedacht, dass ich je wieder …

Die erste Kugel trifft weit außen. Die zweite näher am Zentrum. Bei der dritten finde ich meinen Rhythmus wieder. Atmen. Zielen. Abdrücken.

Isabella steht hinter der Absperrung, ihre Hände umklammern die Metallstange. Ich sehe, wie ihr Blick zwischen mir und der Zielscheibe hin und her wandert. Als wollte sie verstehen, was das Schießen mir gibt. Diese Kontrolle. Diese Klarheit.

Ich ziele. Drücke ab. Die Schüsse durchbrechen die Stille, präzise, einer nach dem anderen. Jeder Treffer ein Stück zurückgewonnene Stärke. Etwas in mir, das verschüttet war, erwacht wieder zum Leben. Nicht die Angst, nicht die Hilflosigkeit der Entführung. Sondern das Gefühl von Kontrolle.

Als ich die Waffe sinken lasse, höre ich Isabella scharf einatmen.

„Das war, wie …?" Sie starrt mich an, dann auf die Zielscheibe, wieder zurück zu mir. „Wo hast du das gelernt?"

Die Verwirrung in ihrer Stimme ist echt. Natürlich – für sie bin ich die Frau, die Luca entführt hat. Die Geisel. Nicht jemand, der mit Waffen umgehen kann.

„Ich habe Unterricht genommen, um mich sicher zu fühlen", sage ich leise.

Isabella blickt auf die Zielscheibe und betrachtet dann die Pistole in meiner Hand. „Würdest du …" Sie zögert, dreht sich ganz zu mir um. In ihren Augen liegt etwas Hartes, Entschlossenes. „Würdest du es mir beibringen?"

Ich starre auf die Waffe in meiner Hand. Denke an meinen Onkel, der mir jahrelang den Schießunterricht nur erlaubte, wenn ich das ganze Restaurant scheuerte. Damals dachte ich, es wäre der einzige Grund. Aber jetzt, mit dem Wissen um das Falschgeld, um die Bedrohung ... Hatte er gewusst, dass etwas passieren würde?

„Warum willst du es lernen?", frage ich.

Isabella sieht mich lange an. „Nach dem Überfall ... ich war so hilflos. Habe nur gewartet, dass jemand kommt. Nie wieder." Sie strafft die Schultern. „Aber wenn Luca es erfährt ..."

„Ich zeige dir alles, was ich weiß", sage ich leise.

Ein schwaches Lächeln huscht über ihr Gesicht, vermutlich das erste echte seit der Beerdigung.

Ich will ihr die Glock übergeben. Doch sie weicht einen Schritt zurück und blickt mich mit großen Augen an.

„Nimm sie erst mal nur in die Hand", sage ich sanft. „Fühl das Gewicht."

Sie schluckt, streckt zögernd die Hand aus. Ihre Finger zittern, als sie die Waffe berührt.

„Sie ist ... schwerer als ich dachte." Ihre Stimme ist kaum ein Flüstern.

„Die meisten sind überrascht vom Gewicht", sage ich. „Lass uns Schritt für Schritt vorgehen."

Ich zeige ihr, wie man die Waffe richtig hält. Sie übt den Griff mehrmals, ihre Hände werden dabei etwas ruhiger. Als sie sich sicherer fühlt, erkläre ich die Grundstellung: Füße schulterbreit, leicht versetzt. Oberkörper leicht nach vorne. „Siehst du die Kimme und das Korn?", frage ich und deute auf die Visierung. Sie nickt konzentriert.

„Gut. Wenn du willst, zeige ich dir, wie man sicher damit schießt."

Sie atmet tief durch, nickt dann. Ich stelle mich hinter sie. „Jetzt lade ich das Magazin. Das ändert nichts an deiner Haltung." Das Klicken des Magazins lässt sie zusammenzucken. Aber sie behält ihre Position bei, auch wenn ihre Schultern sich verkrampfen. Behutsam korrigiere ich ihre Haltung.

„Die Waffe ist wie ein zusätzliches Körperteil", erkläre ich. „Nicht dein Feind. Entspann die Schultern."

Ich lege Isabellas Hände an den Griff der Waffe. Sie ist nervös, das sehe ich in der Art, wie ihre Finger zittern. Doch sie lässt es sich nicht anmerken.

„Schau durch die Kimme", sage ich und deute auf die Zielscheibe. Sie nickt konzentriert.

Ihre Stirn ist leicht gerunzelt, die Lippen schmal zusammengepresst.

Es ist wie damals mit Lilly.

Meine Kehle schnürt sich zu, aber ich lasse es mir nicht anmerken. Lilly hatte auch immer so geschaut, wenn ich ihr etwas beigebracht habe – als würde sie die ganze Welt ausblenden, um mich nicht zu enttäuschen.

Isabella hebt die Waffe, zielt.

„Drück sanft", flüstere ich.

Der Knall ist lauter, als ich erwartet habe. Die Kugel trifft die Zielscheibe, nur knapp am Rand des Kreises. Isabella lächelt leicht, doch ich merke, wie sie noch unsicher ist.

„Prima!", sage ich mit einem Lächeln.

Sie schnaubt und senkt die Waffe. „Du hast den Kopf geschüttelt. Sei ehrlich!"

Ich ziehe die Augenbrauen hoch. „Du hast getroffen. Das ist, was zählt."

Ich hätte Lilly auch mehr ermuntern sollen.

Ich spüre, wie meine Hände feucht werden, als die Erinnerung wieder hochkommt. Wie Lilly damals vor mir stand, als wir das Rad übten. Sie versuchte, es mir recht zu machen. Wie sie sich immer entschuldigte, wenn sie fiel. Wie ich sie damals nicht beschützen konnte.

Isabella schaut mich fragend an. „Georgia?"

Ich reiße mich zusammen. „Noch einmal. Diesmal auf den Brustbereich zielen."

Sie nickt und hebt die Waffe erneut.

Von oben dringt plötzlich ein dumpfes Poltern. Isabella zuckt zusammen, die Waffe in ihren Händen zittert. Hastig nehme ich sie ihr ab, sichere sie.

„Das war nur …", beginne ich, aber sie unterbricht mich mit gehetztem Blick.

„Wenn Luca uns hier unten findet …" Ihre Stimme ist kaum ein Flüstern. „Eine Waffe in meinen Händen – er würde es als Verrat ansehen."

„Dann sollten wir Schluss machen für heute." Ich reiche die Waffe dem Wächter. „Aber du machst Fortschritte."

Isabella nickt, während sie nervös zur Tür schaut. Dann wendet sie sich mir zu, ihre Augen wirken plötzlich entschlossen. „Können wir … das wiederholen? Vielleicht wenn Luca nicht da ist?"

Ich denke an Lilly, an meine eigene Hilflosigkeit damals. „Natürlich!", sage ich leise. Die Worte bleiben mir fast im Hals stecken. Wieder ein Mädchen, dem ich nicht helfen kann. Wieder jemand, den ich zurücklassen muss.

Ein schwaches Lächeln huscht über ihr Gesicht, dann dreht sie sich um und eilt zur Tür. Ihre Schritte verhallen auf der Treppe. Ich bleibe noch einen Moment stehen, starre auf die Einschusslöcher in der Zielscheibe. Kein Treffer. Aber ein Anfang. Vielleicht hätte Lilly überlebt, wenn ihr jemand beigebracht hätte, sich zu verteidigen … aber ich kann nicht einmal mich selbst retten.

14. Gitterblick

Georgia

Die nächsten Tage verbringe ich damit, das Anwesen auszuspähen. Jede Tür, jedes Fenster, jeder Wachposten. Aber dieses Haus ist wie eine Festung – überall Kameras, überall Wachen. Meine Chancen schwinden mit jeder neuen Entdeckung.

Es ist zum Wahnsinnigwerden. Ich habe keine Ahnung, wie ich von hier entkommen soll.

Ein Telefon. Das ist meine einzige Chance. Aber Luca hat mir meins abgenommen, als er mich hierherbrachte. Die Bediensteten tragen keine bei sich – und sie sehen auch nicht aus, als würden sie mir helfen wollen. Isabella … sie könnte meine einzige Chance sein. Doch auch sie wird sich kaum bereit erklären, ihren Bruder zu verraten.

Der Gedanke nagt an mir. Ich habe beobachtet, wie sie ihr Telefon neben sich legt, immer griffbereit für ihre virtuelle Welt. Ein kurzer Anruf bei der Polizei – mehr bräuchte ich nicht. Aber der Gedanke, sie so zu hintergehen, dreht mir den Magen um. Sie vertraut mir.

Und wenn ich hier überleben will, kann ich das Vertrauen des einzigen Menschen nicht verraten, der mir etwas Freundlichkeit gezeigt hat. Vielleicht habe ich keine andere Wahl.

Als die Dämmerung hereinbricht, gehe ich zum Abendessen. Die Absätze meiner Schuhe klackern viel zu laut auf dem Marmorboden. Wehmütig denke ich an meine Küche im Conchiglia. Dort hatte ich immer etwas zu tun – Gemüse schneiden, Töpfe schrubben, Bestellungen aufnehmen. Hier sitze ich nur herum wie eine Gefangene in einem goldenen Käfig.

Der Speisesaal ist prunkvoll – hohe Decken, schwere Kristallleuchter, dunkle Täfelung. Trotz der Größe wirkt der Raum erdrückend.

Luca ist zum Glück nicht da. Dafür sitzt Isabella verloren an dem massiven Eichentisch, der leicht zwanzig Personen Platz bieten würde. Vor ihr eine kaum berührte Mahlzeit. Unsere Blicke treffen sich kurz – eine stumme Verständigung über das, was im Schießstand passiert ist.

Antonio, der Butler, bewegt sich wie ein Geist durch den Raum, schenkt lautlos Wasser nach. Seine perfekte Haltung und der diskrete Blick erinnern mich an meine eigenen Aufgaben im Restaurant. „Du solltest essen", sage ich zu Isabella, bevor ich mich bremsen kann. Der Koch in mir kann nicht anders.

Isabella hebt überrascht den Blick. „Du klingst wie Antonio."

„Restaurant-Gewohnheiten", sage ich mit einem leichten Lächeln. „Ich war jahrelang in der Küche."

„Du kannst kochen?" Jetzt wirkt sie wirklich interessiert. „Ich habe noch nie ..."

„Gekocht?"

Sie schüttelt den Kopf. „Wozu auch? Wir hatten immer Personal." Sie blickt auf ihre Hände, hebt dann aber den Kopf. „Würdest du es mir beibringen?"

Ein Lächeln schleicht sich auf meine Lippen. „Natürlich! Aber wie wäre es, wenn wir erst mal das andere perfektionieren? Das ist in deiner Position vielleicht nützlicher."

Ihre Augen leuchten auf und sie beugt sich zu mir. „Deshalb habe ich auf dich gewartet. Wir können gleich nach dem Essen? Der Moment ist gut." Sie blickt mich verschwörerisch an und ihr Enthusiasmus ist ansteckend, doch in ihren Augen flackert auch Unsicherheit.

Nach dem letzten Bissen schiebt Isabella ihren leeren Teller zurück. „Entschuldige mich kurz!", murmelt sie und verlässt den Raum. Ihr Telefon liegt vergessen neben ihrer Serviette.

Ich starre wie hypnotisiert darauf. Mein Herz schlägt schneller, während Schuldgefühle und Überlebenswille in mir kämpfen. Antonio, der Butler, ist nirgends zu sehen. Das ist womöglich meine einzige Chance. Jetzt oder nie. Mit zitternden Fingern greife ich nach dem Telefon. Ich habe gesehen, wie Isabella ihren Code eingibt – vier Zahlen, schnell, fast mechanisch, alle in einer Linie nach unten. Nur die mittlere Spalte hat vier Ziffern. 2, 5, 8, 0. Ich tippe sie ein. Mein Herz hämmert.

Für einen Sekundenbruchteil passiert nichts.

Dann leuchtet das Display auf.

Das Polieren von Silberbesteck hallt aus der Küche herüber. Meine Gedanken rasen, aber ich zwinge mich, klar zu denken. Sieben Jahre lang habe ich als Georgia Carbone gelebt, versteckt hinter dem Namen, den mein Onkel mir gab. Ich dachte, er würde mich schützen –

vor der Mafia, vor denen, die meine Familie auslösch-
ten. Und jetzt sitze ich genau hier, in ihrem Haus gefangen. Die Tarnung, die mich beschützen sollte, ist bedeutungslos geworden. Wenn ich will, dass sie mich finden, muss ich meinen echten Namen benutzen.

Die Nummer der Polizei verschwimmt vor meinen
Augen. Einmal. Zweimal. Eine Diele knarrt im Flur.
Beim dritten Versuch treffe ich die richtigen Tasten.

„Polizeipräsidium", meldet sich eine gelangweilte
Stimme.

Ein Schatten huscht an der Wand vorbei. Mein Herz
setzt einen Schlag aus. All die Jahre hatte ich Angst,
meinen wahren Namen auch nur zu denken. Jetzt
könnte er meine einzige Rettung sein.

„Bitte!" Meine Stimme ist kaum mehr als ein Flüstern.
„Ich bin Georgia Rossi. Ich werde hier festgehalten, im
Anwesen der Familie Ombriani."

Das Klirren eines Tabletts aus der Küche lässt mich
zusammenzucken. Schritte nähern sich. Das charakte-
ristische Quietschen von Antonios Lederschuhen auf
dem Marmorboden.

Hastig beende ich den Anruf, lege das Telefon zurück.
Meine Hände zittern so stark, dass ich es fast fallen
lasse. Ich atme tief durch und zwinge mir ein ruhiges
Gesicht auf, als Isabella zurück an den Tisch kommt.
Sie ahnt nicht, was ich gerade getan habe. Mit einem
Lächeln, das sich anfühlt wie eine Maske, erwidere ich
ihren erwartungsvollen Blick. Sie nimmt ihr Telefon
und ich folge ihr durch die weitläufigen Flure. Bei je-
dem Geräusch zucke ich zusammen, spähe um jede
Ecke, bevor wir weitergehen. Luca würde außer sich

sein, wenn er herausfände, was ich getan habe. Der Gedanke an seine Reaktion lässt mir einen kalten Schauer über den Rücken laufen – Würde er mich zurück in den Kerker werfen?

Die Luft wird kühler, je tiefer wir ins Gebäude vordringen. Unsere Schritte hallen von den kahlen Wänden wider, trotz unserer Bemühungen, leise zu sein. Mein Herz hämmert. Was, wenn mich jemand bei der Polizei verrät? Ich fühle mich durch die Kameraaugen beobachtet. Und doch – zum ersten Mal seit sieben Jahren habe ich entschieden. Für mich. Gegen die Angst.

Luca

Ich hatte es geahnt.

Zu viele Zufälle, zu viele halbe Wahrheiten.

Jetzt ist es Gewissheit.

Vito kauert auf dem kalten Steinboden des Kerkers, zitternd – nicht vor Kälte.

Enzo steht neben mir, schweigend, wie immer, wenn es ernst wird.

Ich lockere meine Krawatte. Kalter Schweiß klebt an meinem Rücken. „Du hast Vincenzos Info zum Falschgeld kopiert – und wolltest sie an Sophia weitergeben." Meine Stimme hallt von den Wänden. Mein Blut kocht. Verdammt, er hat das wirklich getan!

Vito hebt den Kopf. „Ich wollte nur helfen."

Meine Schuhspitze trifft seinen Magen. Sein Schrei prallt von den gewölbten Decken zurück, das Echo seines Schmerzes schneidet durch die Dunkelheit.

Ich packe sein Haar, reiße seinen Kopf hoch. Das Licht der nackten Glühbirne spiegelt sich in seinen von Tränen gefüllten Augen.

„Es war eine Falle ... sie ist eine verdammt gute Informantin."

Blut läuft aus seinem Mundwinkel, tropft auf den feuchten Beton. Ich lasse ihn los und er sackt gegen die raue Wand.

„Ich denke, du bist derjenige, der Infos an Zacchetti verrät. Der denkt, er könnte mich hintergehen."

Mit zitternden Händen versucht er sich an der rostigen Pritsche aufzurichten. Das Metall quietscht unter seinen verzweifelten Bewegungen. „Nein, hör mir zu, ich kann es beweisen! Die Infos über die Blüten vor zwölf Jahren – Zacchhetti ist scharf darauf. Aber Vincenzos Unterlagen sind wertlos."

Ich trete gegen seine gebrochenen Rippen, schneide sein Flehen ab. Sein Schrei hallt durch die Gewölbe, vermischt sich mit dem konstanten Tropfen des Wassers. „Du hast Informationen benutzt, ohne es mit mir abzustimmen."

Ich beuge mich zu ihm herunter. Meine Stimme ist klar wie nie zuvor. „Das war ein großer Fehler!"

Das Quietschen der schweren Eisentür durchschneidet die Stille, als ich die Zelle verlasse. Vitos Wimmern verhallt hinter mir in der Dunkelheit des Kerkers, während ich die steinernen Stufen nach oben steige, zurück in mein Büro.

Dort breitet sich schwere Stille zwischen Enzo und mir aus, während ich die Ärmel meines Hemdes hochkrempele und mir das Blut abwaschen gehe. Meine Finger pochen noch von der Anspannung, meine Knöchel sind aufgeschürft. Vito ist ein Ombriani und ich kann ihn nicht grundlos eliminieren. Er ist mein Ersatz, falls … verdammt!

Enzo. Er steht am Fenster, eine Zigarette zwischen den Fingern, den Blick auf die dunklen Umrisse meines Anwesens gerichtet.

Ich presse die Zähne zusammen. „Ich glaube ihm. Doch für die ganzen Unannehmlichkeiten wird er noch eine Weile schmoren."

Ich ziehe mein Handy aus der Tasche und zwinge die Wut zurück in ihre Schranken.

„Vincenzo hat tatsächlich nur wertlose Informationen gesammelt. Die Frage ist nur – Was weiß Zacchetti über dieses Falschgeld vor zwölf Jahren?"

Die Zigarette in Enzos Hand glimmt auf, als er tief inhaliert.

Das Pochen in meinem Schädel verstärkt sich. Mein Daumen gleitet über das Display meines Handys. Ich wähle die Nummer. Ein langes Freizeichen. Dann hebt er ab. „Leone."

„Ombriani."

Seine Stimme ist wie immer amüsiert, leicht nachlässig, als hätte er Besseres zu tun, als sich mit mir zu unterhalten. „Hoffentlich rufst du nicht wieder an, weil irgendwo eine Leiche verschwinden muss."

„Das könnte ich arrangieren."

Er lacht leise. „Was willst du?"

Ich atme durch, halte meine Stimme ruhig. „Ich brauche Informationen zu einem alten Fall, der zwölf Jahre her ist. Ein Drucker, der verschwand."

Ein kurzes Schweigen. Dann kommt seine Antwort: „Ich habe von den Blüten gehört. Das ist wirklich gefährlicher Dreck, Luca."

„Als wäre das was Neues."

Leone seufzt. „Vielleicht kann ich was nachsehen. War vor meiner Zeit." Er macht eine Pause und ich höre, wie er einen Schluck von etwas nimmt. „Aber weißt du, ich habe gerade andere Probleme. Etwas ... Interessantes auf meinem Tisch."

Ich sage nichts, warte. Mein Griff um das Telefon verstärkt sich.

„Ein Anruf, der mich neugierig gemacht hat." Seine Stimme klingt jetzt amüsiert, fast schon schadenfroh. „Von einer jungen Frau. Name sagt dir vielleicht was ... Georgia Rossi?" Alles in mir spannt sich an. Der Name ist falsch – und trifft mich trotzdem wie ein Schlag in die Magengrube. „Was hast du gesagt?" Meine Stimme ist zu ruhig.

„Dachte mir schon, dass dich das interessiert." Ich kann hören, wie er sich zurücklehnt, genießt, dass er mich reizt. „Kam gerade rein. Weibliche Stimme, panisch. Hat behauptet, Luca Ombriani hält sie gegen ihren Willen fest."

Mein Magen zieht sich zusammen. Sie hat mich verraten. In meinem Haus, unter meinem Dach! Mit Isabellas Hilfe?

„Welche Nummer?"

Leone lacht. „Wow, nicht mal eine Ausrede? Kein ,Sie lügt'? Komm schon, Luca, mach's mir wenigstens schwer!"

„Leone." Meine Stimme ist jetzt kalt. „Sag mir die verdammte Nummer!"

„Scheiße, entspann dich! War nur ein Scherz." Ich höre ihn tippen. „Hier. Ich schick sie dir."

Mein Handy vibriert in meiner Hand, eine neue Nachricht poppt auf. Isabellas Nummer.

Enzo sagt kein Wort. Aber sein Blick ist messerscharf. Er weiß genau wie ich, dass sie zu weit gegangen ist. Mein Puls hämmert in meinen Ohren.

Das Telefon knallt auf den Tisch, als ich mich umdrehe.

„Ich muss da etwas klarstellen!" Meine Stimme ist ein dunkles Grollen.

Georgia

Im Schießstand riecht es nach Öl und Metall. Meine Hände zittern, weil ich immer noch an den Anruf denke. Ich verstecke es – wie die Schuld, die an mir frisst, während ich Isabella korrigiere. Der Wächter hat uns problemlos alles ausgehändigt, nicht ahnend, dass ich wenige Minuten zuvor die Polizei alarmiert habe. Isabella steht unsicher vor der Schießbahn, ihr Vertrauen in mich ist ungebrochen, während ich ihr die Grundstellung erkläre. Wie lange noch, bevor Luca erfährt, was ich getan habe?

„Die Beine etwas weiter auseinander!", weise ich sie an und beobachte, wie sie versucht, meine Haltung zu kopieren. „Der Rückstoß ist stärker, als du denkst. Du musst fest dastehen."

Nach einer halben Stunde stetigen Übens wird ihre Haltung sicherer. Der erste Schuss hatte sie noch nach hinten taumeln lassen, aber jetzt steht sie fest und fängt den Rückstoß ab. Ich sehe in ihren Augen den gleichen

Hunger nach Kontrolle, den ich damals hatte. Sie will nicht länger hilflos sein. Vielleicht kann ich ihr die Chance geben, die Lilly damals nicht hatte – sich selbst verteidigen zu können. „Gut so. Atme ruhig, konzentriere dich auf das Ziel. Du musst die Waffe beherrschen, nicht umgekehrt."

Isabella nickt und versucht, meine Anweisung auszuführen. Doch ihre Bewegung friert ein, als die Tür zum Schießstand auffliegt. Ich spüre, wie sie unter meinen Händen zusammenzuckt.

Luca steht im Türrahmen, sein Gesicht eine Maske aus kalter Wut. Seine Präsenz füllt den Raum wie ein Raubtier. Er bewegt sich mit gefährlicher Ruhe, während seine Augen von meinen Händen an Isabellas Hüften zu der Waffe wandern. Seine Kiefermuskeln arbeiten.

„Was zur Hölle …", brüllt er in den Raum und seine Stimme ist ein tiefes Grollen, „… macht ihr hier?"

Das Echo des letzten Schusses hallt noch nach, als Isabella die Pistole senkt.

„Das reicht!", schneidet seine Stimme durch die Luft.

Ich spüre, wie Isabella zwischen Unsicherheit und Trotz schwankt, als sie die Waffe vollends sinken lässt.

„Warum?", fragt sie. Lucas Blick bohrt sich in mich, während er die Arme verschränkt. „Weil du nicht schießen musst, Isabella. Du hast mich. Ich beschütze dich!"

Die Worte treffen etwas in mir. All die Erinnerungen an die eigene Hilflosigkeit bricht hervor. „Du kannst sie nicht immer beschützen, Luca. Niemand kann das!" Die Worte verlassen meinen Mund, bevor ich sie aufhalten kann.

Lucas Grollen ist tief und der leise Klang verheißt Gefahr.

Isabella weicht zurück, gefangen zwischen uns wie ein Vogel im Sturm. „Ich … ich lasse euch besser allein", murmelt sie und legt die Pistole auf den Tisch neben der Schießbahn. Mario, der Wächter, tritt vor und nimmt sie an sich, bevor er Isabella hinaus folgt.

Als die Tür ins Schloss fällt, wird die Stille nur von meinem hämmernden Herzen durchbrochen. Luca dreht sich langsam zu mir um. Ich stehe da ohne eine Waffe in Reichweite und zwinge mich, seinem Blick standzuhalten.

In wenigen Schritten ist er bei mir. „Du hältst dich für so clever?" Sein Körper drängt mich gegen die Wand, sein Atem streift mein Gesicht. „Isabella hat alles, was sie braucht."

Panik steigt in mir auf. Wo ist mein Schlupfloch, wo der rettende Nebel? Seine Augen bohren sich in meine, voller Wut – und etwas anderem.

„Du gehörst mir, Georgia Rossi!"

Der Name trifft mich wie ein Schlag. Alles verschwimmt – die Wut, der Schock, die Angst. Zum ersten Mal seit damals hat ihn jemand ausgesprochen. Es gibt kein Zurück mehr. Nur die Erkenntnis, dass das passiert ist, wovor ich mich all die Jahre gefürchtet hatte. Meine falsche Identität, mein Deckname sind aufgeflogen. Es ist, als hätte er mich ins grelle Licht gezerrt, dorthin, wo nichts mehr verborgen bleibt. Und ich stehe vor dem Teil von mir, den ich tief in mir vergraben hatte.

Er reißt sich die Krawatte mit einer flüssigen Bewegung vom Hals und sein Anblick lässt mich zusammenzucken. Ich suche nach dem Nebel – ein instinktiver Versuch, mich unsichtbar zu machen.

„Die Polizei, Georgia?", sagt er leise. „Sie wird nicht kommen."

Die Worte sacken langsam in mich hinein. Der Notruf. Es war ein Fehler gewesen. Die Polizei arbeitet mit ihm. Oder ist längst Teil seines Systems. Es gibt niemanden, der mir helfen wird.

„Wie lange dachtest du, könntest du dich verstecken?" Seine Stimme durchdringt den Nebel – dunkel, beherrschend.

„Ich ... ich weiß nicht!", keuche ich und spüre den Nachhall meines Namens in mir aufblühen – fremd und vertraut zugleich. Als hätte er sich mit Gewalt durch die Risse meiner Fassade gedrängt, um sich Raum zu nehmen. Er schneidet durch mich hindurch, wie ein Same, der durch die Erde bricht, sobald er Licht spürt. Etwas in mir bäumt sich auf – nicht gegen ihn, sondern gegen das Schweigen. Wie oft hatte ich mir gewünscht, endlich loszulassen. Mich nicht länger zu verstecken. Nicht mehr zu lügen.

„Sag es mir!" Seine Stimme ist ruhig. Aber sie duldet keinen Widerspruch.

„Ich ..." Mein eigener Atem geht flach. Der Nebel in meinem Kopf flackert. Erinnerungen drängen sich in meine Gedanken – Lillys Lächeln, die Stille jener Nacht, das Rot auf dem Boden. Der Schmerz ist da.

Ich beiße mir auf die Lippe, zu hart. Er wartet. Ich warte.

Der Schmerz, der Schock, die Angst, sie sind alle da, aber ich lasse sie los.

„Sie … wurden alle erschossen", flüstere ich. Meine Stimme klingt fremd.

„Lilly …" Mein Atem stockt. „Sie kam in mein Zimmer. Ihre Puppe … sie hatte sie noch im Arm." Mein Herz hämmert.

„Ich … ich war in einem Versteck in der Wand. Ich wollte ihr sagen, sie soll weglaufen. Aber meine Stimme … sie war weg. Ich konnte nichts sagen."

Ich sehe Lilly wieder vor mir. Zu klein für das, was passiert ist.

„Dann – ein Schuss viel zu laut. Sie zuckte zusammen. Ich habe es zuerst nicht verstanden. Sie auch nicht. Sie sah mich an. Ganz ruhig. Und dann fiel ihre Puppe auf den Boden." Ich schlucke. „Sie hat nicht einmal geschrien." Meine Finger klammern sich an Lucas Hemd. „Sie sah nur auf ihre Puppe. Als könnte sie nicht verstehen, warum sie plötzlich rot wurde." Meine Stimme bricht. Und als würde ein Wasserschwall mich mitreißen kommt alles hoch. All die Jahre des Schweigens. Die Schuld. Die Ohnmacht. Ich habe das Gefühl zu fallen, krümme mich nach vorn unter dem Schmerz, der mich zu zerreißen droht. Es ist kein Weinen – es ist ein Laut, rau und hässlich, der mir entweicht. Ich schlage gegen seine Brust, schwach, sinnlos, während mein Körper zittert.

„Warum ich? Warum ich und nicht sie?" Die Worte reißen aus mir heraus, ehe ich sie halten kann. Und plötzlich ist da nichts mehr, woran ich mich festhalten kann – außer ihm.

Lucas Hand streicht über meinen Rücken, bis ich mich beruhige.

„Ich habe mich nicht bewegt, bis es still wurde. Bis alle weg waren", flüstere ich kaum hörbar.

Er hält mich fest und ich lasse es zu. Aber nicht mehr aus Angst. Zum ersten Mal seit Jahren ist da nichts mehr zwischen mir und der Welt. Die Mauern, die Angst, die Person, die ich zu sein vorgab. Alles verschwimmt. Und es gibt kein Versteck mehr.

Ich atme ein. Fühle mich leicht. Befreit. Als wäre ich aus einer dunklen Höhle gekrochen, in der ich seit sieben Jahren kauerte. Die Luft schmeckt anders hier draußen. Süßer. Gefährlicher. Auch wenn ich nicht weiß, wer ich jetzt bin. Die Georgia, die sich versteckte, ist verschwunden. Und was bleibt? Jemand, der den Schmerz nicht mehr in sich einsperrt? Oder nur eine andere Version, die nicht weiß, wie viel von ihr noch echt ist?

„Du verstehst nicht, was es heißt, alles zu verlieren. Also hör auf, so zu tun, als wärst du der große Beschützer. Du bist genauso verloren wie ich."

Sein Griff wird fester. Seine Augen dunkler. Für einen Moment habe ich ihn erwischt. Ein Riss in der Fassade. Ein Echo von etwas, das er nicht zeigen will. Doch dann blinzelt er und es ist fort, verschluckt von Schatten.

Er zieht mich näher. „Verloren?" Seine Stimme ist tief, aber ich höre einen Hauch von etwas Unsicherem. Ich habe ihn getroffen.

„Ich habe alles, was ich brauche!" Seine Stimme ist leise, ein bedrohliches Flüstern. „Dich eingeschlossen."

Ein bitteres, leises Lachen entfährt mir. „Du kannst mich nicht besitzen!"

„Nein?" Seine Hände berühren mich. Es kribbelt unter der Haut, zu heftig, zu vertraut. „Dann beweise es!"

Ich atme flach – denke an Lilly, an ihr Gesicht in jener Nacht, als ich machtlos war. An all die Male, in denen ich mich versteckt habe, geschwiegen habe, mich kleiner gemacht habe, um zu überleben. Aber was hat das gebracht? Ich bin immer noch hier, gefangen. Doch diesmal will ich es anders. Aber kann ich es wagen?

Ich sehe ihn an. Noch sage ich nichts.

Ich bin nicht mehr die, die wegläuft. Weil ich leben will. All die Jahre war ich gefangen – im Restaurant, im Namen. In diesem Nebel, der mich taub gemacht hat. Jetzt will ich wissen, ob ich noch ganz bin. Auch wenn es falsch ist, gefährlich, vielleicht sogar dumm ...

Ich hebe die Hand zögernd, lege sie auf seine Brust. Seine Muskeln reagieren und sein Blick verdunkelt sich.

Ich habe Angst vor dem, was als Nächstes passiert. Vor dem, was ich gerade plane – und was es bedeutet. Trotzdem tue ich es. „Ich beweise es dir." Meine Stimme ist leise.

Für einen Moment herrscht Stille.

Sein Atem streift meine Lippen, warm, unnachgiebig. Ich könnte mich abwenden. Aber das tue ich nicht.

Ich lege meine Lippen auf seine. Kein sanfter Kuss, kein schüchterner Versuch. Es ist ein Feuerstoß, eine Herausforderung.

Für einen Moment ist da nichts. Kein Wort. Kein Atemzug. Lucas Finger verharren auf meiner Haut, nicht fester, nicht lockerer. Dann sehe ich es – ein winziges Zucken an seinem Kiefer, als würde er gegen etwas ankämpfen. Ein inneres Beben.

Er versteckt sich nicht im Nebel wie ich. Er hat sich eine Rüstung gebaut – aus Härte, aus Regeln, aus diesem Kodex, der ihm sagt, dass Gefühle Schwäche sind.

Aber zum ersten Mal habe ich keine Angst mehr davor. Seine Nähe brennt nicht. Sie öffnet etwas. Und das ist viel gefährlicher. Denn sie ermutigt mich. Ich will mich fallen lassen, beweisen, dass wir beide noch leben.

Lucas Griff wird fester und für einen Moment denke ich, dass er mich wieder an die Wand drängen wird, mich mit seiner Macht erdrücken, so wie er es immer tut. Doch stattdessen bleibt er stehen. Ich sehe, wie sich sein Brustkorb hebt und senkt. Wie er mich ansieht, als könnte er nicht fassen, was gerade passiert ist.

„Was glaubst du, was du hier tust, Georgia?", fragt er leise, seine Stimme ist rau.

„Ich entscheide mich!"

Er lacht leise, doch das Knurren in seiner Stimme bleibt.

„Du denkst, das hier ist ein Spiel, das du gewinnen kannst?" Sein Blick wandert über mein Gesicht, meine Lippen – als würde er nach einem Riss suchen, einem Funken Unsicherheit, den er packen kann. Sein Lächeln ist dunkel, gefährlich. „Dann beweise es!"

Ich spüre die Hitze seiner Haut durch den Stoff. Mein Herz hämmert so laut, dass ich glaube, er könnte es hören. Meine Knie sind weich, meine Haut brennt. Ich will ihn, ja. Aber ich fürchte auch, was das mit mir macht. Wer ich bin, wenn ich nicht mehr weglaufe. Doch ich gebe nicht nach, weil ich das zu oft getan habe.

„Du hast keine Macht über mich, die ich dir nicht gebe."

Einen Augenblick lang glaube ich, dass er mich fortstoßen wird. Seine Hände umklammern meine Hüften wie ein Schraubstock, sein Blick bleibt dunkel. „Du spielst mit dem Feuer!", sagt er und sein Körper drängt sich an meinen.

Das ist mir klar. Und trotzdem weiß ich genau was ich will. Keine Masken mehr. Kein Schutz. Nur mich – und das, was von mir bleibt, wenn alles andere fällt.

„Du hast mich geküsst? Willst du das wirklich?" Seine Stimme ist ein raues, bedrohliches Flüstern. Und gleichzeitig entfesselt es diese Kraft in mir. „Denn wenn du mir das gibst, gibt es kein Zurück mehr."

Meine Hände gleiten über seine Brust. Ich spüre den Takt seines Herzschlags, als ob er die Zeit selbst beherrschen könnte. „Vielleicht ist genau das der Punkt. Ich will kein Zurück mehr."

Seine Augen bohren sich in meine, voll von unausgesprochenen Fragen. Sein Atem geht schwer und für einen Moment sehe ich es – ein Zögern, ein innerer Kampf. Doch dann blinzelt er und es ist fort.

Ich habe meinen Entschluss gefasst. Ein Sprung ins Ungewisse – und diesmal werde ich nicht fallen.

15. Herzschlag

Luca

Für den Bruchteil einer Sekunde erstarrt Georgia unter meinen Händen, ihre Muskeln gespannt wie eine Feder kurz vor dem Sprung. Aber sie rennt nicht. Noch nicht. Die jahrelange, eiserne Kontrolle, die ich mir antrainiert habe, droht zu zerbrechen, während meine Hände fest ihre Hüften umschließen. Die alten Narben an meinen Knöcheln ziehen sich zusammen, ein dumpfes Brennen unter der Haut. „Du gehörst mir!", murmle ich. Es kommt nicht wie ein Befehl. Eher wie ein Flehen, getarnt in Härte. Wie ein Mann, der das sagt, wenn er glaubt, dass er sie sonst verliert.

In ihren Augen flammt etwas auf – Kampfgeist, Wildheit. Sie versucht, ihre Würde zu bewahren, doch ihre Atmung ist unregelmäßig, ihre Pupillen geweitet – ein Widerspruch. Ihre Finger bohren sich in meinen Arm, kurz, wie ein Reflex.

Und zum ersten Mal seit Langem frage ich mich, ob ich wirklich gewinnen will – oder ob ich es genieße, dass sie es versucht.

Meine Finger umklammern den dünnen Stoff ihres Kleides, fester, als es nötig wäre. Ich ziehe – ein Riss, ein leises Keuchen. Ihre Haut darunter ist heiß. Ihre Atmung stockt. Ich weiß nicht, ob es Schock ist – oder Erwartung.

„Sag, wem du gehörst!"

„Niemandem!" Ihre Stimme ist heiser, aber ihr Blick – messerscharf. „Und am wenigsten dir."

Ihre unnachgiebige Rebellion entfesselt eine Hitze, die ich nicht kontrollieren kann. Mit einem tiefen Knurren presse ich sie gegen die Wand. Meine Finger ruhen an ihrer Kehle, spüren den rasenden Puls unter der Haut. Ein Beweis – für ihre Erregung? Oder ist es Angst?

Vielleicht beides. Ich warte. Ein Herzschlag, zwei. Kein Widerspruch.

Ich brenne – nicht vor Lust, sondern von dem Drang, die Kontrolle nicht zu verlieren.

Ein Grollen entrinnt mir. Meine Zähne schließen sich um ihre Lippe. Ein leises Keuchen von ihr, dann der salzige Geschmack auf meiner Zunge. Ich lecke über die Stelle, koste das Echo ihres Schmerzes.

Georgia keucht in den Kuss hinein. Ihre Nägel graben sich in mein Hemd, als wäre es ein Rettungsanker. Alles außerhalb von uns verblasst.

„Sag es!" Meine Stimme ist ein Hauch. „Oder du bleibst hier – an der Kante. Ohne Erlösung."

Ihre Lippen zittern gegen meine. In ihren Augen mischt sich Angst mit Verlangen, Schatten mit Feuer. Sie kämpft – gegen mich, gegen sich selbst. Aber ich kenne diesen Kampf. Ich kenne die Zeichen, wenn sie sich zurückzieht – in ihren Nebel. Ein gefährliches Lächeln umspielt meine Lippen. „Flüchtest du wieder, Georgia?"

Ihre Augen weiten sich. Sie kann ihre Angst verstecken – ich werde sie immer finden. Meine Hände gleiten über ihre Haut, fordernd, nicht zärtlich. Ein unterdrücktes Stöhnen entfährt ihr, als meine Lippen ihren Nacken berühren. Ihre Nägel hinterlassen brennende Spuren auf meinen Armen. Kleine Rebellionen, die mich auf eine Weise reizen, die ich nicht kontrollieren kann.

„Bitte ...!" Das Wort kommt schwach, unfertig, als wäre sie sich selbst nicht sicher, was sie fordert. Ein Hauch von Widerstand in ihren Fingern, die sich in meinen Hemdkragen graben – als könnte sie mich gleichzeitig fortstoßen und näher ziehen.

„Ich ..." Ihre Stimme bricht, als meine Hand zwischen ihre Schenkel gleitet.

„Sag, dass du das willst!", knurre ich an ihrem Hals. Meine Zähne streifen über ihren Hals, gerade so fest, dass ich ihren rasenden Puls spüre. Ein Hauch von Salz auf meiner Zunge. Mit kontrollierter Langsamkeit gleitet meine Hand an ihrer Seite hinab. Ich spüre, wie sie erzittert.

Meine Finger finden den Saum ihres Kleides, schieben ihn nach oben, entblößen ihre Haut. „Letzte Chance, Georgia!" Meine Stimme ist tiefer als sonst. Die Kontrolle zu behalten, kostet mich alles.

Ihr Atem stockt – nicht aus Angst. Oder doch?

Ein Zittern durchläuft ihren Körper. Ihre Hände wandern über meine Brust, wo unter dem teuren Anzug die Narben vergangener Kämpfe verborgen sind.

„Ich werde der Einzige sein." Meine Finger finden ihre empfindlichste Stelle.

Sie keucht auf, ihre Hüften wölben sich mir entgegen.
„Luca ..."

Jeder Muskel schreit nach ihr. Ein verdammtes Martyrium – aber ich werde sie nicht nehmen, bevor sie mir gehört. Ganz.

Als sich unsere Blicke treffen, sehe ich mein eigenes Verlangen in ihren Augen.

„Ja ..." Ihr Atem stockt. „Bitte!"

Die Worte sind kaum mehr als ein Hauch, ein Nachgeben, ein Aufgeben – oder ein sich Fallenlassen. Ich weiß es nicht, und verdammt, es treibt mich in den Wahnsinn! Mit einer einzigen Bewegung liegt sie über meiner Schulter, warm, zitternd. Ihr überraschter Laut – halb Keuchen, halb Protest – jagt mir durch den Körper, ein verdammter elektrischer Schlag direkt in meine Mitte. Ich sollte sie loslassen. Aber alles in mir will sie festhalten. Ihren Körper. Ihre Seele.

Ich will, dass jeder sieht, dass sie mir gehört. Dass sie bleibt. Ich darf sie nicht verlieren – nicht an den Nebel. Nicht an sich selbst.

Ohne Eile trage ich sie durch mein Territorium. Die Wächter senken die Köpfe, ihre Hände ruhen auf den Waffen – eine stumme Anerkennung meiner Macht. Niemand wagt es, den Blick zu heben. Niemand außer ihr. Ich spüre ihre Finger, die sich in mein Hemd graben. Ihren ungleichmäßigen Atem an meinem Rücken. Sie weiß, was es bedeutet, hier so getragen zu werden. Doch sie wehrt sich nicht. Das Schlafzimmer – meine private Höhle – ist mein Ziel. Hier wird sie lernen, was es heißt, einem Ombriani zu gehören.

Sie keucht, als ich die massive Eichentür aufstoße.

Das Bett wartet – weiche Seide auf hartem Holz. Mein Reich. Meine private Höhle. Gleich wird sie nicht mehr flüchten können. Nicht in ihren Nebel, nicht vor mir. Nicht vor dem, was zwischen uns brennt. Sie wird mir gehören. Mit Haut und Haar. Mit Körper und Seele.

Georgia

Das Licht wirft lange Schatten, aber es kann nicht verbergen, was seine Berührungen mit mir machen. Seine Hände – rau, fordernd, unnachgiebig – ziehen mich aus der Dunkelheit, in die ich mich so lange geflüchtet habe.

Er trägt mich mit müheloser Selbstverständlichkeit, als wäre ich bereits sein Eigentum. Dann legt er mich auf das Bett. Und kniet kurze Zeit später zwischen meinen Schenkeln. Die Schatten tanzen über die scharfen Linien seines Körpers, lassen die Tinte auf seiner Haut dunkler wirken, gefährlicher. Seine Augen glimmen dunkel, unergründlich, unnachgiebig. Dann beugt er sich über mich, stützt sich mit einer Hand neben meinem Kopf ab – und als sein Gesicht näherkommt, fällt ihm die silberne Strähne in die Stirn, ein blasser Kontrast zur Dunkelheit um uns.

Mein Herz rast. Nicht aus Angst vor ihm. Nein, Luca ist der einzige Mensch, bei dem ich mich wirklich sicher fühle. Es ist das Unbekannte, das mich erzittern lässt. Das Wissen, dass es ab hier kein Zurück mehr gibt. Vor dem ersten Mal. Vor dem Schmerz, von dem ich gehört habe.

„Sieh mich an, Georgia!" Sein Griff wird fester, seine Stimme ein dunkler Befehl. „Versteck dich nicht vor mir!"

Seine Finger graben sich in mein Haar, zwingen meinen Kopf zurück. Kein Platz für Zögern. Keine Flucht. Seine Berührung ist wie ein Lichtstrahl.

Sein Atem streift meinen Hals, warm, unnachgiebig. „Vertraust du mir?" Seine Stimme ist dunkel, sein Blick forschend.

Ich nicke, obwohl meine Knie weich sind, mein Atem flach.

Dann beugt er sich zu mir, sein Mund an meinem Ohr.

„Sirena", flüstert er.

Der Name gleitet wie Rauch über meine Haut. Er sagt ihn, als hätte er ihn schon immer gekannt – als hätte er ihn für mich erfunden.

„Was heißt das?"

„Eine Sirene", murmelt er. „Gefährlich. Unerreichbar. Lauter, als sie glaubt."

Ich will widersprechen – sagen, dass ich keine Macht habe, kein Lied, keine Verführung. Aber sein Blick ist so sicher, dass ich es selbst fast glaube.

Und zum ersten Mal seit Jahren denke ich: Vielleicht bin ich mehr, als ich mir zugestehe.

Oder sollte ich Angst haben? Rennen? Aber ich kann nicht. Will nicht.

„Ja!", flüstere ich und es ist die Wahrheit. Ich vertraue ihm – mit meinem Leben, mit meiner Seele. Auch wenn ich weiß, dass ich mich dabei verliere.

Seine Hand gleitet über meine Wange, ein Widerspruch aus Härte und unerwarteter Sanftheit. Die

Geste sollte tröstlich sein, doch sie brennt tiefer als jede Bedrohung. Ich hasse es, wie nah mir das geht.

„Ich kenne deine Ängste, Sirena." Seine Stimme ist dunkel, ein Hauch von Spott darin. „Aber heute Nacht nehme ich sie dir. Jeden einzelnen Zweifel."

Seine Lippen streifen mein Ohr, sein Griff wird fester. „Und ich beschütze, was mir gehört. Immer!"

Die Worte sind ein Käfig, und doch ... ich will ihn. So sehr, dass es wehtut. Ich sollte kämpfen, mich lösen – aber ich tue es nicht. Ich kann es nicht.

Seine Lippen finden meine, es ist keine Bitte. Es ist eine Eroberung. Hart, tief, besitzergreifend. Er nimmt. Und ich lasse ihn, weil es keinen anderen Weg gibt und er die Dunkelheit in mir vertreibt, während er sie selbst verkörpert.

„Du willst das!" Seine Stimme ist nichts als samtige Dominanz, ein tiefes, dunkles Versprechen. „Du willst mich!"

Meine Nägel graben sich in seine Schultern, ein letzter Impuls von Kontrolle, bevor ich sie ganz verliere.

„Sag es, Sirena!" Sein Blick hält meinen fest. Dunkel. Endlos. Unausweichlich.

Das Herz hämmert gegen meine Rippen und meine Kehle ist trocken.

Doch wir beide wissen, dass es längst entschieden ist.

„Ja!", flüstere ich schließlich.

Ein zufriedenes Knurren vibriert in seiner Brust. Seine Augen glühen vor Besitzanspruch, vor dem Wissen, dass ich mich ihm gerade vollständig überlassen habe.

Dann erhebt er sich wie ein Raubtier und macht sich an seinem Gürtel zu schaffen. Ich schlucke hart, kann meinen Blick nicht von ihm abwenden, als er das Leder langsam durch die Schlaufen zieht. Das leise Zischen des Stoffes verstärkt nur das lodernde Feuer in meinem Magen. Er öffnet den Knopf seiner Hose, lässt sie auf den Boden gleiten. Sein Hemd und folgt. Mein Atem stockt. Seine Muskeln sind hart und angespannt, sein Körper eine pure, rohe Machtdemonstration. Meine Gedanken setzen für einen Moment aus, als mein Blick tiefer wandert – auf seine Härte, die schwer und fordernd vor mir aufragt. Ein stummer Schreck fährt mir durch die Glieder. Mein Körper presst sich instinktiv zusammen – als könnte er weglügen, was er sieht.

Ein dunkles, wissendes Lächeln zuckt über seine Lippen.

„Hast du Angst, Sirena?" Seine Augen halten meine fest und ich sehe den Moment, in dem er versteht. Ein Flackern von Erkenntnis in seinem Blick, als er meine Nervosität spürt, die tiefere Bedeutung meiner Angst erfasst.

„Du hast noch nie ..." Er bricht ab. Die Worte hängen zwischen uns wie eine Entscheidung, die er nicht aussprechen will. In seiner Stimme liegt etwas Neues – tiefer, gefährlicher, fast vorsichtig.

Meine Wangen glühen, als ich leicht den Kopf schüttle. Ein stilles Geständnis. Sieben Jahre hatte ich mich versteckt – vor der Welt, vor Berührung, vor Nähe.

In seinen Augen flackert etwas auf. Besitz. Begehren. Aber auch ein Hauch von Ehrfurcht. „Gut", murmelt er – mehr zu sich als zu mir.

Er steigt auf das Bett, sein Körper über mir, seine Präsenz schwer. Ich ziehe mich nicht zurück – nicht diesmal. Ich halte seinem Blick stand, auch wenn mein Herz rast.

Als seine Finger meine Schultern berühren, dann meine Arme, meine Taille, läuft mir ein Schauer über die Haut. Langsam, prüfend, als wolle er sicherstellen, dass ich nicht fliehe. Aber ich bleibe. Ich will das. Ich will ihn – und ich will, dass er weiß, dass ich es wähle.

Als er nach dem Stoff meines Kleides greift, halte ich kurz den Atem an. Nicht vor Angst. Sondern vor Erwartung.

Er zieht es langsam nach unten, Zentimeter für Zentimeter, wie ein Ritual. Kein Reißen, kein Überstürzen – nur dieses unerträgliche Spiel aus Nähe und Spannung. Ich spüre jede Bewegung. Jede Enthüllung. Und ich lasse es zu. Nicht weil ich muss. Sondern weil ich es will.

Meine Haut prickelt unter seiner Berührung. Und zum ersten Mal seit Jahren bin ich nicht nur nackt – sondern sichtbar.

Seine Hände sind überall – heiß, fordernd – und mit jeder Berührung brennen sie sich tiefer in meine Haut. Jeder Punkt, den er berührt, zieht mir den Boden unter den Füßen weg. Und trotzdem halte ich still.

Seine Lippen streifen über meine Brust, sein Mund schließt sich um meine Nippel. Ein stechender Schmerz, als seine Zähne kurz zupacken. Ich zucke zusammen, ein Stöhnen entrinnt mir – zu schnell, zu roh.

Als seine Hand zwischen meine Beine gleitet, spüre ich, wie mein Körper reagiert, wie er sich ihm entgegenwölbt – und gleichzeitig zurückscheut. Es ist ein Reflex. Eine Erinnerung.

„Entspann dich!" Seine Stimme ist ein dunkles Murmeln an meiner Haut, eine Anweisung, aber nicht hart. Eher wie eine Bitte, die sich nicht wie eine anfühlt.

Ich weiß, dass ich hier bin, weil ich es wollte. Und doch ... ein Teil von mir fürchtet, dass ich mich verliere. Nicht im Schmerz. Sondern in dem, was danach kommt – in der Tiefe, in der Nähe, die ich nie gelernt habe, zuzulassen.

Vielleicht wird er mich verletzen. Vielleicht nicht jetzt, nicht körperlich. Aber in mir. Weil ich ihn will. Nicht trotz seiner Dunkelheit. Sondern wegen ihr.

Ich zucke zusammen, als seine Lippen tiefer wandern. Seine Finger gleiten über meine Oberschenkel, spreizen sie sanft, nicht grob – eine Einladung, kein Befehl. Ich atme flach, mein Herz hämmert, als seine Zunge mich erreicht. Ein Laut entweicht mir – ein Stöhnen, ein ungewolltes Flehen, so rau und ehrlich, dass ich mich kaum wiedererkenne. Warm. Neugierig. Unerbittlich.

Er erkundet mich, reizt mich, spielt mit mir, als würde er mich besser kennen als ich selbst. Jede Bewegung seiner Zunge schickt Wellen durch meinen Körper, bis das Prickeln unter meiner Haut zu einem fiebrigen Pulsieren anschwillt.

„Luca ...!" Mein Kopf fällt zurück, meine Finger verkrampfen sich in den Laken. Ich halte mich fest – nicht an der Angst, sondern an diesem Moment. Er hört nicht auf. Seine Zunge gleitet tiefer, fordert mehr. Ich zucke zusammen, verliere mich – nicht in ihm, sondern in dem, was er in mir wachruft. Ein Ziehen, das ich so noch nie empfunden habe. Nicht bei mir, nicht als ich mich selbst berührt habe. Ein Hunger erwacht, der nicht nur körperlich ist. Ich spüre ihn überall. Wie eine Welle, die mich erfasst. Und ich will noch mehr davon, will, dass sie über mir zerschlägt.

Mein Rücken wölbt sich, meine Hüften suchen instinktiv nach mehr Reibung, nach Erlösung. Doch Luca hält mich fest – seine Hände an meinen Oberschenkeln ein stilles Nein. Nicht jetzt. Noch nicht. Ein dunkles Lächeln streift seine Lippen, seine Zunge treibt mich weiter, tiefer, bis ich kaum noch zwischen Lust und Wahnsinn unterscheiden kann.

„Luca, bitte …!" Meine Stimme bricht, kaum hörbar, erstickt in meinem eigenen Atem.

Er reagiert nicht. Oder doch – mit noch mehr Kontrolle. Er lässt mich dort, wo ich brenne: auf der Schwelle. Zwischen Verlangen und Verzweiflung.

Dann zieht er sich zurück.

Ich keuche. Mein Körper bebt, heiß und unruhig, leer an der Stelle, wo ich ihn noch spüren will.

Sein Blick ist ruhig, beherrscht, als hätte er genau diesen Moment geplant. Mit einer fließenden Bewegung greift er zur Schublade, zieht ein Kondom hervor. Unsere Blicke verhaken sich – seiner dunkel, konzentriert. Selbst jetzt, als er das Latex über seine Härte streift, lässt er mich nicht los. Nicht mit den Augen. Nicht mit der Spannung im Raum. Alles ist Kontrolle – und ich? Ich will sie. Mehr als ich jemals zugeben könnte.

Als er sich endlich in mich drängt, bleibt mir die Luft weg.

Der Schmerz kommt schnell – ein Brennen, das mich aufspaltet. Zu intensiv. Zu viel. Mein Körper zieht sich zusammen, versucht ihn abzuwehren, sich zu schützen vor der rohen, unaufhaltsamen Wucht.

„Atme!" Seine Stimme ist rau, näher an einem Befehl als an Trost. Seine Lippen streifen meine Wange, sein Griff an meiner Hüfte bleibt unerbittlich – nicht hart, aber bestimmt.

Ich bin verspannt, mein Körper kämpft noch. Zieht sich zusammen in einem letzten, stillen Widerstand. Doch ich lasse ihn nicht los – und er mich auch nicht.

Ein leises, atemloses Stöhnen entweicht meinen Lippen – Lust, und Schmerz vermischen sich.

Er hält inne, sein Blick verschlingt mich. Dunkel. Unnachgiebig. „Lass los, Sirena!" Seine Stimme sinkt tiefer, ein raues Grollen an meinem Ohr. „Ich bin der Einzige, der dich halten kann."

Mein Herz hämmert, der Schmerz ist noch da – ein pochendes Echo. Und doch beginnt mein Körper, sich zu öffnen. Nicht, weil er muss. Sondern weil ich es zulasse.

Ich spüre ihn überall – seinen Atem, seine Hitze, wie er sich tief in mir verankert. Es fühlt sich an, als würde er etwas in mir berühren, das ich selbst nicht kannte – als würde ich mich verändern, weil ich es zulasse.

Langsam – viel zu langsam – beginnt er sich zu bewegen. Kein Ruck. Keine Hast. Nur kontrollierte Tiefe.

Der Schmerz wird weicher, schmilzt an den Rändern, macht Platz für etwas anderes. Etwas Dunkles. Tiefes. Ein pochender Druck in meinem Inneren, der mit jeder Bewegung stärker wird, intensiver.

Ich wusste nicht, wie sich das erste Mal anfühlen würde. Hatte Geschichten gehört, Andeutungen aufgeschnappt. Doch nichts davon kommt dem hier nahe. Es ist kein leiser Beginn. Keine sanfte Entdeckung. Es ist ein Beben, das durch meinen Körper jagt und ihn neu ordnet. Etwas in mir zerreißt – nicht vor Schmerz, sondern vor Erkenntnis. Dass ich nie aufhören will, mich so zu fühlen.

Sein Duft steigt mir in die Nase – ledrig, männlich, gefährlich. Mein Körper reagiert instinktiv, aber mein Geist hängt irgendwo zwischen Kontrollverlust und einem flackernden Staunen fest. Ich spüre ein Prickeln, ein Ziehen tief in meinem Inneren, als würde mein Körper mir zeigen, wie es ist, sich hinzugeben.

Er ist zu groß. Zu viel. Und doch zwingt mein Körper sich dazu, ihn aufzunehmen. Nicht aus Gehorsam – sondern aus Verlangen.

Ich bin überfordert, aber nicht hilflos. Überrollt, aber nicht gebrochen. Ich bin hier – ganz – mit all dem, was ich bin.

„So ist es gut", murmelt er gegen meine Schläfe. Seine Finger graben sich in meine Hüften, halten mich fest, als würde er mich an meinen eigenen Widerstand erinnern.

Dann bewegt er sich. Härter. Tiefer. Und ich spüre es – wie ich nachgebe. Wie ich ihn in mir aufnehme. Wie mein Körper ihn nicht nur duldet – sondern empfängt.

Mein Körper verfällt in ein rohes, unkontrolliertes Zittern, das ich nicht aufhalten kann. Etwas entfaltet sich in mir, etwas, das ich nicht verstehe. Nicht greifen kann.

Mein Verstand verflüchtigt sich, wird ausradiert von der Hitze, die sich tief in mir ausbreitet – langsam, aber unaufhaltsam. Ich weiß nicht mehr, wo ich aufhöre und wo er beginnt.

Er treibt sich tiefer in mich, zwingt mich, mich ihm anzupassen. Es ist zu viel – und doch nicht genug. Ich kann nicht denken, kann nur fühlen – diese süße Qual, das Brennen, die Dehnung, die mich mit jedem Stoß mehr auflöst.

Ein Laut entweicht mir. Kein klares Stöhnen. Kein stummer Schrei. Nur ein Keuchen, roh und zitternd – etwas zwischen Schmerz und Verlangen.

„Du bist so eng", knurrt er, sein Atem rau gegen meine Wange. „So verdammt perfekt!"

Ich spüre, wie mein Körper sich noch mehr öffnet – vor Lust, und weil ich mehr spüren will.

Sein Griff wird fester, als könne er mich noch tiefer für sich beanspruchen. Jeder Zentimeter von ihm brennt sich in mich, ist eine Invasion, ein Versprechen, ein unauslöschliches Zeichen.

Mein Kopf fällt zurück, die Sinne verschwimmen. Meine Nägel hinterlassen rote Halbmonde auf seiner Haut – Spuren von dem, was in mir tobt. Ich brauche mehr Tempo, mehr von dieser harten Reibung.

Er bewegt sich. Langsam, fast quälend, als wolle er mich zwingen, alles zu spüren. Mein Innerstes zieht sich zusammen, nicht aus Abwehr – sondern aus dem tiefen Wunsch seine Härte aufzunehmen, sie noch tiefer in mir zu verankern. Es gibt kein Zurück. Und ich will auch keines.

Sein Lächeln ist dunkel, besitzergreifend. „Dein Körper öffnet sich mir."

Mein Atem ist ein zerrissenes Stöhnen. Ich kann nicht antworten. Mein Körper tut es längst.

Mit jedem harten Stoß zieht er mich tiefer in diesen Strudel, in diese süchtig machende Mischung aus Schmerz, Ekstase und reiner, roher Überwältigung. Zu viel. Zu intensiv. Und doch wölbe ich mich ihm entgegen. Meine Muskeln verkrampfen, ziehen sich um ihn zusammen, wollen ihn nicht mehr loslassen.

Mein Atem kommt in kurzen, abgehackten Stößen. Die Spannung baut sich auf, höher, drängender, bis sie mich innerlich zerreißt. Ich bin verloren. In ihm. In uns. Und in einem Gefühl, das ich nicht benennen kann. Ich fliege.

Dann bricht die Spannung – nicht sanft, nicht süß.

Es reißt mich auseinander. Ein Schauer jagt durch meinen Körper – tief, erbarmungslos. Meine Finger graben sich in seine Haut, nach Halt suchend vor diesem brennenden Sturm, der mich von innen heraus verschlingt.

Meine Muskeln zucken, mein Rücken wölbt sich, ein heißes, pochendes Vibrieren erfasst mich, während die Welle durch mich rast.

Luca hält mich fest. Zwingt mich, es auszuhalten. Es zu fühlen. Ganz.

Dann stößt er noch ein paar Mal hart in mich, sein Körper gespannt, jeder Muskel unter Strom. Sein Atem wird rauer, unregelmäßig, bis sich ein tiefes, kehliges Stöhnen aus seiner Brust löst, als er sich in mir verliert.

Er füllt mich aus, durchdringt jede Grenze – und ich lasse es zu. Weil ich will, dass er mich ganz kennt. Unsere Körper verschmelzen zu einem einzigen, wilden Rhythmus – roh, ungezähmt, erbarmungslos. Alles in mir löst sich auf: Angst. Zurückhaltung. Kontrolle. Was bleibt, ist roh. Echt. Furchtlos.

Seine Finger graben sich fester in meine Hüften, als wolle er ein Zeichen setzen. Eine Erinnerung, dass ich ihm gehöre – jetzt. Und für immer.

Dann, ganz langsam, zieht er sich aus mir zurück. Eine Mischung aus Erleichterung und Leere durchströmt mich, heiß und süß. Mein Körper pocht, überreizt und ausgehöhlt, als würde er noch immer nach ihm rufen. Luca zieht mich an sich, hält mich fest, als könnte er verhindern, dass ich zerfalle. Sein Atem streift meine Stirn, warm und rau, sein Herzschlag ein unregelmäßiger Takt gegen meine Haut. Ich lege den Kopf an seine Schulter, spüre seine Wärme, seine Stärke – und wie sehr ich mich darin verliere. Für einen Moment bin ich nur das: gehalten. Geborgen.

Bis mein Blick auf das Blut fällt. Ein dunkler Fleck auf den hellen Laken. Still, endgültig und nicht zu übersehen.

Er sieht es auch. Sagt aber nichts.

Und ich? Ich blinzele. Versuche, nicht zu viel darin zu sehen. Nicht die Bedeutung. Nicht das Davor oder Danach.

Ich sage mir, es ist nur Blut. Nur das, was passiert, wenn man loslässt. Aber tief in mir weiß ich, dass etwas geblieben ist.

Etwas, das ich nicht mehr zurückholen kann.

Ich liege still, während er von mir heruntergleitet und die schwere Seidendecke über mich zieht. Mein Körper pocht, jeder Nerv noch elektrisch von seiner Berührung – von der Art, wie seine Dominanz meine Ängste zum Schweigen gebracht hat – nicht mit Gewalt, sondern mit Gewissheit. Und das Beängstigende ist nicht, dass es passiert ist. Sondern dass ich es zugelassen habe. Dass ich es wieder will.

Er beugt sich über mich, seine Lippen streifen meinen Nacken. „Schlaf, Sirena!", murmelt er, seine Stimme noch rau von unserer Leidenschaft. Die Worte sind ein Befehl, wie alles bei ihm.

Und genau das ist es, was mir Angst macht. Nicht er – sondern wie bereitwillig ich mich ihm hingebe. Wie sehr ich seine dominante Präsenz brauche, seine Stärke, die meine Dämonen vertreibt.

„Du kannst mir vertrauen", hatte er gesagt, bevor er mich nahm. Und ich tat es. Tue es noch immer. Aber kann ich mir selbst vertrauen? Diesem neuen, wilden Teil in mir, der sich nach seiner Kontrolle sehnt?

Ich schließe die Augen – nicht, weil ich fliehen will. Sondern weil ich noch nicht bereit bin, mir einzugestehen, dass ich bleibe.

Als Luca aus dem Bad zurückkommt, riecht er nach teurem Duschgel, aber darunter ist immer noch sein eigener Geruch – herb, männlich, gefährlich.

Ich beobachte, wie er sich anzieht. Jede Bewegung kontrolliert. Die Finger an den Hemdknöpfen präzise, der Blick im Spiegel wachsam. Als würde er alles im Griff haben. Und doch verrät sein Kiefer das Gegenteil.

Unsere Blicke treffen sich im Spiegel. Mein Atem bleibt stehen. Da ist mehr als nur Zufriedenheit in seinen Augen. Mehr als die Befriedigung des Siegers.

„Warum so still, Sirena?" Seine Stimme ist rau, während er sein Hemd zuknöpft, ohne mich anzusehen.

Ich zucke mit den Schultern, ziehe das seidige Laken höher. „Verarbeite noch."

Er dreht sich um, seine dunklen Augen brennen sich in meine. Die Matratze senkt sich unter seinem Gewicht, als er sich neben mich setzt. Seine Hand schließt sich um meine Kehle, nicht als Drohung, sondern als Behauptung.

„Denkst du, das war einmalig?" Seine Stimme ist samtig und gefährlich zugleich. „Denkst du, ich lasse dich jetzt gehen?"

Hitze kriecht über meine Haut. Ich hasse, dass er mich so leicht lesen kann. Dass mein Körper mich längst verraten hat.

Seine Finger gleiten durch mein Haar, ziehen daran, bis mein Gesicht zu ihm hochgerichtet ist. „Du gehörst mir, Georgia! Das hier ..." Seine freie Hand gleitet über meinen Körper unter dem Laken. „... gehört mir. Verstehst du das?"

„Ich gehöre niemandem!", flüstere ich, aber meine Stimme zittert.

Sein Griff wird fester, nicht schmerzhaft, aber beängstigend präzise. „Vorsicht, Sirena! Diese Zunge von dir ..."

„Was ist mit ihr?" Ich sollte meine Stimme ruhiger halten, aber der Kloß in meiner Kehle verrät mich.

Ein gefährliches Lächeln spielt um seine Lippen. „Sie wird dich noch in Schwierigkeiten bringen."

Dann beugt er sich vor, seine Lippen streifen mein Ohr, seine Stimme ist ein dunkles Versprechen: „Ich kenne dich jetzt, Georgia Rossi. Jede Narbe, jedes Geheimnis. Und ich werde dafür sorgen, dass du vergisst, wie es war, ohne mich zu sein."

Ein Schauer jagt über meine Haut. „Du bist ein Monster!", flüstere ich.

Er lacht leise. Seine Hand gleitet zu meiner Kehle zurück. Ein Druck, der nicht schmerzt, aber alles sagt. „Du weißt, was ich bin. Was ich tue."

„Ja!" Das Wort verlässt meine Lippen kaum hörbar, mehr ein Zittern als eine Antwort.

Er erhebt sich und streicht mit präziser Bewegung die Krawatte glatt. Keine Hektik, kein Zögern.

„Ich muss ein paar Dinge erledigen." Seine Stimme ist so ruhig, dass sie schneidet. „Wenn ich zurückkomme, erwarte ich dich genau hier!" Sein Blick gleitet über mich – wie ein stilles Versprechen. „Verstanden?"

Ich nicke stumm.

„Gut." Er geht zur Tür, doch bevor er sie öffnet, hält er inne und sieht mich noch einmal an, sein Blick ist durchdringend, lauernd. „Und Georgia? Wenn du versuchst zu fliehen ... finde ich dich. Immer!"

Er nennt mich Georgia. Ich spüre, wie der Name durch meine Haut kriecht – nicht wie ein Wiedererkennen. Wie eine Besitznahme.

Dann fällt die Tür ins Schloss und das Echo seiner Worte hallt in meinem Kopf nach. Die bittere Erkenntnis setzt sich tief in mir fest: Ich habe ihm alles gegeben. Und jetzt gibt es kein Zurück.

16. Offenbarung

Luca

Der Gedanke, wie Georgia in meinem Bett liegt, nackt, verführerisch, wartend, lässt mein Blut kochen. Ihr süßer Duft klebt an mir, treibt mich in den Wahnsinn. Ich will sie packen, sie unter mir spüren, ihre Haut zeichnen, bis sie nur noch mich kennt.

Aber etwas anderes hat Vorrang.

Der salzige Wind peitscht mir ins Gesicht, als ich aus dem Haus trete. Die Frühlingsluft kühlt meine Haut, jedoch nicht das Feuer, das in mir brennt.

Enzo wartet bereits am Wagen, eine dunkle Silhouette, seine Augen wachsam, als ich näher komme.

„Die Druckerei?", sage ich knapp.

Er nickt. „Meine Männer sind dort und warten auf deine Entscheidung."

Ich brauche Ablenkung, Blut.

Ich steige ein, umfasse den glatten Ledergriff des Lenkrads. Die Maschine vibriert unter meiner Kontrolle – ganz anders als das, was ich gerade verlassen habe.

Schweigend fahren wir durch die Dunkelheit bis zum Hafenviertel. Hier atmet die Stadt anders – langsamer, roher. Die Container türmen sich wie schwarze Monolithen gegen den Nachthimmel. Rostende Kräne ragen empor, zerfressen vom Salz und der Zeit. Der Gestank von Diesel und Salzwasser liegt in der Luft.

Wir passieren die ersten Lagerhäuser, an deren Wänden sich Graffiti wie alte Narben über den Beton ziehen. Hier bestimmt nicht Geld über Leben und Tod – sondern ein Name. Und er gehört dir nur, wenn du weißt, wo du stehst.

Die Druckerei liegt tief im alten Hafenviertel – an der Grenze zum Zacchetti-Territorium. Ein Gebiet, in dem kein Gesetz gilt, nur Macht.

Das Gebäude, eine ehemalige Konservenfabrik, ist halb verfallen. Rostige Maschinen stehen neben dem Eingang, ihre stählernen Rümpfe von der Zeit zerfressen, als hätten sie schon zu viele Geheimnisse gesehen.

Die Tür quietscht, als wir eintreten. Der Geruch von Öl, Schimmel und Metall empfängt uns. In der Mitte die alte Druckerpresse, ihre Walzen noch verschmutzt mit dunklen Tintenflecken.

Drei Gefangene knien auf dem ölverschmierten Boden, die Hände auf dem Rücken gefesselt. Ich kann die Angst in ihren Augen sehen. Sie wissen, wer ich bin. Was ich bin.

Die beschlagnahmten Blüten liegen auf dem rostigen Tisch – fast perfekt, wahrscheinlich aus Rohlingen gemacht. Nicht ganz so gut wie die von Georgia, aber genug, um uns herzulocken.

Ich verdränge die Erinnerung an ihren Duft.

Das Messer gleitet zwischen meinen Fingern, während ich vor dem ersten Gefangenen stehen bleibe. Seine Augenbinde ist durchgeschwitzt. Sein Atem flach, zittrig. Die Schultern heben sich – langsam, schwer, wie unter einer Last.

Ich nehme eine Blüte vom Tisch, drehe sie zwischen Daumen und Zeigefinger.

„Die Druckerei", sage ich leise. „Wem gehört sie? Wer gibt euch die Aufträge?"

Sein Schlucken ist laut, sein Hals bewegt sich ruckartig.

„Ich bin nur der Lehrling", flüstert er.

Ich nicke Enzo zu. Das dumpfe Geräusch von Schlägen zerreißt die Stille.

Ein Keuchen. Dann ein erstickter Schrei und Blut tropft auf den Boden.

„Ich weiß es nicht!" Die gesprungenen Lippen zittern.

„Er ist ein Niemand!", sage ich ruhig.

Enzo nickt und zieht seine Waffe. Kein Zögern. Kein unnötiges Wort. Eine einzige Kugel durch die Stirn. Blut spritzt gegen die Druckermaschine. Stille.

Der Zweite ist eine Hilfskraft und Enzo macht kurzen Prozess.

Kein Wort. Kein Widerspruch.

Ich denke an Georgia. Und brauche mehr.

Der Dritte ist anders. Ruhig. Er hebt den Kopf, seine blutige Lippe zuckt. Keine Panik. Kein Flehen. Nur Abgeklärtheit – wie jemand, der weiß, dass es nichts mehr zu verlieren gibt.

Ich halte ihm eine der Blüten vors Gesicht. „Wer hat euch das beigebracht?"

Etwas flackert in seinen Augen. Ich setze das Messer an seine Kehle.

„Luca Ombriani", sagt er mit rauer Stimme. „Du kannst mich foltern, aber ich weiß nichts."

Ich hasse diesen Satz und nicke langsam. „Weißt du …
manchmal ist der Schmerz nicht genug. Manchmal
braucht es … mehr."

Ich gehe zur alten Druckerpresse. Die Walzen lassen
sich noch bewegen – ein Relikt aus besseren Zeiten, das
nun eine andere Art von Arbeit verrichten wird.

„Stell dir vor, Drucker. Kein Mensch vergisst das Gefühl, wenn er seine Hand zwischen diese Walzen legt."

Sein Blick flackert. Schweiß tritt auf seine Stirn.

Ich presse seine Hand gegen das kalte Metall, setze die
Walze in Bewegung. Ein Schrei zerreißt die Stille. Blut
rinnt ihm über die Finger, tropft auf den Boden.

„Salvatore Zacchetti hat eine Blüte mitgebracht und
wollte, dass wir sie kopieren."

„Woher hatte er sie?"

„Keine Ahnung!" Er zittert. Blut sickert über sein
Kinn. „Er ist durchgedreht. Hat gedroht, wenn wir
nicht liefern …" Ein Keuchen. „Die Blüte war perfekt.
Genau wie die Arbeit damals von Rossi. Als hätte er sie
selbst geschaffen." Der Name trifft mich wie ein Faustschlag. Rossi?

Die Welt verengt sich. Georgia Rossi. Die Blüten im
Safe. Zacchettis Besessenheit. Alles fällt plötzlich zusammen – wie ein verdammtes Kartenhaus.

„Hast du für Rossi gearbeitet?" Meine Stimme ist nur
ein Grollen.

Er schüttelt den Kopf. Das Blut vermischt sich mit seinen Tränen.

Mit einem Knurren schlage ich ihm die Fresse ein.
Der Bastard kippt wie eine beschissene Puppe zur Seite.

Enzos Waffe ruht an seinem Schädel.

„Ich will Namen!", sagt er leise. „Du kommst hier nicht lebend heraus. Aber du kannst wählen, wie du gehst."

Der Mann wimmert, Blut tropft auf den Beton. „Aldo Afiori", krächzt er. „Der Einzige, der noch lebt. Alle anderen sind tot. Aber keiner wusste etwas." Seine Stimme bricht. „Ich habe einen Sohn."

Der Schuss beendet seine Worte. Nur Stille bleibt.

Ich richte meine Krawatte mit ruhigen, präzisen Bewegungen, während die Worte des Druckers mich verfolgen. Aldo Afiori. Der letzte Lebende, der mit Rossi zusammengearbeitet hat.

„Der Wagen steht bereit." Enzos Stimme durchbricht den Strudel in meinem Kopf. Seine Miene ist ausdruckslos, aber in seinen Augen erkenne ich das Wissen um meine Rastlosigkeit.

Er kennt die Zeichen. Wenn in mir etwas wach wird, das keine Ruhe kennt. Aber diesmal ist es anders. Mein Kopf rast, die Wut brennt heiß und kalt, vermischt sich mit dem Echo von Georgia. Mit der Erinnerung an ihre Haut, ihre Stimme.

Der Gedanke an sie lässt mich nicht los. Wie etwas, das sich festgesetzt hat. Und darunter lauert eine Wahrheit, die ich noch nicht greifen kann. Eine Ahnung, die alles zu zerreißen droht.

Georgia

Das warme Wasser der Dusche prasselt auf meine Haut und die Erinnerung an seine Berührungen hallen nach. Sie haben sich eingebrannt, tiefer als ich es je für möglich gehalten hätte. Ich schließe die Augen, spüre noch immer seine Hände, seine Lippen, mein erstes Mal. Ausgerechnet mit ihm.

Ich lehne die Stirn gegen die kalten Fliesen.

Ich sollte ihn hassen. Für das, was ich gefühlt habe. Für das, was er ist. Aber wenn er mich ansieht, sehe ich nicht das Monster. Ich sehe den Mann, der sich selbst längst verloren hat. Den Mann hinter dem Kodex und all der Dunkelheit, in der er lebt.

Und ich weiß nicht, warum ich das sehe. Nur, dass ich es nicht mehr nicht sehen kann.

Vielleicht will ich ihn entwaffnen. Vielleicht will ich mich endlich spüren. Vielleicht ist es beides.

Er sieht mich. Nicht, was ich versteckt habe. Sondern das, was ich bin, wenn niemand hinschaut. Und jedes Mal, wenn er mich berührt – fordernd, kompromisslos – brennt es in mir.

Nicht nur Lust. Es ist das Leben.

Ich atme ein. Der Nebel in der Dusche wird dichter. Doch der Nebel in mir löst sich auf. Ich dachte immer, Kontrolle sei alles. Aber mit ihm – verliere ich sie. Und ich will sie nicht zurück.

Und vielleicht will ich ihm beweisen, dass er sich täuscht. Dass er fühlen kann. Dass er mehr ist. Und dass ich diejenige bin, die es sieht. Nicht aus Trotz. Nicht aus Schwäche. Sondern weil ich leben will. Weil ich brennen will.

Weil ich zum ersten Mal spüre, wie sich Freiheit anfühlt.

Ich öffne die Augen. Das Wasser ist inzwischen kalt.

Aber mein Innerstes ist flammend heiß.

Ich stelle das Wasser ab, wickle mich in ein Handtuch. Mein Spiegelbild starrt mich an. Georgia Rossi.

Der Name, den ich so lange versteckt habe, liegt nun offen vor Luca.

Es fühlt sich an wie ein Befreiungsschlag – und gleichzeitig wie ein Risiko.

Hatte Onkel Tito recht, als er sagte, ich würde niemals sicher sein?

Ich ziehe mich an – das blaue Kleid streift über meine noch empfindliche Haut, fühlt sich fremd an, als gehöre es einer anderen. Ich brauche Ablenkung. Etwas Normales, Greifbares. Und einen Weg Luca beizubringen, dass ich niemals sein Besitz sein werde.

Der Speisesaal ist leer bis auf Isabella, die am großen Tisch sitzt und in einer Zeitschrift blättert. Als sie mich sieht, leuchten ihre Augen auf – für einen Moment. Dann senkt sie den Blick. Die Seiten der Zeitschrift rascheln, aber ihre Finger sind still.

„Georgia! Ich dachte schon, du hast unser Koch-Date vergessen!"

Dankbarkeit durchströmt mich. Kochen. Ja. Etwas Handfestes, das mich erdet.

„Niemals!", sage ich und bin überrascht, wie normal meine Stimme klingt. „Komm, lass uns in die Küche gehen. Ich zeig dir, wie man eine echte Carbonara macht."

Isabella springt auf, ihr Enthusiasmus kann nicht verbergen, dass ihr schwarzes Kleid ihr viel zu groß ist. „Mit Guanciale?"

„Natürlich mit Guanciale. Alles andere wäre ein Verbrechen."

Das Wort bleibt mir fast im Hals stecken. Ein Verbrechen. Wie viele hat Luca begangen? Wie viele wird er noch begehen?

Ich schiebe den Gedanken beiseite und konzentriere mich auf Isabella, während wir zur Küche gehen.

Beim Eintreten stockt mir für einen Moment der Atem. Die Küche des Anwesens ist riesig, mit glänzenden Edelstahlflächen und professionellen Geräten – fast wie in einem Restaurant. Unwillkürlich wandern meine Gedanken zurück. Wie ich früher gekocht habe, manchmal 12 Stunden am Tag, wenn Maria nicht da war. Meinem Onkel war das egal gewesen, für ihn war ich nur jemand, den man verstecken musste. Ich blinzle die Erinnerung weg. Nicht jetzt. Nicht hier. Für den Moment will ich nur Georgia sein. Die, die das Kochen gelernt hat und Isabella Rezepte beibringt. Nicht Georgia Rossi, deren Vater ermordet wurde. Nicht die Frau, die sich an einen gefährlichen Don verliert.

Der Duft von geschmolzenem Parmesan und frischen Kräutern erfüllt die Küche. Isabella steht neben mir am Herd, ihre Wangen gerötet, während sie in der Sauce rührt.

„So?" Sie sieht mich erwartungsvoll an.

„Perfekt!", sage ich, aber meine Gedanken kreisen um Luca. Wo er ist. Was tut er. Mit wem er spricht.

Ich sehe Isabella an, wie sie vorsichtig in der Sauce rührt, ihre schmalen Schultern angespannt, obwohl sie lächelt.

Und plötzlich halte ich es nicht mehr aus. „Ich muss dir etwas sagen!", beginne ich leise.

Isabella sieht mich an, die Kelle noch in der Hand.

„Ich habe dein Telefon benutzt. Gestern. Ich habe den Notruf gewählt ... und Luca hat es herausgefunden."

Die Worte brennen mir auf der Zunge. „Ich dachte, vielleicht hat er dich ...?"

Sie blinzelt. Dann schüttelt sie langsam den Kopf. „Er hat mich nicht bestraft." Kurze Pause. „Und es war sinnlos. Die Polizei ... sie tun, was er will."

Ich starre sie an. „Du hättest mich verraten können."

„Habe ich aber nicht." Sie lächelt – schwach, aber echt.

„Du willst hier raus. Und das verstehe ich ... ansatzweise."

Einen Moment lang stehen wir nur da, mit Parmesan an den Fingern und etwas zwischen uns, das vorher nicht da war – kein Misstrauen mehr. Nur Stille. Und vielleicht so etwas wie Vertrauen.

Das Geräusch der Tür lässt mich zusammenzucken. Luca steht im Türrahmen und sein Anblick verschlägt mir den Atem. Nicht, weil er wie immer gefährlich gut aussieht. Sondern weil er ... anders wirkt. Ein Bartschatten überzieht sein Gesicht. Seine sonst perfekt frisierten Haare hängen ihm wirr in die Stirn, als hätte er sie wieder und wieder mit den Fingern durchfahren. Das Gold in seinen Augen ist stumpf, eingefasst von dunklen Schatten. Er sieht aus, als hätte er nicht geschlafen.

„Isabella." Seine Stimme kratzt. „Lass uns einen Moment allein."

Sie zögert, wirft mir einen Blick zu und verlässt die Küche.

Die Spannung, die von ihm ausgeht, erfüllt den Raum wie elektrische Ladung. Was immer er in der Nacht getan hat, es hat ihn erschüttert.

Dann bewegt er sich. Drei Schritte und er steht vor mir. Seine Finger schließen sich um meine Kehle. Der Aufprall gegen die Arbeitsplatte presst mir die Luft aus den Lungen.

„Wem gehörst du?" Seine Stimme ist leise. In seinen Augen flackert etwas Dunkles, Wildes.

„Niemandem", sage ich kaum hörbar. Meine Lungen brennen. Aber durch den Schleier der Panik sehe ich es – das Zucken in seinem Kiefer, den feinen Schweißfilm auf seiner Stirn. Er kämpft um die Kontrolle. Hitze pulsiert von ihm.

Ein Zittern läuft durch seinen Körper. Seine freie Hand gleitet unter mein Kleid, besitzergreifend, fordernd. Als müsste er sich vergewissern, dass ich noch da bin. Noch sein bin.

„Niemand wird dich mir je wegnehmen!" Seine Stimme klingt rau, gequält. Die Finger an meinem Hals spannen sich, dann lockern sie sich, zögerlich, wie im Kampf mit etwas Unsichtbarem.

„Ich weiß." Ich lege meine Hand auf seine Brust. Sein Herz hämmert unter meiner Haut.

Ein erstickter Laut entweicht ihm. Seine Lippen finden meinen Hals. Markierend. Besitzergreifend. Seine Bewegungen haben etwas Verzweifeltes.

„Du bist mein!", knurrt er. „Verstehst du? Mein!"

Es klingt wie etwas, das er sich selbst einprügelt, um nicht zu zerbrechen.

Seine Hand gleitet höher. Finger dringen in mich ein, rau, fordernd. Ich keuche auf.

„So feucht", murmelt er an meinem Hals. „So bereit. Nur für mich."

Seine Hüften stoßen gegen mich, unkontrolliert, fast verzweifelt. Der große Luca Ombirani – außer sich.

„Bitte!", flüstere ich. Nicht aus Angst, sondern aus Verlangen.

Er reißt an seiner Hose, befreit sich. Mit fahrigen Bewegungen hebt er mich auf die Arbeitsplatte, schiebt das Kleid nach oben. Seine Finger zittern, als er sich ein Kondom überzieht.

Dann dringt er in mich ein. Hart. Besitzergreifend. Als könne er mich nur so bei sich behalten.

„Sag es!", presst er heiser. „Sag, dass du mir gehörst!"

Jeder Stoß ist ein Befehl. Eine Forderung. Als könnte er mich mit seiner Kraft in Sicherheit bringen.

„Niemandem!", keuche ich.

„Niemand wird dich mir wegnehmen!" Er sagt es, als würde er sich selbst beschwören, seine Stirn gegen meine gedrückt, sein Griff zu fest, seine Bewegungen nicht nur fordernd, sondern flehend. Als wäre mein Körper das Einzige, was ihn noch an der Realität hält.

Sein Daumen kreist über meiner empfindlichsten Stelle. „Komm für mich!", befiehlt er. „Zeig mir, wem du gehörst."

Der Befehl brennt sich in meine Haut. Die Spannung baut sich auf, zieht sich zusammen, wird unerträglich. Mein Atem stockt.

Dann schreie ich seinen Namen, während der Orgasmus mich zerreißt – wie flüssiges Feuer.

Er stößt noch zweimal zu, tief, wild. Dann vergräbt er sich in mir mit einem heiseren Laut. Sein ganzer Körper bebt.

Für einen Moment hält er mich wie in einem Schraubstock fest. Sein Gesicht in meinem Haar vergraben. Seine Hand immer noch an meinem Hals, aber der Griff ist locker. Fast zärtlich.

Dann richtet er sich auf. Aber in seinen Augen sehe ich es noch – das Versprechen. Die Warnung.

Ich bin sein. Und er wird mich niemandem überlassen.

Seine Hand hebt sich, streicht mir eine verschwitzte Strähne aus dem Gesicht. Seine rauen Finger an meiner Wange tasten über meine Haut, als präge er sich blind jede Kontur ein. Etwas Dunkles flackert in seinen Augen. Dann lässt er die Hand sinken. Etwas in mir zieht sich zusammen, als er einen Schritt zurücktritt. Nicht wegen der Distanz. Sondern wegen dem, was er damit versteckt. Der Mann, der mich eben noch mit verzweifelter Besessenheit genommen hat, verschwindet hinter einer perfekt kontrollierten Fassade.

Er sagt nichts. Sein Blick bleibt an mir hängen. Zu lang. Zu schwer. Dann dreht er sich um und geht – als würde jeder Schritt ihn mehr zerreißen.

Die Tür fällt ins Schloss. Seine Schritte verhallen im Gang.

Meine Beine zittern. Sein Geschmack liegt auf meiner Zunge, dort, wo seine Küsse hart waren. Aber es ist nicht der pochende Schmerz zwischen meinen Beinen, der mir Angst macht. Es ist die Art, wie er mich berührt hat. Wie seine Finger über mein Gesicht getastet haben. Als wüsste er, dass es vielleicht das letzte Mal ist.

„Georgia?" Isabella steht im Türrahmen, ihr Blick wandert von mir zur verkohlten Sauce. Von den verwischten Handabdrücken auf der Arbeitsplatte zu meinem zerknitterten Kleid.

„Sollen wir von vorne anfangen?" Ihre Stimme ist sanft, aber ich höre das Zögern darin. Was hat sie gehört? Die Verzweiflung in seiner Stimme? Das Geräusch von Körpern, die sich aneinander verlieren?

Ich nicke dankbar, kippe den verbrannten Rest in den Müll. „Diesmal passe ich besser auf!", flüstere ich. Meine Stimme kratzt. Die Haut an meinem Hals pocht im Rhythmus meines Herzschlags.

Isabella schenkt mir ein scheues Lächeln – aber ihr Blick bleibt an mir haften. Sie weiß, dass etwas nicht stimmt. Sie sieht die Spuren seiner Verzweiflung auf meiner Haut.

Während wir Zwiebeln schneiden und Knoblauch schälen, versuche ich, nicht an Luca zu denken. An seinen gequälten Blick. Aber es gelingt mir nicht. Er hat mich längst mit in seinen Abgrund gezogen.

Ich wollte ihm zeigen, dass ich nicht sein Besitz bin. Doch stattdessen habe ich zugelassen, dass er mich noch fester an sich bindet. Mit jeder Berührung, jedem Kuss verschwimmen die Grenzen mehr. Wie soll ich sie ihm zeigen – wenn ich selbst nicht mehr weiß, wo sie verlaufen?

Oder ist es diese Macht, die ich über ihn habe, die alles verändert? Vielleicht bin ich nicht nur sein Besitz. Vielleicht bin ich die Einzige, die er braucht.

Aber warum dieser Blick? Diese fiebrige Intensität, als müsste er sich jeden Moment mit mir einprägen? Als wüsste er etwas, das ich nicht weiß. Als hätte er ein Urteil gefällt, das uns beide zerstören wird.

Ich starre auf die blubbernde Sauce – sehe sie aber nicht. Seine letzte Berührung brennt noch auf meiner Wange.

Etwas hat sich verändert. Und ich fürchte, es ist bereits zu spät, es aufzuhalten.

17. Kodex

Luca

Ihre Haut brennt noch auf meinen Fingerspitzen, als ich die Tür zur Küche hinter mir zuschlage. Georgias erschrockener Blick verfolgt mich, während ich durch die Korridore des Anwesens stürme. Mit jedem Schritt wächst die Wut – ein flammendes Monster, das nach Blut schreit. Der Gedanke, dass sie Rossis Tochter ist, vergiftet jede Erinnerung an letzte Nacht und lässt mich meine Knöchel weiß hervortreten.

Seit gestern bin ich den Antworten keinen Schritt näher. Nur der alte Afiori kann sie mir geben – ein dementer Mann, der die Vergangenheit wie einen zerbrochenen Spiegel in seinen zitternden Händen hält. Meine einzige Hoffnung auf eine Wahrheit, die ich nicht hören will. Und wenn er sie mir nicht freiwillig gibt, nehme ich sie mir. So einfach ist das.

„Der Wagen steht bereit." Enzos Stimme durchschneidet den dunklen Strudel meiner Gedanken. Seine Miene ist wie immer ausdruckslos.

„Soll ich die Männer informieren, falls Überzeugung nötig wird?"

Ich lasse ein Grollen entweichen. „Nur, wenn der alte Bastard seine Zunge nicht freiwillig löst."

Die Fahrt zum Seniorenheim wird zur zweistündigen Qual. Georgias Duft hängt noch an mir und mit jedem Atemzug wächst meine Wut mehr. Auf mich. Auf die Lügen. Auf eine Wahrheit, die ich noch nicht greifen kann.

„Hast du Afiori durchgecheckt?" Ich fahre mir durch die Haare. Für einen Moment halte ich inne – wie immer, wenn ich den Silberstreifen bemerke. Fremd. Fehl am Platz. Wie etwas, das nicht zu mir gehört – und doch da ist.

Enzo nickt knapp. „Aldo Afiori, ehemaliger Druckmeister, der mit Rossi zusammengearbeitet hatte. Der letzte Lebende, der Letzte, der noch wissen könnte, was damals passiert ist."

Nach unserer Ankunft ersetzt das grelle Neonlicht der Seniorenheim-Flure die Nachmittagssonne. Der Geruch von Desinfektionsmitteln liegt in der Luft, durchzogen von etwas Altem, Stillem – Verfall, den man nicht mehr aufhalten kann. Der Boden glänzt künstlich, die Wände sind hell, zu sauber. Die Erinnerung an Georgias weiche Haut unter meinen Finger verblasst hier schneller, als ich erwartet habe. Hier wirkt selbst das Gestern weit entfernt. Irgendwo am Ende des Ganges wimmert jemand leise. Eine Schwester huscht mit gesenktem Blick an uns vorbei. Sie weiß, wer wir sind. Was wir hier wollen.

Afiori sitzt zusammengesunken im Rollstuhl, ein Schatten im Gegenlicht des Fensters. Seine zittrigen Finger zupfen am Saum seiner Strickjacke. Die milchigen Augen starren ins Nichts, aber ich sehe das kurze Aufflackern von Erkenntnis. Von Furcht.

Die Tür knarrt, als Enzo sie schließt. Der Raum

wirkt plötzlich kleiner. Geschlossener.

Afioris Atem ist flach, seine Hände zittern. Als ich nähertrete, sieht er auf – nicht direkt in meine Augen, aber als würde er etwas spüren, das unter der Oberfläche lauert.

Ich sage nichts. Warte. Beobachte ihn.

„Rossi", murmelt er, als ich den Namen erwähne. „Ein Künstler. Seine Hände ... magische Hände." Er kichert, ein erschreckend kindlicher Laut. „Er war ein Zauberer und kreierte perfekte Blüten." Neben mir spüre ich Enzo, seine Anspannung. Dieser Mann ist das Zünglein an der Waage. Und jetzt sitzt er vor uns, ein Wrack seiner selbst.

„Rossi ist tot." Afioris Stirn runzelt sich. „Er ist geflohen, damals, weil Zacchetti seine Formel wollte. Sie haben ihn gefunden. Sieben Jahre später." Er zupft an seiner Jacke. „Zacchetti ... er hat Zacchetti an die Polizei verraten. Man verrät nicht!" Seine Stimme verliert sich und er starrt ins Leere, seine Finger zittern. Der Name trifft mich wie ein Schlag – Rossi. Der Mann mit Georgias Nachnamen. Ihr Vater. Der Drucker mit den Händen wie ein Künstler – und ein Verräter.

In meinem Kopf beginnt sich etwas zu verschieben. Langsam, unausweichlich. Die Teile fügen sich zusammen und das Bild, das entsteht, raubt mir den Atem.

Meine Finger klammern sich an die Armlehne, bis das Leder unter dem Druck knarzt. Ich will ihm widersprechen. Fragen, ob er sich irrt. Aber ich tue es nicht.

Die Tochter eines Verräters gehört der betrogenen Familie.

So steht es im Kodex. So wurde es mir beigebracht.

Zacchetti. Georgia. Meine Sirena.

Übelkeit steigt in mir auf. Ihr Geschmack noch auf meinen Lippen, ihr Vertrauen wie ein Dolch in meiner Brust. Ich habe sie markiert, zu meiner gemacht – und jetzt muss ich sie ausliefern. An Zacchetti. Die Ironie ist erbarmungslos. Ich brauche eine verdammte Lösung. Eine andere Wahrheit. Irgendetwas. „Hatte Rossi eine Familie?"

Afiori blinzelt verwirrt.

Ich beuge mich vor. Meine Finger graben sich in die Armlehne seines Rollstuhls. „Frau, Kinder, verdammt?"

„Luca." Enzos Hand auf meiner Schulter ist ruhig, aber fest. Ein stummes Stoppzeichen.

Aber ich kann nicht loslassen. Nicht jetzt. „Die Namen der Töchter. Sag sie mir!" Es ist keine Frage mehr.

Afiori zuckt. Seine Augen flackern. Dann – ein Flüstern. „Die Kleine hatte Rossis Augen ..." Er kneift die Augen zusammen, seine zitternden Hände umklammern die Decke auf seinem Schoß. Sein Atem geht flach, als hätte er sich in die Vergangenheit verirrt. Dann bricht es aus ihm heraus: „Lilly. So hieß sie."

Die Welt kippt. Ich spüre das Echo des Namens in meiner Brust. Lilly. Der Name ist wie ein Todesurteil. Zwei Schwestern. Georgia und Lilly Rossi. Töchter eines Verräters, die eine in meinem Bett. Ich habe sie markiert, zu meiner gemacht – nur um sie jetzt Zacchetti auszuliefern.

Afioris Atem geht stoßweise, seine Hände flattern, unkontrolliert. Seine Lippen formen Worte, aber sie sind kaum mehr als ein Brummen, ein Ertrinken in Erinnerungen.

Ich richte mich auf. Meine Kontrolle ist nur eine Fassade – dünn wie Glas.

Der Kodex ist klar. Unnachgiebig.

Georgia gehört mir nicht. Hatte sie nie. Sie ist Zacchettis Eigentum, sein Recht auf Rache.

Der Rückweg ist verschwommen. Straßenlaternen ziehen wie stumme Zeugen vorbei.

Enzo blickt mich von der Seite an.

Ich halte das Lenkrad so fest, dass meine Knöchel schmerzen.

Die Wahrheit schnürt mir die Kehle zu.

Ich weiß nicht, wie viel Zeit vergangen ist. Minuten. Stunden.

Dann stehen wir vor der Hauskapelle. Enzo öffnet wortlos die schwere Tür. Er versteht. Hier wurden schon immer die schwersten Entscheidungen getroffen.

Die Kapelle ist still – und genau das brauche ich.

Keine Zeugen. Keine Stimme außer meiner eigenen.

Nur der dumpfe Hall unserer Schritte, der sich zwischen den Mauern verliert. Die Kühle des Steins kriecht durch meine Knochen, aber sie kann die Hitze unter meiner Haut nicht vertreiben.

Ich lasse den Blick über die flackernden Kerzen gleiten, die vor den Statuen der Heiligen brennen. Mein Herz zieht sich zusammen. Irgendwo im Hause ist Georgia. Ahnungslos.

Ich trete an den Altar. Der Kodex liegt aufgeschlagen vor mir, die vergilbten Seiten schimmern schwach im Licht. Schwarz auf weiß. Unveränderlich. Verrat wird mit dem Tod bestraft. Keine Ausnahmen. Keine Gnade. Die Worte brennen sich in mein Bewusstsein, so hart und endgültig wie eine Kugel in den Hinterkopf. Meine Hände ballen sich zu Fäusten.

„Du weißt, was deine Pflicht ist!" Enzos Stimme ist ruhig. Aber in ihr liegt ein Druck, der schwer auf meinen Schultern lastet. Er steht halb im Schatten einer Säule, wie ein Richter, der auf das Urteil wartet.

Die letzten Stunden waren die Hölle. Jede Faser meines Körpers schreit nach ihr. Danach, meinen Besitz zu verteidigen. Sie in meine Arme zu schließen. Sie zu beschützen. Aber ich kann nicht. Nicht solange ich nicht weiß, wie ich sie retten kann.

„Die Beweise sind eindeutig. Georgias Vater hat Zacchetti an die Polizei verraten."

Ich stehe da, reglos, die Hand noch auf dem Kodex. Die vergilbten Seiten starren mich an, als könnten sie mir eine Antwort geben, die ich nicht hören will. Verdammt, Sie gehört mir! Ich kann sie nicht an Zacchetti ausliefern. Aber sie zu behalten wird mich zerstören. Eine falsche Wahl – und ich verliere nicht nur sie, sondern alles.

Loyalität. Ich weiß, was sie bedeutet. Ich wusste es immer. Aber es ist etwas anderes, wenn es um sie geht. Seit jener Nacht, seit sie das erste Mal in meinem Bett lag, ist etwas in mir aus der Bahn geraten. Und es gibt kein Zurück mehr.

Sie gehört mir. Und der Gedanke, dass ihr etwas zustoßen könnte, reißt etwas in mir auf, von dem ich nicht wusste, dass es da ist.

Enzo tritt neben mich, seine Hand landet schwer auf meiner Schulter – eine stumme Warnung. Eine Erinnerung daran, wer ich bin. Was ich bin.

„Du weißt, was getan werden muss!" Seine Stimme ist leise, aber fest. Dann zögert er, als wolle er noch etwas sagen. Doch er schweigt, wendet sich ab. Seine Schritte hallen durch die Kapelle, werden leiser, verlieren sich.

Dann bin ich allein. Nur die Heiligen blicken auf mich herab, mit steinernen Gesichtern und Augen, die keine Gnade kennen. Ich trete an den Altar, lege eine Hand auf den Kodex. Schließe die Augen.

Mein Kiefer spannt sich an, als ich ihr Gesicht vor mir sehe. Die Art, wie sie mich ansieht – voller Verlangen, voller Leben.

Sie weiß es nicht. Aber ich gehöre ihr ebenso sehr, wie sie mir gehört.

Ich öffne die Augen, sehe das flackernde Kerzenlicht. Die Schatten tanzen über dem Kodex wie Dämonen.

Ich kann sie nicht retten, ohne mich selbst zu verlieren. Und ich kann sie nicht aufgeben, ohne uns beide zu zerstören.

Georgia

Der große Esssaal liegt verlassen da, nur Isabella und ich sitzen am langen Tisch. Pietro, der Butler mit der Glatze, serviert schweigend den Hauptgang. Seine Schritte sind so leise wie immer, Jahre der Übung. Durch die hohen Fenster sehe ich die Nacht heraufziehen. Das gedämpfte Klirren unseres Bestecks hallt von den hohen Wänden wider. Pietro zieht sich diskret zurück, nachdem er das Wasser nachgefüllt hat, aber ich weiß, dass er in Rufweite bleibt. Wie alle hier im Haus hat er Augen und Ohren.

Ich beobachte Isabella über mein Glas hinweg. Ihre Hand zittert leicht, als sie nach ihrer Gabel greift, und ihre Augen sind gerötet. Irgendetwas stimmt nicht.

Draußen höre ich den Kies knirschen, als die beiden Wachen ihre Position wechseln. Der gewohnte Rhythmus ihrer Schritte, Teil des nächtlichen Atems dieses Hauses.

„Du hast keinen Bissen angerührt", sage ich sanft.

Isabella schiebt ihren Teller weg, ein unechtes Lächeln auf den Lippen. „Manchmal ... wird alles zu viel."

„Was meinst du?"

Statt zu antworten, steht sie abrupt auf, ihre Bewegungen fahrig.

„Du bist mir heute aus dem Weg gegangen", sage ich und lege die Gabel langsam auf den Tisch. „Wir wollten zusammen kochen. Ich habe auf dich gewartet."

Isabella weicht meinem Blick aus. Ihre Finger spielen unruhig mit der Serviette.

„Du warst nirgendwo zu finden", fahre ich fort, die Stimme fester als zuvor. „Also habe ich dich gesucht." Ich stehe auf, trete näher. „Bis ich aufgegeben habe. Aber jetzt sitzt du hier und kannst mir nicht in die Augen sehen. Was ist passiert, Isabella?"

Ein kaum hörbares Seufzen entflieht ihr. „Komm mit!"

Ich folge ihr durch die stillen Gänge des Hauses.

Im Fitnessraum bleibt sie stehen, dreht sich zu mir um. Ihre geröteten Augen fixieren mich mit einer Intensität, die mir den Atem nimmt.

„Ich war in der Kapelle", sagt sie, ohne zu zögern. „Als sie kamen, habe ich mich versteckt."

Mein Herz setzt einen Schlag aus. „Wer?" Ich verstehe nicht, was sie mir sagen will.

„Die Kapelle im Haus." Sie lächelt bitter. „Sie war immer schon mein Zufluchtsort. Als Kind ging ich dorthin, um nach dem Tod meiner Mutter bei ihr zu sein. Und mein Vater ... er verbot mir, nach ihrem Tod zu weinen. Also versteckte ich mich dort, wo niemand meine Tränen sehen konnte."

Ihre Stimme zittert. Ich trete näher, berühre sanft ihren Arm. „Warum erzählst du mir das jetzt?"

„Weil du es verstehen musst." Sie greift nach meiner Hand, drückt sie fest. „All die Jahre habe ich zugehört, versteckt in den Schatten. Mein Vater. Luca. Enzo. Vito. Ich kenne ihre Geheimnisse, ihre Entscheidungen ..." In der Kapelle werden die Dinge besprochen, die niemand hören soll.

„Oh?", sage ich leise und eine dunkle Vorahnung kriecht in mir hoch.

Sie zögert, ihre Finger verkrampfen sich. „Es gibt ... Regeln in dieser Familie. Strenge Regeln – der Kodex. Und heute haben sie über deinen Vater gesprochen."

Die Welt um mich herum scheint stillzustehen. „Was ist mit meinem Vater?"

Isabella atmet tief durch, ihre Finger krampfen sich um meine. „Er hat Zacchetti an die Polizei verraten." Sie zögert. „Er hat die Mafia verraten und deshalb muss Luca dich an Zacchetti ausliefern."

Ich taumle zurück, bis meine Beine gegen eine der Trainingsbänke stoßen. Mein Vater – ein Verräter?

„Das kann nicht sein!", flüstere ich und sinke auf die Bank. „Nicht mein Vater!" Das Notizbuch drängt sich in mein Bewusstsein. Die Zahlen, die Formeln. Die Blüten im Safe meines Onkels.

„Es tut mir so leid!" Isabella kniet sich vor mich, ihre Augen voller Mitgefühl. „Ich musste es dir sagen. Jetzt, wo Luca ..." Sie verstummt, aber ich verstehe.

Die Erkenntnis trifft mich wie ein Schlag. Sein Benehmen, die verhaltene Wut, die Verzweiflung in seinen Berührungen. Er wusste es bereits.

„In der Mafia wird Verrat nicht vergeben", sagt Isabella leise. „Niemals, auch nicht für die Familie."

Der vertraute graue Nebel tastet sich leise an mich heran, als hätte er auf mich gewartet. Ich lasse mich fallen, erlaube mir, die scharfen Kanten der Realität weicher zu machen. Durch seinen Schleier kann ich die Worte ertragen, die meine Welt zerstören.

Ich starre auf meine Hände. Sie zittern. Mein Vater – der Mann, der mir Märchen vorgelesen hatte, der mich auf seinen Schultern trug und mir beigebracht hatte, stark zu sein – ein Fälscher? Ein Verräter?

„Das ist doch nicht möglich!" Meine Stimme klingt rau von meinen Schluchzern. Der Nebel dämpft den Schmerz, macht ihn erträglich, aber er kann ihn nicht ganz verschlucken.

Isabella drückt meine Hand fester. „Es tut mir leid, ich dachte, ich müsste dich warnen!"

Ich spüre, wie sich etwas in mir verhärtet. Die Wahrheit schmerzt, aber ich bin nicht sein Verrat. Ich kämpfe mich zurück, erlaube dem Nebel nicht länger, mich zu schützen. „Ich bin nicht mein Vater", sage ich, die Stimme fest. „Und ich werde nicht für seine Taten bezahlen."

Isabella sieht mich lange an und in ihren Augen flackert etwas – Verständnis, vielleicht Erkenntnis. Sie schweigt einen Moment, scheint innerlich zu ringen, bevor sie sich entscheidet, mir zu vertrauen.

„Niemand sollte für die Sünden seiner Eltern bezahlen müssen." Ihre Stimme ist leise, fast ein Flüstern. „Als du das gerade gesagt hast ..." Sie hält inne, ihre Hände zittern stärker.

„Kurz bevor mein Vater starb, hat er mir gestanden, dass er ..., dass meine Mutter ..." Sie schluckt. „Er hat sie umgebracht, weil sie mit einem anderen Mann schrieb."

Mein Atem stockt. Ich friere. Von innen heraus.

„All die Jahre dachte ich, es war ein Unfall." Ihre Stimme bricht.

Ich will etwas sagen, aber die Worte bleiben mir im Hals stecken.

„Entschuldige!", fügt sie hastig hinzu, als sie mein Einatmen hört. „Mein Leben mit meiner Mutter wäre so anders verlaufen. Er hat sie geliebt und trotzdem ... hat er sie getötet."

Ich starre sie an, spüre, wie mein eigener Schmerz sich mit ihrem vermischt.

Wie viel Wahrheit kann ein Herz ertragen, bevor es daran zerbricht?

„Ich wollte, dass du es weißt", sagt sie leise und drückt kurz meine Hand. Dann verschwindet sie.

Die Dunkelheit des Fitnessraums verschluckt ihre Schritte. Ich bleibe zurück. Meine Finger krallen sich in die Hantelbank. Der Nebel kommt schleichend, als die Wahrheit über meinen Vater in mein Bewusstsein sickert. Ein Verräter. Das Wort allein lässt die Welt um mich herum verschwimmen, während eine lähmende Schwere sich über meine Sinne legt.

Schritt für Schritt bewege ich mich durch das Anwesen, eingehüllt in eine undurchdringliche Watteschicht, die alle Geräusche dämpft. Meine Fingerspitzen streifen die Wand – sie fühlen sich taub an, fremd, als gehörten sie nicht zu mir. Der Weg zu meinem Zimmer dehnt sich endlos zusammen mit meiner Erkenntnis.

Luca hat keine Wahl. Der Kodex ist seine unverrückbare Wahrheit. Verrat muss gesühnt werden – durch Blut. Auch wenn es das Blut der Tochter des Verräters ist. Wenn es mein Blut ist. Die Erkenntnis sollte schmerzen, brennen. Aber der Nebel verschluckt alles – Angst, Wut, Verzweiflung. Er hüllt mich ein wie eine schützende Decke, unter der ich verschwinden will. In dieser gnädigen Taubheit, wo nichts mehr real ist. Meine Beine geben nach, als ich das Zimmer erreiche. Das Bett fängt mich auf – unser Bett. Lucas und meins. Der Gedanke an ihn durchschneidet den Nebel.

Sein Atem auf meiner Haut. Seine Hände, die mich gehalten haben. Seine Stimme, tief und roh: mein.

Und jetzt? Jetzt ist er der Mann, der entscheiden muss, ob ich lebe – oder sterbe.

Hier gibt es keine Liebenden. Keine Wahl. Nur Männer mit Regeln. Und Frauen, die dafür bezahlen.

18. Verloren

Georgia

Die Dunkelheit kriecht durch die Fenster. Ich liege im Bett. Unserem Bett. Die Laken riechen nach ihm. Ich habe es verstanden. Endlich.

Nicht seine Berührungen sind gefährlich. Nicht seine Dunkelheit. Sondern das, was ich in ihm sehen will.

Ich habe geglaubt, dass ich mehr für ihn sein könnte. Etwas, das ihn von diesem Kodex befreit. Etwas, das stärker ist als seine Loyalität. Aber das war eine Illusion.

Der Kodex wird gewinnen. Und ich werde verlieren, wenn ich bleibe. Ich muss gehen. Ich weiß nicht, wie. Oder wann.

Aber ich weiß, dass ich es tun muss, bevor er gezwungen wird, zu entscheiden. Und trotzdem …

Heute Nacht kann ich nicht fliehen. Nicht jetzt.

Ich will ihn spüren. Noch ein letztes Mal. Nicht, weil ich schwach bin. Sondern weil ich leben will. Weil ich will, dass mein Körper sich erinnert, wenn mein Name wieder gelöscht wird. An ihn. An uns. An das Leben, das ich nie führen durfte.

Das Knarren der Tür durchbricht den wattierten Kokon um mich herum. Er steht im Schatten wie eine dunkle Statue. Seine Silhouette zeichnet sich gegen das Mondlicht ab, klar und unaufhaltsam. Wortlos verschwindet er im Bad. Das Rauschen des Wassers dringt gedämpft zu mir durch.

Als er zurückkommt, glänzt seine vernarbte Haut im fahlen Licht. Tropfen laufen über seinen Körper wie Spuren, die die Nacht hinterlassen hat. Sein Blick trifft mich – fordernd, hungrig. Als könnte er mich festhalten, während alles zerfällt.

Wie in Trance erhebe ich mich. Sinke vor ihm auf die Knie. Nicht aus Unterwerfung – sondern aus dem verzweifelten Bedürfnis, Kontrolle zurückzugewinnen. Etwas Reales zu spüren, bevor alles endet. Ein Zucken durchläuft seinen Körper, seine Fäuste ballen sich. Er spürt, dass dies mehr ist als bloß Verlangen.

Meine Nägel streifen über seine Haut und er erstarrt. Nicht aus Lust, sondern aus etwas anderem. Tiefer. Dunkler.

Seine Gänsehaut ist keine Reaktion auf meinen Körper – sondern auf den Widerstand, den ich ihm stumm entgegenhalte. Auf die Wahrheit, die zwischen uns liegt.

Sein Duft umhüllt mich – Whiskey, Leder. Er füllt meine Lungen wie ein letztes Versprechen.

Sein Atem ist unregelmäßig, als würde er mit jedem Zug gegen den Drang kämpfen, mich zu zerreißen – oder mich zu retten.

Vielleicht beides.

Als sich meine Lippen um seine Härte schließen, durchbricht elektrisierende Schärfe den Nebel. Sein Geschmack explodiert auf meiner Zunge – salzig, männlich, gefährlich vertraut. Seine Finger verkrampfen sich in meinem Haar – nicht aus Zärtlichkeit, sondern aus etwas Dringlicherem. Ich spüre ihn zittern, spüre, wie er sich an diesem Moment festklammert, als könnte er damit das Unvermeidliche hinauszögern.

Die Luft zwischen uns ist geladen mit allem, was unausgesprochen bleibt.

Während ich sein unterdrücktes Stöhnen höre, spüre ich, wie sich seine Muskeln unter meinen Händen anspannen. Und mit jedem seiner Laute löse ich mich ein Stück weiter aus der Starre, in die mich die Wahrheit gestoßen hat. Vielleicht ist es Wahnsinn. Vielleicht Flucht. Aber es ist auch das Einzige, was sich in diesem Moment lebendig anfühlt. Wenn ich ihn schmecke, erinnere ich mich an uns.

Und als er meinen Namen flüstert – rau, heiser, wie ein Schwur, den er nicht halten kann – weiß ich, dass er es spürt.

Dass wir uns verlieren. In diesem einen Moment. In uns.

Seine Finger vergraben sich in meinem Haar – nicht zärtlich, sondern mit einer Rohheit, die mir Tränen in die Augen treibt. Sein ganzer Körper steht unter Spannung. Die Sehnen treten hervor, als hätte er Mühe, sich zusammenzuhalten. Er lenkt jede meiner Bewegungen, zwingt mich, dazubleiben – in seiner Realität, in seinem Wahnsinn.

Seine Muskeln zucken unter der Berührung, als ich seinen Schaft mit der Zunge umrunde. Sein Atem ist rau, abgehackt. Die Nägel bohren sich tiefer in meine Kopfhaut – keine Liebkosung, sondern ein stummes Versprechen: Ich lasse dich nicht gehen!

Mit den Händen kratze ich über seine Haut, hinterlasse blutige Halbmonde. Seine Muskeln zucken. Und während ich seine Härte mit der Zunge umspiele, zittert der Mann, der sonst keine Schwäche duldet. Nicht aus Liebe. Sondern aus dem Drang, mich ganz zu besitzen, restlos, bis nichts mehr von mir übrig ist.

Seine Narben schimmern im Licht, als würden sie mich warnen. Jede erzählt von dem Mann, der gelernt hat, sich nie zu verlieren. Und doch – jetzt, in diesem Moment – gehört er mir.

Sein Duft füllt meine Lungen, während er sich tief in meinen Rachen schiebt. Seine Finger verkrampfen sich in meinem Haar, als wollte er mich festhalten – nicht nur körperlich, sondern in diesem Moment, der ihm entgleitet.

Ein Prickeln breitet sich in mir aus, als ich mit den Lippen auf und ab gleite. Jede Bewegung ein stiller Trotz, ein letztes Aufbegehren.

„Scheiße, Sirena ...!" Seine Stimme bricht. Ein Muskel zuckt unkontrolliert an seinem Kiefer, die Vene an seiner Schläfe tritt stärker hervor.

Mit der Zunge reize ich ihn, spüre das Pochen seiner Lust gegen meine Lippen wie ein eigener Herzschlag. Seine Sehnen spannen sich an, während der Schweiß zwischen seinen Narben glänzt. Ich sehe seinen Blick brechen – dieser Moment, in dem sein Wille zerfällt, der ihn all die Jahre aufrecht gehalten hat.

„Verdammt!" Das Wort ist mehr Knurren als Sprache. Sein ganzer Körper bebt. Sein Blick fiebrig, die verzweifelte Gier eines Ertrinkenden.

Ein kaum merkliches Nicken von mir – und etwas in ihm reißt. Kein Befehl mehr, kein Zögern. Nur noch Lust, Schmerz, bevor alles auseinanderbricht.

Er stößt vor – tiefer, roher. Sein Griff um meinen Nacken zieht sich zu, während sein ganzer Körper sich entlädt, als wäre dieser Moment der einzige Beweis dafür, dass er überhaupt noch existiert. Ein Laut – rau, zerrissen – entweicht seiner Kehle, als würde er mich gleichzeitig verfluchen und um Erlösung bitten.

Und ich nehme alles. Sein Flackern, sein Beben, seine Dunkelheit. Denn in mir schlägt mein Herz nur noch für einen einzigen Namen: seinen.

Er bebt unter meinen Händen nach, während ich seine Essenz schmecke – bitter wie sein Wesen, salzig wie die Tränen, die ich nicht mehr weine. Die Zeit dehnt sich, zieht sich zusammen. Für diesen winzigen Augenblick durchbricht die Intensität meinen Nebel, bin ich vollständig präsent, bin ich real, bin ich sein.

Doch mit jedem Atemzug, mit jeder Sekunde, die sein Puls sich verlangsamt, spüre ich, wie die Taubheit zurückkehrt. Seine Finger lockern ihren Griff, streichen fast zärtlich über die Stellen, die er eben noch gequält hat. Als er mich zu sich hochzieht, meine Lippen mit seinen bedeckt, schmecke ich ihn auf meiner Zunge, während die graue Leere zurückkehrt – sein persönlicher Albtraum.

„Du bist mein!", knurrt er rau, bedrohlich. Er zieht mich an seine vernarbte Brust, sein Herzschlag ein Trommelschlag unter meiner Wange. Seine Finger wandern zu meinem Kinn, fordern mich auf, ihn anzusehen. „Bleib bei mir, verdammt!" Seine Stimme ist ein tiefes Grollen. „Ich lasse nicht zu, dass du wieder in diesen verdammten Nebel verschwindest!"

Die Erkenntnis sickert durch den heraufziehenden Schleier. Ich werde immer eine Gejagte sein. Der Kodex ist seine Bibel, sein unumstößliches Gesetz. Er mag besessen davon sein, mich aus meiner grauen Leere zu reißen, aber er wird mich nicht vor dem Kodex beschützen.

Seine Finger streichen durch mein Haar, während seine andere Hand sich um meine Kehle legt. Eine subtile Warnung, eine Demonstration seiner Macht. Je mehr er versucht, mich festzuhalten, desto weiter gleite ich weg. Gleichzeitig brauche ich ihn – seine Berührungen, seine Kontrolle, um aus diesem lähmenden Nebel zu finden.

Er schläft nicht, ich auch nicht. Die Stille zwischen uns ist schwer von dem, was wir beide wissen: Sein Besitzanspruch wird mich nicht retten.

Für Luca ist der Kodex sein Anker, sein Gesetz. Aber für mich ist er das Todesurteil. Die Wahrheit brennt durch den Nebel in meinem Kopf: Es wird niemals einen sicheren Ort geben. Der Kodex ist überall, durchdringt jede Ecke dieser Welt. Er wird mich aufspüren, egal wohin ich fliehe. Und Luca – mit seiner Besessenheit, mit seiner Loyalität zum Kodex – wird zusehen, wie ich zerbreche.

Als der erste Streifen der Morgendämmerung den Horizont färbt, kristallisiert sich die unausweichliche Wahrheit in meinem Kopf: Seine Narben sind ein Zeugnis seiner Treue zum Kodex – einer Treue, die stärker ist als seine Besessenheit von mir. Diesmal werde ich diejenige sein, die geht, bevor er gezwungen wird zu wählen. Die Jagd wird weitergehen, doch wenigstens weiß ich jetzt, wer mein wahrer Feind ist: nicht nur der Kodex, sondern meine eigene Schwäche für einen Mann, der mich lieber in Ketten sieht als frei.

Luca ist seit dem frühen Morgen fort – die Nachforschungen zur Formel der Blüten haben ihn und Enzo fortgerufen. Eine seltene Gelegenheit. Meine einzige Chance.

Die Erinnerungen an letzte Nacht verschwimmen zu einem Kaleidoskop. Lucas Hände auf meiner Haut. Seine verzweifelte Kontrolle, unsere Zweisamkeit. Alles nur ferne Echos, die durch den grauen Schleier kaum zu mir durchdringen.

Die Wachen nicken mir respektvoll zu, ihre Augen gesenkt vor Lucas kostbarstem Besitz. Keiner von ihnen ahnt, dass der Kodex bereits mein Todesurteil unterschrieben hat. Der schützende Nebel in meinem Kopf dämpft die aufsteigende Panik, lässt mich weitergehen, als wäre dies ein ganz normaler Tag und nicht mein letzter in diesen Mauern.

Beim Mittagessen hatte ich Isabella um ein Treffen heute Abend gebeten. Ihr wissender Blick sprach Bände. Das leise „Nach Sonnenuntergang. Westflügel." Zwischen zwei belanglosen Sätzen über die neueste Sommerkollektion. Das kaum merkliche Zittern ihrer Hand, als sie die exakte Uhrzeit nannte. Sie wusste es.

Isabella erwartet mich bereits in ihrem Zimmer. Ihre sonst so ruhigen Hände bewegen sich ununterbrochen. Als sie mich mustert, durchbricht ihre durchschimmernde Sorge kurz meinen schützenden Kokon. „Du siehst aus wie ein Geist."

Ich muss nichts sagen. Sie weiß, dass ihr Bruder, den sie vergöttert, mich verraten wird.

Der graue Schleier verdichtet sich wieder, gnädig.

„Ich muss weg!" Meine Stimme klingt fremd, weit entfernt.

Isabella presst die Lippen zusammen. „Ich helfe dir. Wegen dem, was mein Vater meiner Mutter antat." Sie zögert. „Und weil Luca … er würde nie gegen den Kodex verstoßen."

Mein Blick streift das Foto auf ihrem Nachttisch – Luca, mit ernstem Gesicht, seine Schwester beschützend im Arm. Die Erinnerung daran, wie sich diese Arme gestern Nacht um mich schlossen, erreicht mich kaum noch. Der Nebel ist jetzt mein einziger Schutz.

Isabella kramt in ihrem Designerschrank, zwischen Louboutins und Jimmy Choos. „Hier." Sie reicht mir schlichte Nikes. „In Stilettos kommst du nicht weit."

Ein flüchtiges Lächeln geht über mein Gesicht, während der graue Schleier den Schmerz dämpft, die Angst verschluckt. Er ist der Einzige, dem ich noch vertrauen kann.

Als Isabella den Fluchtweg erklärt, speichere ich jedes Detail in meinen Gedanken ab. Denn es gibt keinen zweiten Versuch.

„Der Lieferanteneingang ist deine einzige Chance. Das Licht ist bewegungsgesteuert – wenn es ausgeht, hast du genau drei Sekunden, bevor die Nachtsichtkameras anspringen. In dieser Lücke musst du am Vorraum vorbei, hinter die Container." Ihre Stimme klingt geschäftsmäßig, aber ihre zitternden Hände verraten sie.

„Triff mich in einer halben Stunde in der Halle, wo wir uns zum ersten Mal sahen." Sie atmet tief durch. „Luca und Enzo sind weg – und kommen nicht so schnell wieder."

Der graue Schleier in meinem Kopf verdichtet sich wieder, während ich in mein Zimmer zurückkehre. Isabellas Worte kreisen in meinem Kopf, vermischen sich mit meiner Angst. Falls sie sich irrt, wird diese Nacht mein Ende sein.

Die Minuten dehnen sich endlos. Immer wieder denke ich an diese eine Lücke im Sicherheitssystem. An meine einzige Chance.

Als die halbe Stunde fast um ist, setzt mein Körper sich wie fremdgesteuert in Bewegung. Jeder Schritt könnte mein letzter in Freiheit sein. Isabella erwartet mich bereits. Kein Wort. Nur ein kaum merkliches Nicken, bevor wir uns Richtung Küche bewegen – als würden wir wieder zusammen kochen. Durch den schützenden Nebel spüre ich meinen hämmernden Herzschlag kaum. An jeder Ecke erwarte ich Lucas drohende Silhouette oder einen seiner Wachhunde. Die roten Augen der Kameras verfolgen unsere Schritte – aber Isabella bewegt sich mit der Gelassenheit von jemandem, der das System kennt – und seine Lücken.

„Ganz normal weitergehen", murmelt sie. „Die KI erkennt verdächtige Bewegungsmuster. Wenn wir uns zu sehr beeilen oder herumschleichen, lösen wir den Alarm aus."

Als wir die Küche erreichen, öffnet Isabella mit gespielter Lässigkeit den Kühlschrank. Ich bin so aufgewühlt, dass ich am Tresen Halt suche. Der Koch könnte jederzeit von seiner Zigarettenpause zurückkehren. Aber selbst diese Gefahr wirkt gedämpft.

Isabella beugt sich zu mir. „Drei Sekunden Dunkelheit im Gang. Bleib an der linken Wand. Das ist deine einzige Chance."

In ihren Augen sehe ich das Wissen um den Preis dieser Flucht.

Ich nicke. „Der Kodex geht vor. Immer!", flüstere ich kaum hörbar. Ihre Finger drücken meine – fest, beinahe schmerzlich. Die Wahrheit durchbricht kurz die Taubheit in meinem Kopf, brennt sich in meine Seele. Dann bleibt nur noch der Fokus. Drei Sekunden Dunkelheit trennen mich von der Freiheit. Oder dem Tod. Aber ich habe keine Wahl – ich will nicht enden wie meine Familie.

Das Licht flackert und stirbt. Eins. Zwei. Drei. Meine tauben Finger gleiten an der Wand entlang, während ich mich vorwärts taste. Die Dunkelheit verschluckt mich, wird eins mit dem Schatten. Dann höre ich sie – die schweren Metallräder der Müllcontainer auf dem Kies. Ein Versprechen von Freiheit.

Marco schiebt die Container mit der routinierten Langsamkeit eines Mannes, der seinen Job seit Jahren macht. Jede seiner Bewegungen wirkt wie in Zeitlupe. Ich gleite hinter die letzte Tonne, im perfekten Gleichklang mit seinem Gang. Sein keuchender Atem übertönt das Knirschen meiner Schritte. Zwanzig Meter bis zum Tor. Die Schatten der hohen Mauer verschmelzen mit der Dunkelheit der Container – und mit dem Nebel in meinem Kopf. 15 Meter. Eine Nachtigall schlägt irgendwo in den Büschen – der Klang dringt gedämpft durch meine wattige Isolation. Zehn Meter.

Marcos Schlüssel klirren, als er das Tor aufschließt. Das Quietschen der Scharniere durchschneidet kurz meinen schützenden Kokon. Fünf Meter.

Plötzlich Stimmen vom Haus. Männerstimmen. Schnelle Schritte auf Kies.

Mein Herz setzt aus. Sie haben mich entdeckt. Doch die Stimmen entfernen sich Richtung Garage. Wie durch Watte höre ich meine eigenen Schritte, einen Fuß vor den anderen. Marco schiebt die Container durch das Tor. Jetzt!

Mit drei schnellen Schritten gleite ich durch die Öffnung, presse mich in den Schatten der Mauer. Marco schließt das Tor, ohne sich umzudrehen. Das Schloss klickt. Seine Schritte verhallen im grauen Nichts.

Ich renne. Die Straße verschmilzt zu einem dunklen Band unter den Füßen, verschwimmt mit dem Dunst in meinem Kopf. In den Ohren pocht der gedämpfte Rhythmus meiner Schritte, meiner Furcht. Isabellas Nikes tragen mich in die Nacht, weg von Luca, vom Kodex, von meinem Gefängnis.

Ich bin frei. Aber selbst durch den schützenden Schleier schmecke ich die bittere Wahrheit: Freiheit bedeutet Flucht und Angst. Der Nebel wird mich beschützen müssen, denn niemand sonst wird es tun.

Luca

Die kühle Nachtluft im Hafen schlägt mir ins Gesicht, aber sie bringt keine Klarheit. Stattdessen spüre ich, wie mein Magen sich zusammenzieht, schwer von Schuld und etwas, das sich wie Angst anfühlt. Die Yacht liegt da, ruhig und unberührt. Wie immer.

Die Wellen schlagen gegen den Bug, während ich mich gegen die Reling lehne. Georgia. Ihr Name brennt wie ein verdammter Fluch. Meine Sirene. Sie ruft mich, lockt mich mit einer Stimme, die ich nicht hören kann, aber spüre, wie ein kalter Stich durch meinen Brustkorb. Ich kann ihr nicht in die Augen schauen und dabei ihren Untergang planen. Vincenzo. Ich sehe sein Gesicht vor mir, gezeichnet vom Leben, beherrscht von Pflicht und Stolz. Der Kodex war seine Bibel und ich bin sein Erbe.

Der Kodex ist klar. Wer den Feind schützt, ist selbst ein Verräter. Georgia gehört nicht mir. Sie gehört Zacchetti. Sie ist der Preis, den ich zahlen muss, um meine Stärke zu beweisen. Aber der Gedanke, sie auszuliefern, fühlt sich an wie ein Dolch in der Brust.

Ich schlage gegen die Reling. Der Schmerz bringt keine Klarheit – nur Schärfe. Aber es ist nicht genug. Nichts ist genug, um mich von ihr zu lösen.

Das Meer tobt weiter wie ein Spiegel meines inneren Chaos. Es gibt keine Wahl. Nicht wirklich. Georgia ist keine Schwäche. Sie ist mein Untergang, meine Erlösung.

Vincenzo wird sich im Grab umdrehen. Aber ich kann ihn nicht hören, nicht hier draußen, nicht heute Nacht. Das Einzige, was ich höre, ist sie.

Der aufkommende Sturm peitscht das Meer gegen den Bug. Salzwasser spritzt über das Deck, während die Gischt mein Gesicht zerschneidet. Das Schiff kämpft gegen die Wellen wie ich gegen meine Gedanken.

Georgia Rossi. Der Name brennt in meinem Verstand. Sie ist eine Verräterin. Feindin. Die Tochter des Mannes, der die Mafia verraten hat. Der Kodex ist eindeutig – sie gehört eliminiert.

Eine besonders heftige Welle lässt das Schiff erzittern. Meine Finger krallen sich in das eiserne Geländer. Das Meer tobt, als wolle es meine Zerrissenheit spiegeln.

Ihre Augen, als sie mich ansah. Nicht unterwürfig, nicht gebrochen. Stolz. Wild. Gefährlich. Sie gehört mir. Dieser Gedanke durchzuckt mich wie ein Blitz, primitiv und besitzergreifend.

Enzos Stimme hallt in mir nach. „Die Männer warten auf deine Befehle."

Natürlich tun sie das. Sie erwarten, dass ich den Kodex erfülle. Dass ich das Rossi-Blut vergieße, wie es die Tradition verlangt. Wie es Vincenzo getan hätte.

Eine weitere Welle kracht gegen den Bug. Diesmal halte ich mich nicht fest, lasse zu, dass das Wasser mich durchnässt, dass die Kälte in meine Knochen kriecht.

Ich bin der Bastard. Derjenige, der härter als alle anderen kämpfen musste, um seinen Platz zu verdienen. Der den Kodex ehrt wie eine Religion.

Georgias Geruch steigt mir in die Nase, vermischt sich mit dem Salz der See. Ihre weiche Haut unter meinen rauen Händen. Die Art, wie sie sich mir entgegen lehnt, selbst wenn sie versucht, stark zu bleiben.

„Sie ist eine Rossi!", knurre ich gegen den Wind. Die Worte schmecken bitter. Der Kodex verlangt ihren Tod – oder zumindest, sie Zacchetti zu überlassen. Das wäre dasselbe.

Der Wind peitscht mir die Gischt ins Gesicht, salzig wie ihre Tränen auf meiner Haut. Tränen, die sie vor mir verbirgt, weil sie mir nicht vertraut. Weil sie denkt, sie muss stark sein, selbst wenn sie zittert. Eine Welle donnert gegen den Bug. Wasser spritzt über mich, kalt wie eine Ohrfeige. Sie gehört mir. Der Gedanke durchzuckt mich wie ein Stromschlag. Nicht wie die anderen Frauen – Spielzeuge, Zeitvertreib, vergessen, sobald ich fertig bin. Georgia … sie ist so viel mehr. Sie ist in meinem Kopf. Unausweichlich. Unauslöschlich.

„Sie gehört mir!" Die Worte verlieren sich im Heulen des Sturms. Dann, lauter, ein Grollen, das mit dem Donner wetteifert: „Und ich beschütze, was mein ist!"

Die Erkenntnis trifft mich wie ein Schlag. Zum Teufel mit dem Kodex, mit der Familie, mit allem.

Georgia ist mein. Nicht wie ein Objekt, das man besitzt und vergisst. Sondern wie eine Narbe, die man bis zum Tod trägt. Wer ihr zu nahe kommt, ist ein toter Mann.

19. Abgrund

Georgia

Die Straße verschmilzt zu einem dunklen Band unter den Füßen, verschwimmt mit dem Dunst in meinem Kopf. Isabellas Nikes tragen mich in die Nacht, weg von Luca, vom Kodex, von meinem Gefängnis.

Meine Kraft schwindet, aber Aufgeben ist keine Option. Als Scheinwerfer die Dunkelheit durchschneiden, erstarre ich – bis ich das deutsche Kennzeichen erkenne. Ein Tourist, keine schwarze Limousine. Der Nebel in meinem Kopf macht das Schauspiel der hilflosen Verlorenen einfach.

Zehn Minuten später lässt mich mein Retter in der Via Mercanti aussteigen. Die Straße vor meinem Restaurant liegt verlassen im Licht der Straßenlampen. Durch die dunklen Fenster des La Conchiglia scheinen die gestapelten Stühle wie Geister durch den schützenden Schleier meiner Betäubung. Ein vergilbtes „Vorübergehend geschlossen"-Schild hängt an der Tür wie ein stummer Wächter.

Der süßlich-muffige Geruch von verdorbenem Essen und abgestandener Luft durchdringt kurz meinen benebelten Verstand, als ich mich durch das kaputte Fenster neben der Hintertür zwänge. Das Restaurant muss seit mindestens zwei Wochen verlassen sein. Staub tanzt in den schmalen Lichtstrahlen, die durch die verhangenen Fenster fallen, vermischt sich mit dem grauen Schleier in meinem Kopf. Meine Schritte auf der Wendeltreppe zum Büro hallen erschreckend laut durch die Totenstille. Das kalte Metall unter meinen schweißnassen Händen ist einer der wenigen Sinneseindrücke, die zu mir durchdringen. Mit jedem Schritt nach oben wächst eine Gewissheit: Dies ist meine einzige Chance. Das Geld und den Pass aus dem Safe, dann verschwinden, bevor Luca mich ausliefert. Bevor er gezwungen ist, zwischen mir und dem Kodex zu wählen – eine Wahl, die er bereits getroffen hat.

Der Gedanke an Luca schnürt mir die Kehle zu, durchbricht den Schutz. Seine braunen Augen, die Art wie seine Hand meinen Nacken umfasst, wenn er mich küsst. Das Verlangen, die Hitze in seiner Stimme, die so im Kontrast zu seiner Härte steht. Ich lasse die Erinnerungen im grauen Schleier versinken. Sentimentalität ist ein Luxus, den ich mir nicht leisten kann. Nicht wenn der Rest meiner Familie bereits unter der Erde liegt.

Mit zitternden Fingern gebe ich die Kombination in den Safe ein. Das metallische Klicken hallt gedämpft durch den staubigen Raum. Als ich die schwere Tür öffne, durchbricht das rote Blinklicht einer Überwachungskamera in der hinteren Ecke des Safes meinen schützenden Kokon. Mein Blut gefriert zu Eis. Jemand hat auf mich gewartet.

Das Zuschlagen der Eingangstür dringt wie aus weiter Ferne zu mir durch. Das dumpfe Echo lässt keinen Zweifel: Ich bin nicht mehr allein.

Die schweren Schritte auf der Metalltreppe kommen näher.

Meine Hand tastet über den staubigen Schreibtisch, findet den Brieföffner aus Messing. Der Griff liegt kühl in der Hand – eine kleine Verteidigung, aber besser als keine.

Als die massige Gestalt im Türrahmen erscheint, reißt der schützende Schleier für einen Moment. Nicht Luca. Giancarlo. Aber sein sonst so freundliches Gesicht ist eine steinerne Maske.

„Es tut mir leid!", sagt er leise und weicht meinem Blick aus. Seine Schultern sind angespannt, als trüge er eine schwere Last. Seine Worte erreichen mich wie durch dicke Watte.

Bevor ich reagieren kann, höre ich weitere Schritte auf der Treppe. Schwerer. Gemessener. Die Schritte eines Mannes, der weiß, dass seine Beute nicht entkommen kann. Die Welt um mich herum wird seltsam unwirklich, als die hochgewachsene Gestalt den Türrahmen ausfüllt. Mindestens 1,90 m mit breiten Schultern in einem maßgeschneiderten schwarzen Anzug. Sein kantiges Gesicht ist ausdruckslos bis auf ein höhnisches Lächeln, das seine dünnen Lippen kräuselt. Eine lange Narbe zieht sich von seinem linken Ohr bis zum Kiefer und seine grauen Augen fixieren mich mit der gefühllosen Präzision eines Raubvogels.

„Georgia!" Seine Stimme ist überraschend sanft, fast melodisch, durchdringt die schützende Taubheit in meinem Kopf. „Lucas kleine Schwachstelle."

Ein hysterisches Lachen bricht aus meiner Kehle, fremd und distanziert wie das einer anderen. „Seine Schwachstelle?" Die Worte schmecken nach Gift auf meinen Lippen. „Sie kennen Luca nicht besonders gut, oder?"

Sein Lächeln wird breiter, zeigt perfekt weiße Zähne. Seine nächsten Worte durchbrechen brutal meine schützende Isolation: „Aber ich kannte deine Familie. Bis zu ihrem letzten Atemzug."

Der Brieföffner in meiner Hand wird schwer. Mein Körper verrät mich, wie er es immer tut, wenn die Erinnerungen zu überwältigend werden. Durch den dichten Schleier sehe ich seine polierten Schuhe näher kommen, höre das gedämpfte Klicken auf dem staubigen Boden. Meine Hand mit dem Brieföffner hebt sich wie von selbst, eine sinnlose Geste in einer zunehmend verschwimmenden Realität.

„Niemand erhebt seine Hand gegen Zacchetti!" Seine Stimme ist rau, gebieterisch, durchdringt die schützende Leere in meinem Kopf. Der Schlag kommt blitzschnell aus dem Nichts, trifft mich hart an der Wange. Meine Beine geben nach.

Während die Welt in Dunkelheit versinkt, nehme ich nur noch sein teures Aftershave wahr – Sandelholz und etwas Metallisches, das an den Geruch von Blut erinnert. Meine Taubheit wird zu einer Schwärze, die alles verschluckt.

Georgia

Die Realität sickert tropfenweise zurück – erst der metallische Geschmack von Blut auf meiner Zunge, dann das Schwanken einer Autofahrt, gedämpfte Stimmen, die wie durch dickes Glas an mein Ohr dringen. Ich versuche mich daran festzuhalten, aber der Nebel zieht mich wieder hinab, tiefer in die Taubheit, die mich schützt.

Dann – ein Ruck. Kalte Luft beißt in meine Haut. Raue Hände zerren an mir, schleifen mich über den Boden. Beton knirscht unter mir, als Zacchetti mich fallen lässt. Der Aufprall jagt scharfe Schmerzen durch meinen Körper, doch sie fühlen sich weit entfernt an, als gehörten sie nicht mir.

Meine Handgelenke brennen, als sich die Kabelbinder noch tiefer in die Haut schneiden. Mein Kopf dröhnt, jede Bewegung ein dumpfer Schlag gegen meinen Schädel. Doch mein Verstand arbeitet weiter – eine Überlebensstrategie, die selbst der Nebel nicht ersticken kann.

Verschwommen nehme ich die Umgebung wahr. Eine Lagerhalle. Container ragen wie schwarze Monolithen in die Höhe. Der Geruch von Rost, altem Öl und feuchtem Beton kriecht in meine Nase, lässt mich würgen. Über mir flackern Neonröhren, ihr Licht ist kühl und erbarmungslos.

Zacchettis Männer zerren mich brutal in den hinteren Teil der Lagerhalle. Sie drücken mich mit Gewalt gegen die kalte Betonwand. Der Überlebensinstinkt explodiert in meinen Adern – ich trete wild um mich, treffe einen der Männer am Knie. Er flucht, sein Griff lockert sich für einen Sekundenbruchteil.

„Haltet die Schlampe fest!", bellt Zacchetti.

Ich bäume mich auf, werfe meinen Kopf zurück, treffe aber nur die Luft. Starke Hände packen meine Arme, ziehen sie nach oben, bis meine Schultern protestieren. Sie binden meine Fußknöchel an eine verlängerte Kette in der Wand, während meine Arme über dem Kopf fixiert werden.

Zacchetti tritt vor mich, sein Gesicht nur Zentimeter von meinem entfernt.

„Weißt du, warum du hier bist, Täubchen?" Seine Stimme ist glatt wie Öl, fast liebevoll.

Ich spucke Blut aus, ein dunkelroter Fleck auf dem Beton, der sich mit älteren, bräunlichen Spritzern vermischt. Meine Wange pocht im Rhythmus meines Herzschlags. Der metallische Geruch von Blut vermischt sich mit seinem teuren Aftershave. „Um deine Zeit zu verschwenden?"

Seine Finger schnappen nach meinem Kinn, sein Griff ist wie ein Schraubstock. Der Schmerz reißt mich für einen Moment aus der schützenden Taubheit. Seine Narbe verzieht sich, als er grinst.

„Du bist der Köder." Seine Stimme bleibt gefährlich sanft, während sein Daumen Blut von meiner Unterlippe streicht. Die Zärtlichkeit seiner Berührung steht in perversem Kontrast zu dem Hass in seinen Augen. „Bald wird Romeo hier auftauchen und seinen Besitz einfordern." Seine grauen Augen funkeln mit kaltem Amüsement, während er einen Schritt zurücktritt und mich betrachtet wie ein Kunstwerk. „Der Bastard will, was ihm gehört!"

Mein Herz macht einen Sprung, stolpert, schlägt dann doppelt so schnell. Luca. Seine Worte hallen durch meinen Kopf: „Du bist mein, Sirena!" Der Nebel in meinem Kopf lichtet sich für einen Moment und ich sehe sein Gesicht wieder vor mir – hart, besitzergreifend, die dunklen Augen glühend vor kaum gezügelter

Gewalt. Dann trifft mich die Erkenntnis wie ein Schlag in die Magengrube: Er wird nicht kommen.

Zacchetti tritt einen Schritt zurück, seine Stiefel klacken über den Boden.

„Ich habe Spione, Georgia." Seine Stimme ist weich, fast zärtlich, während er mich betrachtet wie ein Raubtier seine Beute. „Er hat dich vor seinen eigenen Männern beschützt. Und er hat gegen den Kodex verstoßen."

Er neigt den Kopf zur Seite, studiert meine Reaktion mit klinischer Präzision. „Du bist seine Schwachstelle." Seine Hand schießt vor mit der Geschwindigkeit einer Schlange, schließt sich um meine Kehle. Meine Lungenflügel brennen, während schwarze Flecken vor meinen Augen tanzen. „Oder?" Seine Augen bohren sich in meine, kalt und berechnend wie polierter Stahl. „Bist du nur ein weiteres Spielzeug? Ein Zeitvertreib?"

Ich lasse die Worte an mir abprallen, obwohl sie wie Messerstiche treffen. Lucas Stimme klingt in meinem Kopf nach: „Ich habe dich aus deinem Nebel geholt, Sirena. Jetzt gibt es nur noch mich." Eine Lüge, wie alles andere.

„Lass uns herausfinden, wie viel du ihm wirklich bedeutest." Zacchettis Lächeln verzerrt seine Narbe zu einer grotesken Maske, während er sein Messer zieht. Das Metall fängt das Neonlicht ein, wirft kalte Reflexionen auf die feuchten Wände. Die Klinge gleitet durch die Luft wie ein silberner Fisch. „Wie lange wird es wohl dauern, bis er seinen Besitz zurückfordert?"

Mein Herz setzt einen Schlag aus, dann einen zweiten. Die Welt verengt sich auf die Klinge vor mir. Ein taubes Summen breitet sich von meinem Hinterkopf aus, kriecht durch meine Adern, während Zacchettis Worte sich wie Gift durch meinen Körper fressen. Irgendwo in mir flüstert eine kleine Stimme, dass niemand weiß, wo ich bin.

Er bedeutet einem seiner Männer mit einer knappen Geste, näher zu kommen. Der Mann – breitschultrig, mit Händen wie Schaufeln – tritt vor. Der Geruch nach abgestandenem Schweiß und billigem Aftershave dringt in meine Nase. Er packt mein Kinn mit Fingern wie Schraubzwingen, presst so fest zu, dass mein Kiefer knirscht. Seine andere Hand holt aus, bewegt sich mit tödlicher Ruhe durch die stickige Luft, bevor sie meine Wange mit der Präzision eines Boxers trifft.

Der Schmerz explodiert, unter meinem Auge pulsiert die Haut, die sich wahrscheinlich verfärbt.

„Ein guter Anfang!" Zacchetti schnalzt.

Seine Stimme schneidet durch den Nebel in meinem Kopf. Mit einer fast zärtlichen Geste streicht er über meine geschwollene Wange. „Ich will ein Bild, das den kleinen Romeo zum Kochen bringt!"

Der Schläger tritt zurück, sein Gesicht ist ausdruckslos.

Ganz im Gegensatz zu Zacchetti, Seine Augen glänzen, während sein Mund sich zu einem falschen Lächeln verzieht. Die Klinge seines Messers – ein antikes Stück mit Gravuren, streicht über meine Wange. Dann gleitet sie zu meinem Shirt. Das Geräusch des reißenden Stoffes ist laut in der Stille.

„Es ist wirklich schade." Seine Stimme ist ein perfekter Gegensatz zu der Grausamkeit in seinem Blick. „Zu hübsch für das, was jetzt kommt."

Die Klinge zuckt, schnell wie eine Viper, und plötzlich brennt Feuer über mein Schlüsselbein, an meinem Arm entlang. Der Schmerz – scharf, beißend, reißt mir den Atem weg. Mein Blut sickert warm über meine Haut.

„Wasser!", befiehlt Zacchetti, seine Stimme geschäftsmäßig, als hätte er nicht gerade mein Fleisch aufgeschlitzt.

Der Aufprall trifft mich wie ein Schock. Eiskaltes Wasser, ein Schlag aus dem Nichts. Meine Haut zieht sich zusammen, mein Körper zittert, zuckt. Der Schnitt brennt, als würde er sich tiefer in mein Fleisch fressen. Blut vermischt sich mit Wasser, rinnt in dünnen, rostigen Linien herab.

Zacchetti tritt näher, sein Blick gleitet über mich wie über ein Meisterwerk.

„Perfekt!", murmelt er. „Durchnässt. Blutend. Zitternd. Aber das Gesicht – immer noch zu erkennen. Genau richtig."

Dann erklingt ein Klicken. Das Licht explodiert vor meinen Augen. Ein Blitz, scharf wie ein Messer. Noch ein Klicken. Noch ein Blitz. Mein Schmerz, festgehalten für immer.

„Ein kleiner Gruß für Romeo." Zacchettis Lächeln wird von der Narbe dominiert. „Lass uns sehen, wie er reagiert, wenn er sein kostbares Eigentum so sieht." Seine Hand streicht über die blutigen Spuren auf meiner Haut. „Gebrochen. Beschmutzt."

Ein weiterer Schlag trifft mich und der war erst der Anfang. Das Objektiv der Kamera ist wie ein schwarzes Auge, das jede meiner Qualen verschlingt. Jeder Blitz ein weiterer Dolch in meiner Würde.

„Dein Romeo wird dich hier finden, Täubchen." Seine Stimme ist eine sanfte Drohung. „Tot oder lebendig – das liegt an dir."

Meine Lungen schreien nach Luft. Schwarze Punkte tanzen vor meinen Augen. Ich kämpfe, aber die Muskeln sind zu geschunden, zu müde. Luca wird nicht kommen. Oder vielleicht doch? Ich weiß nicht, was schlimmer ist.

Zacchetti macht immer weiter. Mein Körper windet sich, zittert.

Überleben. Das ist alles, was zählt. Die Dunkelheit schließt sich um mich. Meine Sinne verschwimmen, einer nach dem anderen. Erst das Sehen, dann das Hören – Zacchettis Atem wird zu fernem Rauschen. Zuletzt der Schmerz, der sich in sanfte Taubheit auflöst. Der Nebel empfängt mich wie ein alter Freund.

Luca

Die Lichter des Hafens tauchen vor mir auf, durchbrechen die Dunkelheit wie Warnfeuer. Das Boot kämpft sich durch die letzte Brandung. Die Finger sind taub von der Kälte, da vibriert das Handy in meiner durchnässten Jacke. Eine unbekannte Nummer. Drei Fotos laden. Mein Herz setzt aus.

Georgia. Gefesselt. Blut läuft über ihre aufgeschnittenen Arme. Ihr Gesicht geschwollen, aber ihre Augen – ihre verdammten, blauen Augen – starren gebrochen in die Kamera. Mein Eigentum, gezeichnet von fremden Händen. Das Blut auf ihrer Haut gehört mir. Ihre Schmerzen gehören mir. Alles an ihr. Die Nachricht erscheint: „Dein kostbarer Besitz wartet." Das Telefon zersplittert unter meinem Griff. Zacchetti wagt es, mein Eigentum anzufassen? Er hat genommen, was mir gehört. Ein tödlicher Fehler.

Der Name schmeckt nach Blut auf meiner Zunge. Er wird sich wünschen, er wäre nie geboren worden. Ein Schrei baut sich in meiner Brust auf, aber ich lasse ihn nicht raus. Nicht jetzt. Zacchetti will genau das – dass ich die Kontrolle verliere. Aber die einzige Kontrolle, die zählt, ist die über die Frau, die mir gehört.

Meine Schritte hallen dumpf über das Deck, während ich das Pier anvisiere. Das Gewicht meines Handys in der Tasche ist wie Blei – die Bilder von Georgia haben sich in mein Gehirn gebrannt. Von meinem Eigentum, das ein anderer Mann zu beherrschen wagt.

30 Minuten später durchbrechen die Scheinwerfer meines Ferrari die Dunkelheit, als ich durch die schweren Eisentore meines Anwesens fahre. Die Festung der Ombrianis erhebt sich vor mir – ein Monument aus Stein und Schatten, getränkt mit dem Blut von Generationen. Hier sollte Georgia sein. An meiner Seite, wo sie hingehört. In meinen Mauern, unter meinem Schutz.

Enzo wartet bereits auf den Marmorstufen. Seine verkrampften Schultern, die harten Linien um seinen Mund – ich kenne diese Zeichen. Verrat liegt in der Luft. „Luca!" Seine Stimme ist dunkel vor unterdrückter Wut. „Vito hat die Männer vergiftet. Sie verweigern ihre Unterstützung bei der Rettungsmission." Er tritt näher, Schatten tanzen über sein Gesicht. „Er behauptet, du würdest die Familie verraten. Für eine Frau."

Eisige Kälte breitet sich in meinen Eingeweiden aus, wird zu tödlicher Wut. Sie wagen es, mir vorzuschreiben, was ich mit meinem Eigentum tun darf? Meine Stimme ist schneidend. „Wo ist dieser Bastard?"

„Im Verhörraum. Gefesselt wie das Stück Dreck, das er ist."

Der Gang in die Mitte der Festung ist wie ein Abstieg in die Hölle selbst. Jeder Schritt hallt von den Wänden wider – ein dumpfer Rhythmus meiner wachsenden Wut. Als ich die Tür aufreiße, sitzt Vito dort, gefesselt an einen Stahlstuhl. Sein Lächeln ist giftig wie eine Schlange vor dem Biss.

„Du bist ein verdammter Trottel!", zischt er. „Wir dachten, du spielst mit ihr – lockst Rossis Tochter in dein Haus, in dein Bett, um die Falschgeld-Formel zu bekommen. Stattdessen lässt du dich von ihrer süßen Fotze um den Finger wickeln!"

Ich erstarre. Nicht wegen seiner Worte über sie – niemand hat das Recht so über mein Eigentum zu sprechen. Aber der Gedanke, dass sie von Anfang an mir gehören sollte, dass sie Teil des Plans war ... meine Sirena.

Der Schlag in seine Fresse ist nicht genug. Nichts wird je genug sein. Ich hätte ihn auch ohne Beweise im Kerker lassen sollen.

„Jetzt hat Zacchetti sie." Vitos Stimme tropft vor Häme, während er sich in seinem Stuhl nach vorne lehnt. „Und er wird nicht zögern, sie zu zerstören. Sie ist eine Rossi-Hure – natürlich weiß sie von der Formel. Die Tochter eines Verräters. Und du, du Narr, glaubst ihre süßen Lügen?"

Er lacht, ein Geräusch wie brechendes Glas. „Du weißt, warum ich Sofia traf? Wegen der Formel, wir wissen nicht, wer sie hat. Sie bedeutet absolute Macht über alle Clans. Und wenn wir sie verlieren, ist es deine Schuld!"

Die Wut in meinen Adern wird zu flüssigem Feuer. Die einzige Macht, die jetzt zählt, ist die über das, was mir gehört. Georgia.

„Was hat Vincenzo nur in dir gesehen? Du verrätst alles – Familie, Tradition, Ehre. Und wofür?" Seine Lippen verziehen sich zu einem grausamen Lächeln. „Glaubst du wirklich, ich würde mein Leben für eine dreckige Schlampe riskieren? Nein, so denkt nur ein Bastard ohne echtes Blut in den Adern."

„Wachen!" Meine Stimme hallt wie ein Donnerschlag durch den Raum. „Schafft dieses Stück Dreck in die Kellerzelle! Und wenn er auch nur einen Finger rührt – brecht ihm die verdammten Knochen!" Später werde ich mich persönlich um ihn kümmern.

Vitos irres Lachen verhallt, als die Wachen ihn wegschleifen. Seine Fußspuren hinterlassen dunkle Striemen auf dem polierten Marmor – wie Narben des Verrats. Aber der wahre Verrat ist, dass sie Georgia haben. Meine Georgia. Dass fremde Hände sie berühren, während sie mir gehört.

„Die Männer warten im Konferenzraum", murmelt Enzo neben mir. Seine Stimme ist dunkel vor unterdrückter Wut. „Zwölf sind uns geblieben. Der Rest …" Er ballt die Fäuste. „Der Rest hat sich wie Ratten davongemacht."

Zwölf Mann. Es könnten auch nur zwei sein – ich würde trotzdem gehen. Georgia darf nichts passieren.

20. Hoffnungslos

Luca

Vor zwei Stunden kamen die Bilder. Und seither hat sich meine Welt verändert. Mein Plan, Georgia herauszuholen, ist die einzige Konstante in meinem Kopf. Mein Herz schlägt wie ein Uhrwerk – stur, unerbittlich.

Die dunklen Straßen verschwimmen. Meine Knöchel treten weiß hervor, so fest umklammere ich das Lenkrad. Schweiß brennt in meinen Augen.

Der Wagen schlingert, als ich zu scharf abbiege und fast an die Leitplanke krache. Ich schlage aufs Lenkrad, bis der Schmerz durch meinen Arm schießt.

„Weißt du, Enzo, mein ganzes verdammtes Leben ...“ Meine Stimme bricht. „... habe ich versucht, den Kodex zu ehren. Mich zu beweisen.“ Ein bitteres Lachen entrinnt mir. „Aber Georgia ...“

„Boss ...“, beginnt Enzo.

„Nein!“ Etwas in mir reißt. „Ich allein entscheide über ihr Schicksal! Und wenn ich dafür alles verliere ...“ Ich atme hart, versuche das Zittern in meinen Händen zu kontrollieren. Vergeblich. „Dann sei es so!“ Georgia gehört nur mir. Der Gedanke hämmert in meinem Kopf, laut und brutal.

Der Wagen holpert über das Kopfsteinpflaster der alten Hafenstraße. Am Rand des verlassenen Industriegebiets, verborgen hinter dem neuen Wasserwerk, liegt ein rostiger Eisendeckel – unser geheimer Zugang zu den alten Tunneln. Das Mauerwerk ist brüchig, die Gefahr real. Aber wir haben keine Wahl. Zacchetti hat die Halle wie eine Festung gesichert. Der Mann ist ein Stratege. Er überlässt nichts dem Zufall. Aber er hat einen fatalen Fehler gemacht – er hat genommen, was mir gehört.

Enzo durchschneidet die schwere Eisenkette, die den Zugang versiegelt.

Ich sehe meine anderen Männer aus einer Nebengasse ankommen. Meine Hand umklammert die Waffe. Jeder Atemzug brennt vor Rachedurst.

Die Eisenkette fällt klirrend zu Boden. Der Tunnel frisst das Licht der Lampe – und uns gleich mit. Jeder Schritt bringt mich näher zu ihr. Zu meinem Besitz.

„Perfekt!" Marcos Stimme hallt durch den niedrigen Tunnel. „Die alte Wasserleitung. Sie existiert auf keinem aktuellen Stadtplan – mein Großvater hat damals beim Bau geholfen. Nicht einmal Zacchetti kann von ihr wissen."

Ich leuchte die bröckelnden Wände ab. Der Tunnel muss uralt sein, das Mauerwerk zerfällt unter dem Strahl meiner Taschenlampe. Über uns hat der Bastard alles abgeriegelt – Bewegungsmelder, Kameras, schwer bewaffnete Wachen. Ein verdammtes Militärlager mitten in der Stadt. Er erwartet mich, aber nicht von unten.

Ein dumpfes Grollen. Der Boden vibriert unter meinen Füßen. Staub rieselt von der Decke.

„Boss!" Alessio klingt nervös. „Das gefällt mir nicht."

Wieder ein Beben, lauter diesmal. Erste Steine lösen sich von der Decke. Georgia. Nur ein paar Meter und sie gehört wieder mir.

Marco hebt die Taschenlampe, zeigt auf eine schmale Öffnung hinter einem alten Versorgungsrohr.

„Das führt in den Versorgungsschacht – kein offizieller Zugang. Eng, aber wir wären schneller direkt an der Rückwand der Halle."

Ich zögere. Nur eine Sekunde. Dann packe ich meine Waffe fester.

„Ich geh allein! Ihr sichert den Hauptgang – wenn ich drin bin, sprengt den Eingang. Lasst niemanden folgen!"

„Boss, das ist Wahnsinn!"

„Sie ist da drin, verdammt! Jeder Moment zählt!" Ich tauche ab und die Dunkelheit verschluckt mich.

Georgia

Die Kälte frisst sich durch meine Haut bis in die Knochen. Zeit hat ihre Bedeutung verloren, zerfließt wie das Blut aus meinen aufgescheuerten Knöcheln und Gelenken. Der metallische Geschmack in meinem Mund vermischt sich mit Galle, während die Wunde unter meinem Auge bei jedem Herzschlag pulsiert.

Luca. Sein Name ist Gift und Heilung zugleich. In den letzten Stunden habe ich seinen Namen verflucht, habe mir vorgestellt, wie seine Hände sich um Zacchettis Kehle schließen, wie er diesen Bastard in Stücke reißt. Luca, der Killer. Der Mafiaboss. Der Mann, der Leben nimmt, als wären sie Zahlen in einer Bilanz.

Aber hier, in der eisigen Dunkelheit dieser Hölle, kriecht eine andere Wahrheit ans Licht: Er wird nicht kommen. Die Erkenntnis brennt schärfer als Zacchettis Messer.

Der graue Nebel in meinem Kopf flackert nur noch schwach. Zum ersten Mal seit Jahren spüre ich, wie er mir entgleitet. Mit jedem Schnitt, jedem Schlag wird meine Zuflucht dünner, zerbrechlicher. Panik steigt in mir auf, kalt und lähmend.

„Was zur Hölle braucht Romeo noch?" Zacchettis Stimme ist heiser vor Wut. Seine Hand vibriert, als er das Messer neu ansetzt.

„Mehr Schmerz? Ist es das, was er sehen will, du kleine Schlampe?" Die Klinge zittert gegen meine Haut. Seine Kontrolle bröckelt mit jedem Tropfen meines Blutes.

Ich bin nicht mehr Georgia, das Opfer. Nicht Lucas verdammte Schwäche. Ich war so dumm zu glauben, irgendjemand außer mir selbst würde mich beschützen.

Der letzte Schnitt ist tief. Zacchettis Hand zittert nicht, im Gegenteil, er genießt jede Grausamkeit. Der graue Nebel, meine treue Zuflucht all die Jahre, zerreißt wie Morgendunst. Eine eiskalte Erkenntnis durchzuckt mich: Ich sterbe hier. Allein.

Zacchettis Hand streicht fast zärtlich über sein Messer. „Die Blüten deines Vaters waren perfekt. Nicht nachzumachen. Wir haben alles versucht. Die besten Chemiker. Die teuerste Ausrüstung. Aber dein Vater ..." Er schnalzt mit der Zunge. „Er war ein verdammter Künstler."

Mein Herz rast. Papa. Seine tintenverschmierten Hände. Der Geruch seiner Werkstatt. Die Schüsse in jener Nacht ...

„Die Tochter des Druckers." Zacchetti lacht kalt und hart. „Romeo wusste genau, was er tat, als er dich in sein Bett holte."

Ich spüre, wie die Kälte sich ausbreitet. Tiefer als der Beton unter mir.

„Natürlich wollte er wissen, ob du das Geheimnis kennst. Ob Papa seiner kleinen Prinzessin von seinen speziellen Talenten erzählt hat."

Ich will nicht länger zuhören. Luca. Der Mann, der mich nicht gehen ließ. Der mich ansah, als wäre ich ein Rätsel, das er lösen musste. Nicht aus Liebe. Aus Berechnung? Meine Finger suchen Halt im kalten Beton. Im Nebel in meinem Kopf. Aber Zacchettis Worte finden trotzdem ihr Ziel.

„Die Formel, Georgia ..." Seine Hand gleitet über meine Wange, fast zärtlich. „Wo hat dein Vater sie versteckt?"

Ich blinzele. Echte Verwirrung durchbricht den Nebel. „Welche Formel?"

Ein Moment der Irritation huscht über sein Gesicht. Dann verzieht sich seine Narbe zu einem Grinsen.

„Ah! Er hat dir nichts erzählt?" Das Messer blitzt im Neonlicht. „Dann war Romeo die ganze Zeit auf der falschen Fährte. Oder er hat nicht tief genug gegraben?"

Die Klinge gleitet über meinen Arm, hinterlässt einen brennenden Pfad. Gnadenlos. Mein Blut strömt an die Oberfläche.

Dann hebt er den Eimer. Salzwasser. Der Schmerz trifft mich wie ein Stromschlag, frisst sich durch meine

Haut wie flüssiges Feuer. Der Schleier löst sich auf. Übrig bleibt nur Licht – grell, grausam, echt. Und die bittere Erkenntnis. Ich war immer auf mich allein gestellt. Mein Vater konnte mich nicht schützen. Und Luca … nur eine weitere Illusion. Wie oft muss ich diese Lektion noch lernen? Die Welt rettet die Georgias dieser Welt nicht. Wir müssen uns selbst retten.

„Du willst also behaupten, du wüsstest nichts?" Seine Augen sind kalt wie Glas. Der Lauf seiner vergoldeten Desert Eagle richtet sich auf meine Stirn. Das Metall glänzt im Morgenlicht.

„Vielleicht …" Er spielt mit der Waffe. „… sollte ich dich einfach erschießen. So, wie deinen Vater. Ein Trottel, der lieber sterben wollte, als sein Geheimnis preiszugeben. Du bist eine Zeitverschwendung und solltest eigentlich gar nicht mehr existieren. Ein kleiner, dreckiger Köder, der nicht mal den Zweck erfüllt, Luca herzulocken." Seine freie Hand streicht über mein verschwitztes Gesicht. „Oder soll ich dich noch ein bisschen leiden lassen?! Was meinst du, Süße?"

Ein lautes Krachen durchbricht die Stille – Metall auf Metall. Stimmen, hart, schnappend. Schritte hallen, schwer und zielgerichtet. Ich reiße den Kopf hoch, soweit es meine geschundenen Muskeln zulassen.

„Boss!" Ein Mann tritt durch den Türbogen, hinter ihm zwei weitere. Der eine grinst breit, seine Hände voller Blut und Staub. „Wie eine Ratte in die Falle gegangen. Er wollte den Alleingang machen, den Helden spielen. Hat den alten Versorgungsschacht genommen, ganz brav, wie du es vorausgesagt hast."

Mein Atem stockt. Eine Bewegung zwischen den Männern. Ein Schatten, schwer atmend, die Hände auf dem Rücken gefesselt, das Gesicht blutverschmiert. Luca.

Er taumelt und in seinen Augen liegt ein Glanz – schwarz, wild, voller stummer Raserei. Für einen Moment glaube ich, der Boden unter mir würde beben.

Zacchetti lacht leise, ein kehliges Geräusch, das mich anwidert.

„Na bitte!", sagt er, ohne sich umzudrehen. „Unser Romeo kommt pünktlich zur Hinrichtung."

Luca hebt den Blick, sucht mich. Unsere Augen treffen sich – und mein Herz stolpert. Verdammt! Nicht für mich! Die Worte schreien in meinem Kopf, aber meine Lippen bewegen sich nicht. Er sollte wegbleiben, mich vergessen, leben! Ich wollte nie, dass er mir folgt. Dass er für mich stirbt.

Zacchetti deutet mit einer gelangweilten Handbewegung auf seinen Untergebenen. „Hol den Kübel! Unser Täubchen wird kotzen, wenn das Schauspiel beginnt." Er verzieht angewidert das Gesicht. „Alles soll sauber sein für unseren Gast."

Der Mann nickt und schleppt den rostigen Metalleimer heran, stellt ihn neben mich.

Zacchetti tritt näher, sein Atem warm und ekelhaft an meinem Ohr. „Du kennst das Spiel. Deine Hände werden gelockert, wie immer, wenn du auf den Topf musst." Seine Finger fahren fast zärtlich über die Fesseln an meinen Handgelenken, lockern sie ein wenig. „Aber diesmal wird es kein Zusammenbinden mehr geben." Er lächelt und die Narbe auf seinem Gesicht tanzt.

Panik durchflutet mich. Ich blicke zu Luca hinüber. Über seiner Augenbraue klafft eine frische Wunde, das Blut zieht dunkle Spuren über sein Gesicht. Und doch –

für einen winzigen Moment sehe ich Erleichterung in seinem Blick. Als wäre die Gewissheit, dass ich lebe, alle Schmerzen wert. Dann kehren die vorherigen Gefühle in seine Augen zurück. Und ich sehe nur noch Wut, Schuld, Verzweiflung. Und etwas, das viel gefährlicher ist. Hoffnung.

Mein Magen verkrampft sich. Die Erinnerung an seinen eisernen Griff um meinen Arm, als ich das letzte Mal zu fliehen versuchte. Die Art, wie er sagte: „Du gehörst mir!" Nicht als Liebesgeständnis. Als Tatsache.

Und jetzt ist er hier, zerschlagen und blutend, und in der Dunkelheit meines Herzens regt sich der Verrat eines Gefühls, das ich mir nie erlauben wollte.

Ich schüttele den Kopf, kaum sichtbar. Zu spät. Zu wenig. Und doch ist da etwas. Kein Vertrauen. Kein Glaube. Nur der Schatten eines alten Instinkts: Überleben.

Luca

Ich höre sie, bevor ich sie sehe – ihr Atem ist ein Krächzen, ihr Körper kaum mehr als ein Schatten im Halbdunkel. Und dann steht sie vor mir, gefesselt, blutig, aufrecht fixiert wie ein ausgestopftes Tier.

Georgia.

Ihr Blick trifft mich. Ich will etwas sagen – aber die Worte verfaulen in meiner Kehle.

Zacchetti lacht leise. „Ach, perfekt!", zischt er. „Zwei Fliegen, ein Käfig."

Er geht um mich herum wie ein Jäger, der sich Zeit lässt, bevor er das Tier zur Strecke bringt. Seine Augen funkeln vor Genugtuung, als hätte er jahrelang auf diesen Moment gewartet. Und das hat er – seit dem Tag, an dem ich Raffaele getötet hatte. Seitdem ich beschloss, Georgia, die Tochter eines Verräters, vor ihm zu verstecken.

„Weißt du …", beginnt er, während er langsam seine Manschettenknöpfe löst, „Ich habe mich immer gefragt, wie dumm ein Mann sein kann." Er rollt seine Ärmel hoch, methodisch, präzise. „Dreimal hast du mich betrogen, Luca. Mit dem Falschgeld, mit Raffaele und mit ihr." Er nickt in Georgias Richtung. „Die Tochter eines Verräters, unter deinem Schutz. Als wäre sie es wert."

Nach einer kurzen Pause fährt er fort. „Ich wollte eigentlich mit ihr weitermachen, aber du …" Er legt die Hand auf meine Schulter, fast freundschaftlich. „Du bist interessanter. Dein Vater hatte große Pläne für dich. Er sprach immer vom Kodex, von Ehre. Und was bist du geworden? Ein Bastard ohne Rückgrat, der direkt in meine Hände läuft."

Ich spüre Georgia. Ihre Augen. Ihre Angst. Ihre Wut. Alles, was ich ihr nie sagen konnte, liegt zwischen uns, schwerer als jede Kette.

„Schau gut hin, Täubchen!", raunt Zacchetti. „Schau, wie dein Held zu Staub zerfällt. Der Mann, der glaubte, er könnte das Spiel gegen mich gewinnen."

Dann kommt der erste Schlag – ein massiver Holzstab trifft meine Rippen. Etwas knackt. Schmerz explodiert durch meine Seite. Ich beiße mir auf die Zunge. Kein Laut.

„Du bist still", spottet er. „Einer von den Harten. Genau wie dein Vater es wollte. Aber er hat sich in dir getäuscht. Ein echter Mann hätte Georgia nie zu sich genommen. Sie gehörte mir – meine Rache für ihren Vater, für seinen Verrat. Und du hast sie mir vorenthalten."

Der zweite Schlag trifft meine Schulter, zerreißt Muskelfasern. Der dritte die Kniekehle – ich sacke zusammen, ein zuckender, atmender Fleischsack.

Ich sehe ihre Tränen. Sie will sich abwenden. Aber sie kann nicht. Zacchetti genießt es.

„Schau ihn dir an!", sagt er voller Genugtuung in der Stimme. „Dein Killer! Dein Besitzer! Ein winselnder Hund!"

Ein Faustschlag trifft mein Kiefergelenk, der Schmerz schießt bis in die Wirbelsäule. Ich höre Stimmen in meinem Kopf, Echos aus der Vergangenheit: „Der Kodex ist alles!"

Ein Lachen. Dann kommt ein Mann und bringt einen Kasten. Zacchetti hält ein Kabel, offen, blank. Er presst es gegen meine Brust – der Strom jagt durch mich wie Feuer, reißt mich hoch, zerrt mir Schreie aus der Kehle, die ich nicht zurückhalten kann. Meine Muskeln verkrampfen. Ich zucke, brülle den Schmerz hinaus, weil ich nicht anders kann.

„Das ist für das Falschgeld!", zischt er. „Dachtest du wirklich, ich würde es nicht bemerken? Dass ich nicht wüsste, wie du mich betrogen hast?"

Ich sehe Georgia. Ihre Lippen bewegen sich, lautlos. Sie flüstert meinen Namen. Ich will stark sein. Für sie. Für meine Männer. Für mich selbst.

Aber mein Körper gehorcht mir nicht mehr.

„Noch einmal!", sagt Zacchetti energisch und setzt den Strom wieder an. „Das ist für Raffaele. Meinen Sohn!" Ich schreie. Laut. Roh. Etwas bricht in mir. Nicht nur Knochen.

Ich bin der Kodex. Der Bastard, der nie gezögert hat. Der jede Regel überlebt hat. Aber ich habe sie gebrochen – für sie. Für Georgia mit dem Nebel in den Augen. Und jetzt liege ich hier, zwischen meinem Blut und meiner Schuld.

Georgia zuckt. Ihre Hände, gerade erst gelockert, tasten unsicher nach dem Eimer neben ihr. Ich sehe es in ihrem Blick – diesen winzigen Funken, der in der Dunkelheit aufblitzt. Den Moment, in dem Verzweiflung in Entschlossenheit umschlägt. Die Zeit verlangsamt sich. Ihre Finger schließen sich um den rostigen Metallrand.

„Nicht!", will ich rufen, aber meine Kehle bringt nur ein ersticktes Keuchen hervor. Ich kann die Kalkulation in ihren Augen sehen, den verzweifelten Wunsch zum Überleben. Ein letzter Versuch.

Mit einer Drehung ihres Oberkörpers schwingt sie den Eimer in Zacchettis Richtung. Metall trifft auf Fleisch mit einem dumpfen Knall. Aber nicht präzise genug. Zacchetti taumelt nur kurz, während einer seiner Männer bereits vorschnellt.

Ein Fausthieb trifft Georgias Gesicht. Ihr Kopf schleudert zur Seite. Ein zweiter Schlag folgt, brutal und berechnend. Sie sackt zusammen, bleibt aber bei Bewusstsein. Ihre Lippen formen lautlose Worte. Ihr Körper hängt schlaff in den Fesseln, die Schultern bebend, der Kopf gesenkt.

Aber ihre Augen ... ihre Augen bleiben offen. Selbst jetzt. Sie sieht zu mir herüber, durch den Nebel ihrer eigenen Schmerzen. Sieht mich.

Selbst in ihrem Leid ist sie mehr, als ich je sein werde. Sie sieht durch mich hindurch, erkennt den Mann hinter dem Monster. In ihren Augen finde ich keine Absolution, aber etwas Wertvolleres: Wahrheit. Und wenn ich hier sterbe, dann nicht als Soldat, nicht als Boss. Sondern als der Mann, den sie gesehen hat. Georgia.

All die Jahre habe ich ohne zu zögern getötet, gefoltert, zerstört – immer im Namen einer Ordnung, die ich nie hinterfragt habe. Jetzt, mit jeder Sekunde, die mein Blut den Beton unter mir wärmt, wird die Wahrheit klarer: Die letzte Lüge fällt. All die Jahre des blinden Gehorsams, die unzähligen Leben, die ich aus falsch verstandener Loyalität genommen habe – für was? Für einen Platz in einer Hierarchie?

Meine Knie rutschen über den Beton, der sich warm anfühlt – von meinem Blut. Ich zähle die Schläge nicht mehr. Ich atme, weil mein Körper es tut, nicht weil ich will.

Meine Lippen sind aufgeschürft, geschwollen. Meine Augen zu Schlitzen zusammengezogen wie die eines geschlagenen Hundes.

Aber ich sehe sie. Georgia.

Sie hängt halb ohnmächtig in den Fesseln, die Schultern zitternd, der Kopf gesenkt. Aber ihre Augen sind offen. Und sie sieht mich. Sie sieht alles. Und das ist der schlimmste Schmerz.

„Schau ihn dir an, Täubchen!" Zacchettis Stimme ist ein widerliches Flüstern in meinem Ohr. „Dein Romeo.

Dein Held. Willst du wissen, wie Helden klingen, wenn sie brechen?"

Ich fluche, beiße die Zähne zusammen und versuche, mich aus meinen Fesseln zu befreien.

Zacchetti hält inne. Sein Atem ist unregelmäßig, als hätte er selbst Ekstase gefunden in meiner Zerstörung. Dann legt er das Kabel beiseite. „Jetzt kommt das Beste!" Er hebt ein schmales Kästchen – samtbezogen, fast elegant. Öffnet es. Und darin: ein Brandstempel. Alt. Verziert. Der Buchstabe Z in verschlungenem Metall.

Ich kann nicht atmen. Mein Körper beginnt zu zittern, bevor der Schmerz überhaupt kommt.

Ich höre Georgia wimmern. Es ist ein Laut, der mir mehr wehtut als jedes Messer.

„Die Tiere in meinem Stall tragen meinen Namen", sagt Zacchetti leise. „Du bist jetzt eins davon."

Er tritt näher. Georgia schreit. Reißt sich gegen die Fesseln. Ich will ihr sagen, sie soll nicht hinsehen. Aber meine Lippen bewegen sich nicht mehr.

Der glühende Stahl senkt sich auf meine Brust.

Der Schmerz überschreitet jede Vorstellungskraft. Es ist reines Weiß. Ein Licht, das alles wegbrennt – Stolz, Namen, Kodex, Erinnerung. Ich rieche mein eigenes Fleisch. Ich höre mich schreien – es ist kein Laut mehr, sondern ein Verstummen. Die Welt kippt. Alles flackert.

Ich bin niemand mehr. Nur Haut und Rauch.

Zacchetti tritt zurück, zufrieden. „Schau ihn dir an, Täubchen", sagt er zu Georgia. „Das ist dein Held. Geschlagen. Gebrochen. Mein Eigentum."

Mein Atem kommt flach. Doch ich werde nicht aufgeben. Mein Blick findet ihren. Und was ich sehe, ist nicht

Mitleid. Es ist Hass, Schuld und am liebsten würde ich ihr befehlen, diese Gefühle auszuwischen.

Georgia

Ich sehe, wie sich der glühende Stahl in seine Haut frisst, wie seine Muskeln sich winden, wie ihm der Atem entgleitet.

Und ich spüre jeden Schmerz, als würde er durch mich hindurchbrennen.

Luca, der Mann, der nie gezögert hat. Der immer die Kontrolle hatte. Die Macht. Jetzt liegt er da. Sein Körper gezeichnet, blutend. Und ich verstehe es zu spät: Ich habe ihn hierhergebracht. Nicht, weil ich schwach war. Sondern weil ich dachte, ich müsste ihn hassen. Und dass ich mich nur retten kann, wenn ich ihn verliere. Aber in dem Moment, in dem sich unsere Blicke treffen, sehe ich, was ich wirklich wollte:

Ihn! Nicht den Don. Nicht den, der mich festhielt.

Sondern den Mann, der blutet. Der wegen mir hierherkam.

Und als er mich ansieht, voller Schmerz und doch noch voller Leben, spüre ich, wie etwas in mir aufbricht.

Nicht der Nebel. Etwas Tieferes. Ich atme ein. Es klingt wie ein Schluchzen, aber es ist der Anfang von etwas Neuem.

„Warte!", schreie ich. Das Wort zerschneidet die Luft. Und meine Kehle.

Zacchetti hält inne. Dreht sich langsam zu mir um, als könne er den Moment kosten.

„Was?"

Ich ringe nach Atem. Mein Blick bleibt auf Luca, der sich kaum noch bewegt. Sein Blut sammelt sich in dunklen Pfützen. Seine Brust hebt sich kaum noch. Aber seine Augen sind offen. Und sie halten mich.

„Das Notizbuch, mein Vater ... er hat die Formel aufgeschrieben."

Zacchettis Augen verengen sich, sein Blick schneidet sich in mich hinein. „Die Formel?"

Ich nicke. Obwohl ich nicht weiß, ob sie wirklich dort steht. Ob es sie überhaupt gibt. Ob sie einen Krieg entfesseln wird. Ich weiß nur eins: Ich werde Luca nicht sterben lassen.

Zacchetti starrt mich an. Sekunden vergehen. Dann verzieht sich sein Mund zu einem Lächeln – kalt, grausam, wie ein Schnitt unter der Haut. „Jetzt kommt Leben in dich, Täubchen."

Er tritt näher. Beugt sich so dicht zu mir, dass ich seinen Atem auf der Haut spüre. Seine Hand streift mein Gesicht, sein Ton ist weich wie ein Versprechen: „Ich wusste, dass du irgendwann brichst. Und weißt du was? Es tut mir fast leid, dass ich dich töten muss."

Ich spüre es. Jetzt. Es muss jetzt sein. Meine Hände sind nicht mehr gefesselt. Er hielt mich für zu schwach. Ein Fehler. Luca hat mir gezeigt, was Stärke wirklich ist. Nicht Macht. Nicht Kontrolle. Sondern der Moment, in dem du dich entscheidest, trotz deiner Angst zu handeln. Seine Not hat mich aufgeweckt.

Ich bewege mich. Schnell. Hart. Instinktiv. Meine Stirn kracht gegen sein Gesicht – ein dumpfer Knall, Blut spritzt. Zacchetti taumelt zurück, fluchend.

Ich reiße die Hand hoch, greife nach seiner Waffe. Die Finger umklammern den Griff, der Stahl brennt sich in meine Hand.

Er schlägt zu, aber ich halte die Pistole schon. Drehe sie. Spüre, wie die Kontrolle in mich zurückströmt, als hätte ich vergessen, wie es sich anfühlt, stark zu sein – bis jetzt.

Ich richte die Waffe auf ihn. Meine Hände zittern nicht mehr.

„Zurück!", keuche ich. „Oder ich drücke ab."

Meine Finger sind taub, meine Muskeln zittern. Aber ich halte die Waffe.

Zacchetti keucht, Blut läuft aus seiner Nase, sein Blick ist blanker Hass.

„Du verdammte, kleine ...!" Er stürzt sich auf mich.

Ich drücke ab. Der Schuss zerreißt die Luft, trifft ihn in die Seite. Er schreit, taumelt. Aber er fällt nicht.

Er prallt gegen mich, seine Faust erwischt meine Schläfe. Dunkelheit flackert vor meinen Augen. Die Waffe gleitet mir aus der Hand. Ich stürze, schlage auf dem Boden auf. Schmerz explodiert in meinem Schädel.

Dann – nur Stille. Meine Augen wollen sich nicht mehr öffnen.

21. Brandmal

Luca

Die Welt schwimmt in Rot und Schwarz. Ich sehe sie fallen. Georgia. In meinem Kopf ist nur noch ein einziger Gedanke. Kein Name. Kein Kodex. Nur ein primitiver, brennender Impuls. Sie schützen. Zacchetti steht über ihr. Keuchend. Blutend. Die Waffe liegt auf dem Boden, zwischen ihnen.

Ich bin kein Mensch mehr. Ich bin nur noch Schmerz, der sich bewegt. Meine Arme, meine Beine – alles brennt, als würde ich durch Feuer kriechen. Das gebrandmarkte Z auf meiner Brust pulsiert wie ein zweites Herz, voller Hass.

Ich höre Geräusche in der Ferne. Schritte. Stimmen. Schüsse. Meine Männer. Sie kommen. Aber sie werden zu spät sein, wenn ich nicht ...

Ich krieche. Meine Fingernägel splittern auf dem rohen Beton. Mein Kiefer knirscht, während ich mich vorwärtsschiebe. Zentimeter um Zentimeter.

Georgia liegt reglos da. Ihre Haut ist zu blass. Und ich habe es geschehen lassen.

Zacchetti beugt sich nach der Waffe. Seine Bewegungen sind langsam – er ist verwundet, aber er ist immer noch stärker als ich.

„Luca!", zischt er, als er mich bemerkt. Seine Stimme ist voller Verachtung. „Selbst jetzt noch, kriechen wie ein Wurm."

Ich kann nicht antworten. Mein Mund ist voller Blut. Alles, was ich tun kann, ist weiterkriechen.

Die Waffe. Ich muss die Waffe erreichen.

Finger berühren kalten Stahl. Ich spüre das Gewicht der Pistole, als wäre sie ein Teil von mir. Sie gleitet in meine Hand, als hätte sie dort immer hingehört.

Zacchetti tritt mir in die Seite. Etwas bricht. Mein Körper rebelliert. Aber ich halte die Waffe. Drehe sie. Hebe sie. „Für sie!", flüstere ich. Meine Stimme klingt fremd in meinen eigenen Ohren. Ich drücke ab. Einmal. Zweimal. Dreimal.

Die Schüsse klingen dumpf, als kämen sie von weit her. Zacchetti taumelt, seine Augen weit vor Überraschung. Drei dunkle Löcher in seiner Brust. Blut quillt zwischen seinen Fingern hervor. Er sagt etwas, aber ich höre es nicht mehr. Er kippt nach vorne, fällt schwer wie ein gefällter Baum.

Meine Männer stürmen herein, Waffen gezogen, brüllend. Aber ihre Stimmen verschwimmen zu einem fernen Rauschen. Ich krieche zu Georgia, fasse ihre Finger. Sie reagieren nicht. Als würde mein Griff nichts mehr bedeuten.

„Sirena!", krächze ich. Die Pistole noch immer in meiner Hand.

Marco ist sofort bei uns, fällt auf die Knie. „Boss!"

„Nimm sie!", presse ich hervor. „Vorsichtig!"

Er hebt Georgia behutsam hoch. Ihr Kopf fällt leblos zur Seite.

Ich ziehe mich an Enzos Arm nach oben, jede Bewegung pure Agonie. Aber ich muss neben ihr sein. Wenn sie stirbt, dann nicht allein. Meine Knie wollen nachgeben, aber ich zwinge mich, aufrecht zu bleiben. Die Waffe zittert in meiner Hand.

„Absichern!", befehle ich mit dem letzten Rest Autorität in meiner Stimme.

Enzo versucht, mich zu stützen. Ich schlage seinen Arm weg.

„Boss, du kannst nicht."

„Ich kann noch laufen!" Eine Lüge. Aber ich werde nicht getragen werden. Nicht vor meinen Männern. Nicht während meine Sirena bewusstlos ist.

Wir bewegen uns vorwärts. Marco trägt Georgia. Ich schleppe mich neben ihnen her, die Waffe im Anschlag, als könnten noch Feinde auftauchen. Meine gebrochenen Rippen schreien. Scheißegal!

„Krankenhaus!", befehle ich. Meine Stimme versagt fast.

Der schwarze Van wartet, Antonio am Steuer, wie abgemacht.

„Halle sichern!", befehle ich Enzo. „Keine Spuren."

Er nickt. Seine Augen auf Georgia. „Gott ..."

Marco legt sie vorsichtig auf die Rückbank. Ich falle mehr, als dass ich einsteige, lande neben ihr. Meine zitternden Hände ziehen ihren Kopf auf meinen Schoß.

„Fahr!", brülle ich Antonio an.

Der Van schießt los. Marco checkt Georgias Vitalzeichen.

Ich halte sie. Spüre ihr Herz. So schwach.

„Klinik Santa Maria", sagt Enzo. „Dr. Romano ist informiert."

Meine Sicht verschwimmt. Blut läuft meine Seite hinunter.

„Boss ..." Marco greift nach meiner Schulter. „Sie müssen auch ..."

„Fass mich nicht an!"

Georgia hustet. Blut färbt ihre Lippen rot.

„Schneller!", knurre ich.

Die Notaufnahme. Weiß gekleidete Gestalten. Sie reißen sie aus meinen Armen. Ich taumele hinterher.

„Sofort in den OP! Herr Ombriani, Sie müssen ..."

Ich schlage die Hand weg, die mich aufhalten will. „Ich bleibe bei ihr!"

„Sie verlieren zu viel Blut. Lassen Sie uns ..."

Meine Waffe erscheint in meiner Hand. „Ich! Bleibe! Bei! Ihr!"

Dr. Romano tritt vor. „Luca!" Seine Stimme ruhig. „Du kannst ihr nicht helfen, wenn du verblutest."

Georgia verschwindet durch die Schwingtüren.

Meine Beine geben nach. „Behandelt mich hier", krächze ich. „Ich muss in ihrer Nähe sein."

Romano nickt. „Nebenan. Aber zuerst die Waffe."

Ich starre auf meine blutige Hand. Die Finger lösen sich nicht vom Griff. „Georgia!"

„Sie wird die beste Behandlung bekommen. Mein Wort!"

Langsam sinke ich auf die Liege. Die Waffe klirrt zu Boden. „Wenn sie stirbt ..." Meine Stimme ist nur noch ein Flüstern. „... brennt diese Stadt."

Romano nickt und ein Arzt beginnt meine Wunden zu versorgen. Ich spüre nichts. Nur Georgias fehlendes Gewicht in meinen Armen.

Georgia

Weiß. Alles ist weiß.

Meine Augen brennen im grellen Licht. Die Welt verschwimmt, dreht sich. Der Geschmack von Blut und Medikamenten auf meiner Zunge.

Ein regelmäßiges Piepen neben mir schneidet durch den Nebel. Krankenhaus. Ich bin am Leben. Die Erkenntnis trifft mich wie ein Schlag.

Dann sehe ich ihn. Luca sitzt zusammengesunken im Stuhl. Das weiße Hemd ist durchtränkt von Blut – seins, meins, Zacchettis? Verbände überall. An der Schulter, der Brust, seinem Arm. Spuren des Krieges, den er für mich gekämpft hat.

Er ist wirklich gekommen. Hat sich durch Zacchettis Männer gekämpft, nur für mich.

Etwas Warmes breitet sich in meiner Brust aus, verschlingt die Schmerzen, die Angst, die Erinnerungen an kaltes Metall auf meiner Haut.

Ich kann den Blick nicht von ihm nehmen. Will jede Narbe, jede Linie seines Gesichts in mir aufnehmen, für immer speichern. Das getrocknete Blut an seiner Schläfe. Die frischen Kratzer auf seinen Fingerknöcheln. Selbst im Schlaf wirkt er gefährlich, wie ein verwundeter Wolf nach der Jagd. Mein Wolf. Der Mann, der meinetwegen Blut vergossen hat.

Seine Wimpern zucken. Er öffnet die Augen – diese Augen, die so viel Tod gesehen haben und trotzdem bei meinem Anblick weich werden.

Als er mich sieht, spannt sich sein Körper an. Killer-Instinkte, die nie ganz ruhen. Er will aufstehen, sein Gesicht verzieht sich vor Schmerz. Blut sickert durch einen der Verbände.

„Nicht!" Meine Stimme ist ein Krächzen, heiser von den Schreien der letzten Nacht.

Aber er ist schon bei mir. Seine Hand, von Narben gezeichnet, streicht über meine Wange.

„Du hast es verdammt nochmal geschafft!" Seine Worte klingen, als würden sie in seiner Kehle zerbrechen. Er, der sonst Befehle bellt, die über Leben und Tod entscheiden.

Seine Nähe macht mich schwindelig, sein Geruch – nach Leder und sein eigener – vernebelt meine Sinne. Aber da ist etwas Neues in der Art, wie seine Hand zittert, als er mein Gesicht berührt. Als hätte die letzte Nacht nicht nur meine Mauern eingerissen, sondern auch seine.

Getrocknetes Blut klebt an seiner Schläfe wie dunkle Kriegsbemalung. Aber seine Augen flackern, als er mich ansieht, als könnte er nicht glauben, dass ich wirklich vor ihm liege. Als wäre ich ein Trugbild, das sich jeden Moment in Luft auflösen könnte.

„Was ist mit …" Meine Stimme versagt. Die Erinnerung an Zacchettis Finger an meiner Kehle schnürt mir den Atem ab.

Luca streckt die Hand aus, greift nach dem Wasserglas. Nur ein kurzes Zusammenzucken verrät, wie viel ihn jede Bewegung kostet.

„Zacchetti ist tot!" Seine Stimme ist tiefer als sonst und sie durchdringt mich wie ein dunkler Strom. „Ich habe ihn getötet. Zu schnell." Seine Augen verdunkeln sich bei der Erinnerung. „Er hätte mehr leiden sollen für das, was er dir angetan hat."

Die Erinnerungen steigen auf – mein Blut, die Angst und der Schmerz. Aber schlimmer als all das waren Lucas Schreie gewesen. Der Anblick seines Körpers, wie er unter der Folter zuckte, hatte etwas in mir zum Zerreißen gebracht.

Nicht aus Mitleid oder Angst. Sondern aus etwas Tieferem, Roherem. Jeder Schnitt, jeder Schlag traf mich, als wäre es mein eigener Körper. Und als der Brandstempel seine Haut verbrannte, wusste ich, dass ich ihn nicht verlieren darf. Und plötzlich war da keine Flucht, keine Abgrenzung, keine Lüge mehr gewesen. Nur noch die Wahrheit, vor der ich immer weggelaufen war: Was auch immer Luca für mich ist – wir gehören zusammen. Nicht weil es richtig ist. Sondern weil es wahr ist.

Luca nimmt meine Hand und hält mich fest, als könnte ich verschwinden, wenn er auch nur für einen Moment loslässt.

„Die anderen sind erledigt." Ein hartes Lächeln zuckt über seine Lippen – nicht stolz, sondern zufrieden. Der Blick eines Mannes, der seinen Blutzoll eingefordert hat.

Doch in seiner Stimme liegt etwas anderes. Etwas, das durchbricht. „Aber du bist hier!"

Ich schmecke Salz.

Seine Finger, rau und warm, streichen über meine Wange, fangen meine Tränen auf. Eine Berührung, die sanfter ist als alles, was ich je von ihm kannte. Er hat Leben genommen – für mich.

Und trotzdem liegt in dieser Berührung kein Tod.

Nur Halt.

„Wie hast du mich gefunden?"

Seine Finger verkrampfen sich in die Bettwäsche, als wollte er sich an der Realität festhalten. „Als die Bilder kamen ..." Seine Stirn berührt meine, seine Stimme ist nur noch ein Hauch. „Ich dachte, ich wäre zu spät."

Sein Atem ist rau und unregelmäßig.

„Ich habe die Abkürzung durch einen Seitenkanal genommen." Seine Kiefermuskeln zucken. „Ich wusste, dass du dort bist – ich habe es gespürt." Dann verstummt er. Der Rest bleibt unausgesprochen – weil er ihn nicht aussprechen kann.

Seine Hand gleitet über meine Wange, die andere zur Faust geballt, die Knöchel bleich vor Anspannung. „Ich kann dich nicht verlieren!" Die Worte kommen rau, als würden sie ihm nur schwer über die Lippen kommen.

Die Verbände auf seiner Brust zeichnen eine Karte der Gewalt. Narben, die er sich für mich geholt hat. Jede einzelne – ein blutiges Versprechen.

„Für dich würde ich alles niederbrennen." Er beugt sich vor, seine Lippen berühren meine Stirn – vorsichtig, fast zögerlich. Kein Besitzanspruch. Nur ein Schwur. „Du bist am Leben. Du bist hier. Mein!" Die letzten Worte sind kaum mehr als ein Flüstern. Dann lehnt er seine Stirn gegen meine. Eine Geste, stiller als alle Worte.

Ich atme ihn ein. Blut, Schweiß, Schießpulver, Luca. Alles, was er ist. Alles, was ich nicht loslassen kann.

„Sobald es dir besser geht, nehme ich dich mit!" Seine Stimme ist fest. Ein Befehl, kein Angebot. Er steht auf, sein Gesicht verzieht sich kurz vor Schmerz – der einzige Hinweis darauf, dass auch er verwundbar ist. „Ein

Wachmann steht vor deiner Tür. Rund um die Uhr. Niemand kommt hier rein ohne meine Erlaubnis."

Seine Hand streicht noch einmal über meine Wange, eine letzte Berührung, die auf meiner Haut brennt. Dann wendet er sich ab. Und die Tür fällt leise ins Schloss. Die Stille breitet sich aus – nicht beruhigend, sondern beißend. Ich vermisse ihn jetzt schon. Seine Wärme, seinen Geruch und seine Geborgenheit. Der Raum fühlt sich ohne ihn zu groß an, zu leer.

Müdigkeit zerrt an mir, aber meine Gedanken rasen.

Vor Luca war ich ein Schatten. Halb anwesend, halb lebendig. Alles lag unter einem Schleier. Und dann kam er. Und brachte Licht in all das, was ich vergraben hatte. Jetzt ist die Welt grell, schmerzhaft, echt. Und ich spüre jeden Moment – weil er mich berührt. Weil er mich sieht.

Neben ihm habe ich Angst – ja. Aber ich fühle auch Wärme. Sehnsucht. Dieses gefährliche, brennende Etwas, das ich lange verleugnet habe: Liebe.

Doch ist da auch eine Stimme in meinem Hinterkopf. Ich könnte ins Zeugenschutzprogramm verschwinden. Weglaufen. Ein neuer Name. Ein neues Leben. Aber ich würde nichts fühlen. Und nie wieder erleben, wie seine Augen weich werden, wenn er mich ansieht.

Die Wahl sollte einfach sein und das ist sie auch. Denn jetzt weiß ich, wie es sich anfühlt, wirklich zu leben. Ohne Luca bin ich ein Geist. Er ist mein Scharfsteller. Mein Fokus. Mein Gegenlicht. Und ich weiß: Ich werde nicht mehr fliehen. Nicht vor ihm. Nicht vor mir.

Und als die Müdigkeit mich überrollt, spüre ich seine Berührung noch immer auf meiner Haut – warm, zärtlich, sicher. Kein Versprechen. Kein Schwur. Einfach nur: Er. Und ich weiß: Ich bin angekommen. In seiner Dunkelheit. In seiner Nähe. Bei ihm.

Georgia

Das Weiß des Krankenhauses verblasst hinter uns. Luca führt mich zum Wagen, seine Hand an meinem Rücken. Seine Männer bilden einen Kreis um uns, schwarze Anzüge, verdeckte Waffen. Eine lebende Mauer aus Loyalität und Tod.

Die Desert Eagle glänzt an seiner Hüfte im Sonnenlicht. Das gleiche Modell, das in jener Nacht mein Todesurteil sein sollte. Jetzt ist es mein Schutz. Meine Sicherheit.

Beim Einsteigen sehe ich meine eigene Reflexion in der getönten Fensterscheibe. Das blaue Kleid, das Isabella für mich ausgesucht hat, sitzt perfekt – schlicht, aber edel. Der Stoff umschmeichelt meinen Körper, verdeckt das meiste, ohne zu verstecken, wer ich bin. Ich sehe anders aus als früher. Aufrechter. Klarer. Fast, als würde ich jetzt zu ihm passen.

Luca lehnt am Wagen, seine Haltung entspannt, doch jeder Muskel unter dem perfekt sitzenden Maßanzug spricht von Kontrolle. Das weiße Hemd ist am Kragen offen, ein bewusster Bruch in seiner sonst makellosen Erscheinung. Als ich einsteige, folgt mir sein Blick – prüfend, schützend.

„Bereit?"

Ich sehe zu ihm auf. Seine Augen sind wachsam, scannen die Umgebung nach Gefahren. Aber als sein Blick meinen trifft, wird er weich. Diese eine Sekunde Verwundbarkeit, die nur mir gehört. „Ja!" Meine Stimme zittert nicht mehr.

Er setzt sich neben mich auf den Rücksitz, sein Körper eine Barriere zwischen mir und der Welt. Der Wagen gleitet durch die Straßen wie ein schwarzer Schatten.

„Können wir einen Umweg machen?" Meine Stimme klingt fest, sicherer als ich mich fühle. „Maria hat meine Sachen vom Conchiglia in eine Schachtel gepackt."

Er fixiert mich. „Das Conchiglia gehört jetzt dem Erben."

Ich nicke und obwohl ich es wusste, zieht sich etwas in meiner Brust zusammen. Das Restaurant war mein Zuhause, meine Zuflucht gewesen. Der Ort, an dem ich jahrelang für Kost und Logis geschuftet habe. Jetzt gehört es einer fernen Cousine, von der ich nicht einmal wusste. Und ich gehe leer aus. Natürlich, warum hätte mein Onkel es mir vererben sollen? Ich war nur die Tochter seiner verhassten Schwester, die er aufgenommen hatte.

Schweigen legt sich zwischen uns. Ich beobachte die vorbeiziehende Stadt durch die getönten Scheiben.

„Es werden keine weiteren Blüten mehr auftauchen", sagt Luca plötzlich. Sein Ton ist der eines Don Ombriani, der eine Tatsache feststellt. Seine Augen bleiben auf der Straße.

Ich drehe mich zu ihm. „Wie meinst du das?"

Er wendet sich mir zu, sein Blick durchdringend. „Giancarlo war dabei, als Zacchetti den Safe deines Onkels aufbrach." Ich nicke, weil Zacchetti mir das bereits gesagt hatte.

„Alle Blüten kamen von deinem Onkel." Er lacht kurz, humorlos. „Seit Jahren hat er damit bezahlt. Ein hübsches, doppeltes Spiel."

Die Erkenntnis trifft mich verzögert. „Mein Onkel hat sie meinem Vater geklaut."

„Natürlich hat er das!" Seine Hand legt sich auf mein Knie. „Eure Familie war ein Haufen von Amateuren, die mit Dingen spielten, von denen sie nichts verstanden." Er beugt sich näher, sein Atem an meinem Ohr. „Aber du ...", flüstert er, „... gehörst jetzt zu mir. Zu den Ombrianis." Seine Lippen streifen meine Wange – keine Geste der Zärtlichkeit, sondern ein Siegel.

Und während seine Worte im mir nachhallen, legt sich seine Hand über meine. Eine Geste, die Zuneigung sein will. Und gleichzeitig Besitzanspruch.

Der Wagen rollt an den Bordstein. Das Restaurant ist hell erleuchtet – wie immer.

Und dann sehe ich sie. Maria kommt mit einer Schachtel unter dem Arm nach draußen. Ihr Gesicht eine Maske aus höflicher Distanz. Ihr Anblick trifft mich härter als erwartet. All die Jahre haben wir Seite an Seite gearbeitet, uns alles erzählt. Sie war meine Vertraute gewesen, mein einziger Anker in dieser Welt.

Die Schachtel ist viel zu leicht für ein ganzes Leben. Meine Finger zittern, als ich den Deckel anhebe. Ganz unten liegt mein Pass – Georgia Rossi. Und daneben ... mein Herz setzt einen Schlag aus. Das Notizbuch. Ich hebe den Blick, doch Maria zeigt keinerlei Regung. Sie muss es gelesen haben, sonst hätte sie nicht gewusst, wem es gehört. Wie viel weiß sie über die Geheimnisse meines Vaters?

Luca neben mir ahnt nicht, was ich da in Händen halte.

Marias Augen huschen zu Luca, dann wieder zu mir. Ich sehe es in ihrem Blick – sie weiß genau, wer er ist. Was er ist. Sie weiß, in welche Welt ich gehe. Ihre Ausdruckslosigkeit schmerzt mehr als jeder Vorwurf. Als hätte sie mich bereits abgeschrieben.

Oder verbirgt sich hinter ihrer Maske mehr? Hat sie mir das Notizbuch absichtlich gegeben, als letzte Warnung? Als Waffe gegen die Familie, in die ich mich begebe?

Ich schließe den Deckel der Schachtel. Das Notizbuch darin ist schwer wie ein Stein – ein Geheimnis, das zwischen mir und Luca steht. Ein Teil meiner Vergangenheit, der nie ganz verblassen wird.

Der Wagen gleitet durch die Stadt. Hinter uns das Restaurant, mein altes Leben, der Nebel. Vor uns Lucas Reich aus Schatten und Macht.

„Jetzt gehen wir nach Hause." Seine Finger verschränken sich mit meinen, fest, unnachgiebig. „Isabella wartet bereits."

Ein heißer Stich durchfährt mich. Isabella. Unsere gemeinsamen Stunden am Schießstand, ihre Hände an der Waffe. Ihr Blick, als ich ging. „Wie geht es ihr?"

„Sie hat ihre Strafe bekommen." Sein Ton lässt keinen Zweifel daran, dass er Ungehorsam nicht duldet. Nicht einmal von seiner kleinen Schwester. „Drei Monate Hausarrest." Ein grimmiges Lächeln spielt um seine Lippen. „Und Schießtraining. Jeden Tag. Sie ist verdammt gut geworden." In seiner Stimme schwingt der

Stolz eines Mannes, der weiß, dass seine Familie nicht nur überlebt, sondern zurückschlägt.

„Sie hat geschworen, sie würde beim nächsten Mal nicht tatenlos zusehen, wie jemand dich mir wegnimmt."

Seine Hand wandert zu meinem Nacken. „Als ob ich zulassen würde, dass dich je wieder jemand anfasst."

Die Dunkelheit in seiner Stimme jagt mir Schauer über den Rücken und weckt etwas in mir, das viel tiefer sitzt als Angst. Ein Beben, das sich heiß durch meinen Körper zieht.

„Wir sind auf dem Weg", knurrt er. „Nach Hause."

„Ja!", flüstere ich. „Nach Hause." Zu der Familie, zu der ich jetzt gehöre. Nicht, weil ich es muss – sondern weil ich es will.

Ich lehne mich an seine Schulter, atme seinen Geruch ein – Leder, Gefahr, Sicherheit. Seine Hand liegt schwer auf meinem Oberschenkel und ein Kribbeln breitet sich in mir aus, heiß und tief.

„Du trittst jetzt in meine Welt ein", sagt er leise. Eine Warnung. Ein Versprechen. „Es gibt kein Zurück mehr."

Ich denke an das Notizbuch meines Vaters. An den Nebel, in dem ich mich jahrelang versteckt habe. An Lucas blutverschmiertes Hemd in der Nacht, als er mich rettete.

„Ich weiß", flüstere ich und drücke seine Hand. „Deine Dunkelheit ist jetzt auch meine."

Ein gefährliches Lächeln zuckt über sein Gesicht. Er zieht mich näher, seine Lippen streifen mein Ohr. „Mein!" Seine Stimme – rau, leise, endgültig.

Und ich spüre es tief in mir: Er meint nicht Besitz. Er meint Zugehörigkeit.

Nach einer Woche

Georgia

Das Schiff gleitet durch die Wellen. Die untergehende Sonne taucht alles in blutrotes Licht. Mein Kleid – ein Geschenk von Luca, tiefblau wie das Meer – schmiegt sich im Wind an meinen Körper. Wie vieles in meinem neuen Leben ist es elegant, teuer und lässt keinen Zweifel daran, wem ich gehöre. Und doch ist da ein Schatten. Das Notizbuch brennt in meiner Tasche, wie es das seit Tagen tut. Seit Maria es mir in der Schachtel mitgab. Papas Vermächtnis. Sein Wissen. Die Formel, für die er starb.

Ich habe es überallhin mitgenommen, unfähig, es loszulassen, es zu öffnen. Jede Nacht lag ich wach, Lucas warmer Körper neben mir, meine Gedanken kreisend um das, was zwischen den Seiten verborgen liegt.

Verbrennen kam nie infrage. Das wäre zu endgültig gewesen, zu brutal. Als würde ich Papa ein zweites Mal töten.

Aber behalten kann ich es auch nicht. Nicht in dieser Welt. Nicht mit Luca, der mir vertraut. Der alles für mich riskiert hat.

Jetzt ist der Moment. Die Gelegenheit ist perfekt. Luca ist unter Deck, beschäftigt mit einem Geschäftsanruf. Seine dunkle Stimme dringt gedämpft zu mir herauf. Ich stehe am Bug, der Wind zerrt an meinen Haaren. Vor mir nichts als offenes Wasser. Der Nebel, in dem ich mich einst versteckte, liegt hinter mir. Papa hätte diesen Moment geliebt – das Spiel der Wellen, die Freiheit.

Ich ziehe das Notizbuch aus der Tasche. Die Seiten rascheln, wollen mir die Entscheidung abnehmen. Aber das hier muss mein Wille sein. Ein letzter Abschied von allem, was war.

„Verzeih mir, Papa!" Ich lasse los.

Das Meer verschluckt es gierig. Mit ihm sinken die Jahre der Angst, des Zweifels, der Flucht. Und der schützende Nebel löst sich auf.

Arme umschlingen mich von hinten – stark, warm, unmissverständlich. Luca. Sein offenes Hemd streift meine Haut, sein Geruch – Salz, Aftershave, Gefahr – umhüllt mich.

„Das war das Notizbuch mit der Formel." Seine Stimme an meinem Ohr, ein dunkles Grollen.

Ich erstarre. „Du wusstest, dass ich sie habe?"

„Natürlich!" Seine Zähne streifen meinen Nacken. „Was denkst du?"

Hitze schießt durch meinen Körper. „Warum hast du sie nicht verlangt?"

Er dreht mich zu sich. Seine Augen – dunkel, voller Verlangen – halten meinen Blick. „Ich wollte nie die Formel, Sirena." Seine Stirn lehnt sich an meine. „Nur dich!"

Dann küsst er mich, als würde er ein Versprechen einfordern, das ich längst gegeben habe. Seine Hände gleiten über meinen Körper. Jede Berührung brennt wie eine Antwort auf eine Frage, die ich nie laut gestellt habe.

„Gute Wahl", murmelt er gegen meine Lippen. „Sehr gute Wahl!"

Ich verliere mich in seiner Nähe, in der Hitze seines Körpers. Das Notizbuch sinkt in die Tiefe – mit ihm der letzte Zweifel.

Er löst sich von mir, hebt mich ohne Mühe hoch. „Mein!", knurrt er. „Für immer mein!"

Die Dunkelheit unter Deck umhüllt uns wie ein Tuch. Doch diesmal ist sie kein Ort der Flucht.

Sondern Heimat.